谢六逸全集

十四

谢六逸 著
刘泽海 主编

贵州出版集团
贵州人民出版社

模范小说选（上）

《模范小说选》

谢六逸编,上海:黎明书局,1933年3月。

《谢六逸全集》以上海黎明书局1933年3月版为底本。

自 序

从前金圣叹评《水浒》,评到潘金莲喊武松做"叔叔""叔叔"的地方,圣叹从她喊第一个叔叔数起一直数到三十六、三十七,最后的评语是"写淫妇便是活淫妇,以上已经叫过三十九遍叔叔,至此忽然换上一个'你'字;妙心妙笔"。这种鉴赏的批评,在批评文学没有什么成绩的中国,即在今日,也自有它的相当的价值。虽然现在已经有了"意识模糊"或者"……能把握现实"一类的评语。可是像这样笼统的批评,我是……我是什么呢?我是"不敢说它不好"。

国内有一位著作家,在某杂志上曾经肯定地说我国的青年没有再做古文的了。自然,这是我们求之不得的。如像"天地乃宇宙之乾坤,吾心实中怀之在抱,久矣夫百年来已非一日矣……"或是"臣闻求木之长者,必先……"一类的文调,我站在进化论的原则上,当然不相信现在的青年还肯提起笔来写这样的文章。时代不是在前进吗？然而事实上已经证明，旧八股他们不会写，新八股却颇擅长。例如要形容"众多"一义，有一部分人无论在什么地方、什么时候、什么文章里面，总少不得用一句"如雨后春笋"；他们要概括事物，老是用一句"一切的一切"；要说明印象的深厚，无论在什么文章里，也舍不得"……永远刻在心版上"这一句。我这样揭发出来，大有"咬文嚼字"的嫌疑。在号称革新的人看来，文字原是末流，最要紧的是"意识正确"，且须懂得"拥护自身阶级的利益"。不过愚意以为新八股写得太多了，也许要妨害"意识的正确"，甚或不免减少"拥护自身阶级利益"的力量。我们的希望很简单，不但要大家的"意识正确"，"能拥护自身阶级的利益"，更盼望他们少写几句新八股文，不要一味模仿他人；须能自铸新辞才好。

鉴赏他人的作品，是人人都会的，只要认识字。原用不着把别人的作品拿来分析。反正看了一遍之后，如果原作好，就称赞它一句"描写精细"；原作不佳，只消骂一声"写得一塌糊涂"就行了，天下事以不了了之，实为一种高明的办法。即使要拿一篇作品来分析说明它的优劣，也是各人有各自的看法，实难勉强别人和自己一样，断断乎不能整齐划一的。我不想做什么"指路碑"，最高的目的，不过是将个人欣赏作品的丝毫所得，写点出来供给喜欢看小说的青年，在"文字""意识""描写"各方面，助他们"一臂之力"而已。

翻开坊间出版的中国作家辞典一看，我国的作家快要凑足"五百罗汉"之数了。但我在这本书里只选了五个作家的作品,我早已硬起头皮,准备别的作家来打我骂我。而且骂我的第一句话,我也猜着了。这句骂我的话不是别的,就是"你是近视眼啊"。其实我的眼睛何尝近视,我也曾用过千里镜在这沙漠地带,向各方眺望了一下。国内的作家无论如何不只这五个,这是千真万确的事实。不过现在我所做的是"匠人"的工作,匠人选择材料时,必要顾到能不能上得自己的"墨线",我选择的结果,这五位作家的作品,可以上我的"墨线",所以我要"唐突"他们的作品一下了。至于其他作家的其他杰作,留待别的"匠人"去使用吧。

中华民国二十二年二月十五日,于江湾复旦大学

目 录

鲁　迅

003　故　乡
017　在酒楼上
032　风　波
043　祝　福
062　孔乙己
068　示　众
075　鸭的喜剧
080　社　戏
092　端午节
102　孤独者
126　伤　逝——涓生的手记
148　狂人日记

160　参考资料
160　《呐喊》自序

| 166 | 鲁迅论 |

茅 盾

201	豹子头林冲
210	创 造
241	参考资料
241	创作的前途

叶绍钧

247	潘先生在难中
270	遗腹子
283	一包东西
292	参考资料
292	创作的要素
295	诚实的自己的话
300	叶绍钧的创作

·模范小说选·
鲁迅

故　乡

1　我冒了严寒,回到相隔二千余里,别了二十余年的故乡去。

2　时候既然是深冬,渐近故乡时,天气又阴晦了,冷风吹进船舱中,呜呜的响,从篷隙向外一望,苍黄的天底下,远远横着几个萧索的荒村,没有一些活气。我的心禁不住悲凉起来了。

3　阿!这不是我二十年来时时记得的故乡?

4　我所记得的故乡全不如此。我的故乡好得多了。但要我记起他的美丽,说出他的佳处来,却又没有影像,没有言辞了。仿佛也就如此。于是我自己解释说:故乡本也如此,——虽然没有进步,也未必有如我所感的悲凉,这只是我自己心情的改变罢了,因为我这次回乡,本没有什么好心绪。

5　我这次是专为了别他而来的。我们多年聚族而居的老屋,已经公同卖给别姓了,交屋的期限,只在本年,所以必须赶在正月初一以前,永别了熟识的老屋,而且远离了熟识的故乡,搬家到我在谋食的异地去。

6　第二日清早晨我到了我家的门口了。瓦楞上许多枯草的断茎当风抖着,正在说明这老屋难免易主的原因。几房的本家大约已经搬走了。所以很寂静。我到了自家的房外,我的母亲早已迎着出来了,接着便飞出了八岁的侄儿宏儿。

7　我的母亲很高兴,但也藏着许多凄凉的神情,教我坐下,歇息,喝茶,且不谈搬家的事。宏儿没有见过我,远远的对面站着只是看。

8　但我们终于谈到搬家的事。我说外间的寓所已经租定了,又买了几件家具,此外须将家里所有的木器卖去,再去增添。母亲也说好,而且行李也略已齐集,木器不便搬运的,也小半卖去了,只是收不起钱来。

9　"你休息一两天,去拜望亲戚本家一回,我们便可以走了。"母亲说。

10　"是的。"

11　"还有闰土,他每到我家来时,总问起你,很想见你一回面。我已经将你到家的大约日期通知他,他也许就要来了。"

12　这时候,我的脑里忽然闪出一幅神异的图画来:深蓝的天空中挂着一轮金黄的圆月,下面是海边的沙地,都种着一望无际的碧绿的西瓜,其间有一个十一二岁的少年,项戴银圈,手捏一柄钢叉,向一匹猹尽力地刺去,那猹却将身一扭,反从他的胯下逃走了。

13　这少年便是闰土。我认识他时,也不过十多岁,离现在将有三十年了;那时我的父亲还在世,家景也好,我正是一个少爷。那一年,我家是一件大祭祀的值年。这祭祀,说是三十多年才能轮到一回,所以很郑重。正月里供祖像,供品很多,祭器很讲究,拜的人也很多,祭器也很要防偷去。我家只有一个忙月(我们这里给人做工的分三种:整年给一定人家做工的叫长年;按日给人做工的叫短工;自己也种地,只在过年过节以及收租时候来给一定的人家做工的称忙月),忙不过来,他便对父亲说,可以叫他的儿子闰土来管祭器的。

14 我的父亲允许了;我也很高兴,因为我早听到闰土这名字,而且知道他和我仿佛年纪,闰月生的,五行缺土,所以他的父亲叫他闰土。他是能装弶捉小鸟雀的。

15 我于是日日盼望新年,新年到,闰土也就到了。好容易到了年末,有一日,母亲告诉我,闰土来了,我便飞跑的去看。他正在厨房里,紫色的圆脸,头戴一顶小毡帽,颈上套一个明晃晃的银项圈,这可见他的父亲十分爱他,怕他死去,所以在神佛面前许下愿心,用圈子将他套住了。他见人很怕羞,只是不怕我,没有旁人的时候,便和我说话,于是不到半日,我们便熟识了。

16 我们那时候不知道谈些什么,只记得闰土很高兴,说是上城之后,见了许多没有见过的东西。

17 第二日,我便要他捕鸟。他说:

18 "这不能。须大雪下了才好。我们沙地上,下了雪,我扫出一块空地来,用短棒支起一个大竹匾,撒下秕谷,看鸟雀来吃时,我远远地将他缚在棒上的绳子只一拉,那鸟雀就罩在竹匾下了。什么都有:稻鸡,角鸡,鹁鸪,蓝背……"

19 我于是又很盼望下雪。

20　闰土又对我说：

21　"现在太冷，你夏天到我们这里来。我们日里到海边捡贝壳去，红的绿的都有，鬼见怕也有，观音手也有。晚上我和爹管西瓜去，你也去。"

22　"管贼么？"

23　"不是。走路的人口渴了摘一个瓜吃，我们这里是不算偷的。要管的是獾猪、刺猬、猹，月亮地下，你听，啦啦的响了，猹在咬瓜了。你便捏了胡叉，轻轻地走去……"

24　我那时并不知道这所谓猹的是怎么一件东西——便是现在也没有知道——只是无端的觉得状如小狗而很凶猛。

25　"他不咬人么？"

26　"有胡叉呢。走到了，看见猹了，你便刺。这畜生很伶俐，倒向你奔来，反从胯下窜了。他的毛皮是油一般的滑……"

27　我素不知道天下有许多新鲜事：海边有如许五色的贝壳；西瓜有这样危险的经历，我先前单知道他在水果店里出卖罢了。

28　"我们沙地里，潮汛要来的时候，就有许多跳鱼儿只是跳，都有青蛙似的两个脚……"

29　阿！闰土的心里有无穷无尽的希奇的事，都是我往常的朋友所不知道的。他们不知道一些事，闰土在海边时，他们都和我一样只看见院子里高墙上的四角的天空。

30　可惜正月过去了，闰土须回家里去，我急得大哭，他也躲到厨房里，哭着不肯出门，但终于被他父亲带走了。他后来还托他的父亲带给我一包贝壳和几支很好看的鸟毛,我也会送他一两次东西,但从此没有再见面。

31 现在我的母亲提起了他,我这儿时的记忆,忽而全都闪电似的苏生过来,似乎看到了我的美丽的故乡了。我应声说:

32 "这好极!他,——怎样?……"

33 "他?……他景况也很不如意……"母亲说着,便向房外看,"这些人又来了。说是买木器,顺手也就随便拿走的,我得去看看。"

34 母亲站起身,出去了。门外有几个女人的声音,我便招宏儿走近面前,和他闲话:问他可会写字,可愿意出门。

35 "我们坐火车去么?"

36 "我们坐火车去。"

37 "船呢?"

38 "先坐船。"

39 "哈!这模样了!胡子这么长了!"一种尖利的怪声突然大叫起来。

40 我吃了一吓,赶忙抬起头,却见一个凸颧骨,薄嘴唇,五十岁上下的女人站在我面前,两手搭在髀间,没有系裙,张着两脚,正像一个画图仪器里细脚伶仃的圆规。

41 我愕然了。

42 "不认识了么?我还抱过你咧!"

43 我愈加愕然了。幸而我的母亲也就进来,从旁说:

44 "他多年出门,统忘却了。——你该记得罢,"便向着我说,

"这是斜对门的杨二嫂,……开豆腐店的。"

45 哦,我记得了。我孩子时候,在斜对门的豆腐店里确乎终日坐着一个杨二嫂,人都叫伊"豆腐西施"。但是擦着白粉,颧骨没有这么高,嘴唇也没有这么薄,而且终日坐着,我也从没有见过这圆规式的姿势。那时人说:因为伊,这豆腐店的买卖非常好。但这大约因为年龄的关系,我却并未蒙着一毫感化,所以竟完全忘却了。然而"圆规"很不平,显出鄙夷的神色。仿佛嗤笑法国人不知道拿破仑,美国人不知道华盛顿似的,冷笑说:

46 "忘了?这真是人贵眼高……"

47 "那有这事……我……"我惶恐着,站起来说。

48 "那么,我对你说。迅哥儿,你阔了,搬动又笨重,你还要什么这些破烂木器,让我拿去罢。我们小户人家,用得着。"

49 "我并没有阔哩。我须卖了这些,再去……"

50 "阿呀呀,你放了道台了,还说不阔?你现在有三房姨太太;出门便是八抬的大轿,还说不阔?吓,什么都瞒不过我。"

51 我知道无话可说了,便闭了口,默默的站着。

52 "阿呀阿呀,真是愈有钱,便愈是一毫不肯放松,愈是一毫不肯放松,便愈有钱……""圆规"一面愤愤地回转身,一面絮絮地说,慢慢向外走,顺便将我母亲的一副手套塞在裤腰里,出去了。

53 此后又有近处的本家和亲戚来访问我。我一面应酬,偷空便收拾些行李,这样的过了三四天。

54 一日是天气很冷的午后,我吃过午饭,坐着喝茶,觉得外面有人进来了,便回头去看。我看时,不由的非常出惊,慌忙站起身,迎着走去。

55 这来的便是闰土。虽然我一见便知道是闰土,但又不是我这记忆上的闰土了。他身材增加了一倍;先前的紫色的圆脸,已经变作灰黄,而且加上了很深的皱纹;眼睛也像他父亲一样,周围都肿得通红,这我知道,在海边种地的人,终日吹着海风,大抵是这样的。他头上一顶破毡帽,身上只一件极薄的棉衣,浑身瑟索着;手里提着一个纸包和一支长烟管,那手也不是我所记得的红活圆实的手,却又粗又笨而且开裂,是像松树皮了。

56 我这时很兴奋,但不知道怎么说才好,只是说:

57 "阿!闰土哥,——你来了?……"

58 我接着便有许多话,想要连珠一般涌出:角鸡,跳鱼儿,贝壳,猹……但又总觉得被什么挡着似的,单在脑里面回旋,吐不出口外去。

59 他站住了,脸上现出欢喜和凄凉的神情;动着嘴唇,却没有作声,他的态度终于恭敬起来了,分明的叫道:

60 "老爷!……"

61 我似乎打了一个寒噤;我就知道,我们之间已经隔了一层可悲的厚障壁了。我也说不出话。

62 他回过头去说:"水生,给老爷磕头。"便拖出躲在背后的孩子来,这正是一个二十年前的闰土,只是黄瘦些,颈子上没有银圈罢了。"这是第五个孩子,没有见过世面,躲躲闪闪……"

63 母亲和宏儿下楼来了,他们大约也听到了声音。

64 "老太太,信是早收到了。我实在喜欢的了不得,知道老爷回来……"闰土说。

65 "阿,你怎的这样客气起来。你们先前不是哥弟称呼么?还是照旧:迅哥儿。"母亲高兴的说。

66 "阿呀,老太太真是……这成什么规矩。那时是孩子,不懂事……"闰土说着,又叫水生上来打拱,那孩子却害羞,紧紧的只贴在他背后。

67 "他就是水生?第五个?都是生人,怕生也难怪的;还是宏儿和他去走走。"母亲说。

68 宏儿听得这话,便来招水生,水生却松松爽爽同他一路出去了。母亲叫闰土坐,他迟疑了一回,终于就坐了,将长烟管靠在桌旁,递过纸包来,说:

69 "冬天没有什么东西了。这一点干青豆倒是自家晒在那里的,请老爷……"

70 我问问他的景况。他只是摇头。

71 "非常难。第六个孩子也会帮忙了,却总是吃不够……又不太平……什么地方都要钱,没有定规……收成又坏。种出东西来,挑去卖,总要捐几回,折了本;不去卖,又只能烂掉……"

72 他只是摇头;脸上虽然刻着许多皱纹,却全然不动,仿佛石像一般。他大约只是觉得苦,却又形容不出,沉默了片时,便拿起烟管来默默的吸烟了。

73　母亲问他,知道他的家里事务忙,明天便得回去;又没有吃过午饭,便叫他自己到厨下炒饭吃去。

74　他出去了;母亲和我都叹息他的景况:多子、饥荒、苛税、兵、匪、官、绅,都苦得他像一个木偶人了。母亲对我说,凡是不必搬走的东西,尽可以送他,可以听他自己去拣择。

75　下午,他拣好了几件东西:两条长桌、四个椅子、一副香炉和烛台、一杆台秤。他又要所有的草灰(我们这里煮饭是烧稻草的,那灰,可以作沙地的肥料),待我们启程的时候,他用船来载去。

76　夜间,我们又谈些闲天,都是无关紧要的话;第二天晨早,他就领了水生回去了。

77　又过了九日,是我们启程的日期。闰土早晨便到了,水生没有同来,却只带着一个五岁的女儿管船只。他们终日很忙碌,再没有谈天的工夫。来客也不少,有送行的,有拿东西的,有送行兼拿东西的。待到傍晚我们上船的时候,这老屋里的所有破旧大小粗细东西,已经一扫而空了。

78　我们的船向前走。两岸的青山在黄昏中,都装成了深黛颜色,连着退向船后梢去。

79　宏儿和我靠着船窗,同看外面模胡的风景,他忽然问道:

80　"大伯！我们甚么时候回来？"

81　"回来？你怎么还没有走就想回来了。"

82　"可是,水生约我到他家玩去咧……"他睁着大的黑眼睛,痴痴的想。

83 我和母亲也都有些惘然,于是又提起闰土来。母亲说,那豆腐西施的杨二嫂,自从我家收拾行李以来,本是每日必到的,前天伊在灰堆里,掏出十多个碗碟来,议论之后,便定说是闰土埋着的,他可以在运灰的时候,一齐搬回家去;杨二嫂发现了这件事,自己很以为功,便拿了那狗气杀(这是我们这里养鸡的器具,木盘上有着栅栏,内盛食料,鸡可以伸进颈子去啄,狗却不能,只能看着气死),飞也似的跑了,亏伊装着这么高底的小脚,竟跑得这样快。

84 老屋离我愈远了;故乡的山水也都渐渐远离了我,但我却并不感到怎样的留恋。我只觉得我四面有看不见的高墙,将我隔成孤身,使我非常气闷;那西瓜地上的银项圈的小英雄的影象,我本来十分清楚,现在却忽地模胡了,又使我非常的悲哀。

85 母亲和宏儿都睡着了。

86 我躺着,听船底潺潺的水声,知道我在走我的路。我想:我竟与闰土隔绝到这地步了,但我们的后辈还是一气,宏儿不是正在想念水生么。我希望他们不再像我,又大家隔膜起来……然而我又不愿意他们因为要一气,都如我的辛苦展转而生活,也不愿意他们都如闰土的辛苦麻木而生活,也不愿意都如别人的辛苦恣睢而生活。他们应该有新的生活,为我们所未经生活过的。

87 我想到希望,忽然害怕起来了。闰土要香炉和烛台的时候,我还暗地里笑他,以为他总是崇拜偶像,什么时候都不忘却。现在我所谓希望,不也是我自己的手制的偶像么?只是他的愿望切近,我的愿望茫远罢了。

88 我在朦胧中,眼前展开一片海边碧绿的沙地来,上面深蓝的天空中挂着一轮金黄的圆月。我想:希望是本无所谓有,无所谓无的。这正如地上的路;其实地上本没有路,走的人多了,也便成了路。

【作者】

鲁迅(1881—1936)为周树人的笔名,浙江绍兴人。著书有小说集《呐喊》(1923)、《彷徨》(1926)。感想集《热风》(1925)、《华盖集》、《华盖续编》(1926)、《坟》、《朝花夕拾》(1927)、《而已集》(1928)、《三闲集》(1932)、《二心集》(1932)。散文诗集有《野草》(1928)。此外著有《中国小说史略》两卷和译书多种。

作者的思想在他的代表作品《狂人日记》《阿Q正传》里表现得很明白。在《狂人日记》一篇里,他剔抉封建社会的旧习。他以为中国的历史,披着儒家的仁义道德的大衣,但那仁义道德却是吃人自肥的东西。在《狂人日记》的篇末,写着"救救孩子",这也是他的思想的表白,是要把青年从几千年来的封建社会解放出来的意思。作者极其爱护青年,但所得的报偿仿佛不大好。他在《三闲集》的序文里说:"其实呢,我自己省察,无论在小说中,在短评中,并无主张将青年来'杀,杀,杀'的痕迹,也没有怀着这样的心思。我一向是相信进化论的,总以为将来必胜于过去,青年必胜于老人,对于青年,我敬重之不暇,往往给我十刀,我只还他一箭。然而后来我明白倒是错了。这并非唯物史观的理论或者革命文艺的作品蛊惑我的,我在广东,就目睹了同是青年,而分成两大阵营,或则投书告密,或则助官捕人的事实!我的思想因此轰毁,后来便时常用了怀疑的眼光去看青年,不再无条件地敬畏了。然而此后也还为初初上阵的青年呐喊几声,不过也没有什么大帮助。"照此看来,作者还在想

"救救孩子"。

《阿Q正传》一作里面,痛快地暴露了病态的国民性。他写阿Q的"精神上的胜利法",实在就是中国的精神文明的缩影。文中的谐谑,使读者失掉发笑的勇气。其次中国人有一种凭势欺人、冷酷无情的性格,《阿Q正传》里面,也将这种恶势力的性格表现得极显明。

《故乡》为作者短篇中的代表作品,用闰土和杨二嫂等人物写出了衰残的农村的矛盾苦闷,借宏儿和水生衬托作者的乡愁。令人不能轻易看过的,就是闰土的描写。一面借他来绘出人生的变幻,一面又暗示农村的破灭。全篇的优胜,就在这一点上。

【解说】

1 全篇的主旨。

2 环境的描画,和作者的心境对照。注意"……苍黄的天底下,远近横着几个萧索的荒村,没有一些活气。我的心禁不住悲凉起来了"。

3—4 主观的感触。

5—8 事件的展开。

9—11 从对话中引用作者所要用力描写的闰土。

12 想象的描写。

13—14 闰土的来历。

15—16 写闰土的幼时。

17—30 写闰土和作者幼年时代的交涉,由这两个少年的身上,表现极浓厚的地方色彩(Local Color)。注意18、21、23、28、29几段的描写。30段中把这两个少年的交涉到了极峰,也是作者的"乡愁"的来源。

31—33 写少年时代的闰土作一终结,事件将向前发展。

34—38 过渡到第二事件。

39 作者的技巧。

40 第二事件展开。描写杨二嫂的外貌,用的是感觉的表现法,注意"正像一个画图仪器里细脚伶仃的圆规"等句的表现。

41—44 迂回的描写,作者处处使人注意他是回到"别了二十余年的故乡去"。

45 写实的谐谑,这是作者擅长的技巧。

46—52 用力描写杨二嫂——一个生存在衰残农村里的农妇,借对话写出杨二嫂的意识。

53—54 回溯到第一事件(描写闰土)的预备。

55 描写闰土的外貌,吸住读者的注意。

56—58 心理描写,进一步吸住读者的注意。58 写作者要设法解决他的乡愁。

59—62 现在的闰土和幼年时代的闰土作一对照。62 段引出了水生。水生是闰土幼年时代的映照。

63 事件进展。

64—67 作者无法可以解决他的乡愁,现在的闰土不是以前的闰土了。闰土的环境和意识使他和作者远离。

68—73 写闰土的性格。写乡农的淳朴。71 写农村衰残的原因。注意72 段,此种描写胜过千言万语,写一个受压榨的乡农,连诉苦的勇气也没有了,并且无从说起,只是"……便拿起烟管来默默的吸烟了"。作者的技巧,高妙至极。

73—74 事件的停顿。

75—76 注意闰土所拣的东西,对于闰土的性格、环境的描写,有莫大的帮助，作者的描写达到极妙的境地。

77　与第8段所写的前后呼应。

78　另一事件的展开——离开故乡。

79—82　写宏儿的小小的乡愁。

83　由母亲的口中，补叙杨二嫂。

84　心理描写。

86　作者的感伤的情调。在感伤中说出作者的思想。注意"……但我们的后辈还是一气，宏儿不是正在想念水生么？"和"……他们应该有新的生活，为我们所未经生活过的"。

87　写作者的思想，仍在微薄的感伤中。但作者怀着"愿望"，并不因此幻灭。

88　描写周围，陪衬作者的"希望"。作者以自己的感触作全文的结束。"我想：希望是本无所谓有，无所谓无的。这正如地上的路；其实地上本没有路，走的人多了，也便成了路。"这几句代表作者的人生观。作者到了离别二十余年的故乡，遇见了闰土和杨二嫂等人物，感伤之余，并不幻灭，同时也反映出作者的性格。

在酒楼上

1 我从北地向东南旅行,绕道访了我的家乡,就到 S 城。这城离我的故乡不过三十里,坐了小船,小半天可到,我曾在这里的学校里当过一年的教员。深冬雪后,风景凄清,懒散和怀旧的心绪联结起来,我竟暂寓在 S 城的洛思旅馆了;这旅馆是先前所没有的。城圈本不大,寻访了几个以为可以会见的旧同事,一个也不在,早不知散到那里去了;经过学校的门口,也改换了名称和模样,于我很生疏。不到两个时辰,我的意兴早已索然,颇悔此来为多事了。

2 我所住的旅馆是租房不卖饭的,饭菜必须另外叫来,但又无味,入口如嚼泥土。窗外只有渍痕斑驳的墙壁,贴着枯死的莓苔;上面是铅色的天,白皑皑的绝无精采,而且微雪又飞舞起来了。我午餐本没有饱,又没有可以消遣的事情,便很自然的想到先前有一家很熟识的小酒楼,叫一石居的,算来离旅馆并不远。我于是立即锁了房门,出街向那酒楼去。其实也无非想姑且逃避客中的无聊,并不专为买醉。一石居是在的,狭小阴湿的店面和破旧的招牌都依旧;但从掌柜以至堂倌却已没有一个熟人，我在这一石居中也完全成了生客。然而我终于跨上那走熟的屋角的扶梯去了，由此径到小楼上。上面也依然是五张小板桌；独有原是木棂的后窗却换嵌了玻璃。

3 "一斤绍酒。——菜？十个油豆腐，辣酱要多！"

4 我一面说给跟我上来的堂倌听，一面向后窗走，就在靠窗的一张桌旁坐下了。楼上"空空如也"，任我拣得最好的坐位：可以眺望楼下的废园。这园大概是不属于酒家的，我先前也曾眺望过许多回，有时也在雪天里。但现在从惯于北方的眼睛看来，却很值得惊异了：几株老梅竟斗雪开着满树的繁花，仿佛毫不以深冬为意；倒塌的亭子边还有一株山茶树，从暗绿的密叶里显出十几朵红花来，赫赫的在雪中明得如火，愤怒而且傲慢，如蔑视游人的甘心于远行。我这时又忽地想到这里积雪的滋润，着物不去，晶莹有光，不比朔雪的粉一般干，大风一吹，便飞得满空如烟雾……

5 "客人，酒……"

6 堂倌懒懒的说着，放下杯、筷、酒壶和碗碟，酒到了。我转脸向了板桌，排好器具，斟出酒来。觉得北方固不是我的旧乡，但南来又只能算一个客子，无论那边的干雪怎样纷飞，这里的柔雪又怎样的依恋，于我都没有什么关系了。我略带些哀愁，然而很舒服地呷一口酒，酒味很纯正；油豆腐也煮得十分好；可惜辣酱太淡薄，本来 S 城人是不懂得吃辣的。

7 大概是因为正在下午的缘故罢，这虽说是酒楼，却毫无酒楼气，我已经喝下三杯酒去了，而我以外还有四张空板桌。我看着废园,渐渐的感到孤独,但又不愿有别的酒客上来。偶然听得楼梯上脚步响,便不由的有些懊恼,待到看见是堂倌,才又安心了,这样的又喝了两杯酒。

8 我想,这回定是酒客了,因为听得那脚步声比堂倌的要缓得多。约略料他走完了楼梯的时候,我便害怕似的抬头去看这无干的同伴,同时也就吃惊的站起来。我竟不料在这里意外的遇见朋友了,——假如他现在还许我称他为朋友。那上来的分明是我的旧同窗,也是做教员时代的旧同事,面貌虽然颇有些改变,但一见也就认识,独有行动却变得格外迂缓,很不像当年敏捷精悍的吕纬甫了。

9 "阿,——纬甫,是你么?我万想不到会在这里遇见你。"

10 "阿阿,是你?我也万想不到……"

11 我就邀他同坐,但他似乎略略踌躇之后,方才坐下来。我起先很以为奇,接着便有些悲伤,而且不快了。细看他相貌,也还是乱蓬蓬的须发;苍白的长方脸,然而衰瘦了。精神很沉静,或者却是颓唐;又浓又黑的眉毛底下的眼睛也失了精采,但当他缓缓的四顾的时候,却对废园忽地闪出我在学校时代常常看见的射人的光来。

12 "我们,"我高兴的,然而颇不自然的说,"我们这一别,怕有十年了罢。我早知道你在济南,可是实在懒得太难,终于没有写一封信。……"

13 "彼此都一样,可是现在我在太原了,已经两年多,和我的母亲。我回来接她的时候,知道你早搬走了,搬得很干净。"

14 "你在太原做什么呢?"我问。

15 "教书,在一个同乡的家里。"

16 "这以前呢?"

17 "这以前么?"他从衣袋里掏出一支烟卷来,点了火衔在嘴里,看着喷出烟雾,沉思似的说,"无非做了些无聊的事情,等于什么也没有做。"

18 他也问我别后的景况;我一面告诉他一个大概,一面叫堂倌先取杯筷来,使他先喝着我的酒,然后再去添二斤。其间还点菜,我们先前原是毫不客气的,但此刻却推让起来了,终于说不清那一样是谁点的,就从堂倌的口头报告上指定了四样菜:茴香豆、冻肉、油豆腐、青鱼干。

19 "我一回来,就想到我可笑。"他一手擎着烟卷,一只手扶着酒杯,似笑非笑的向我说。"我在少年时,看见蜂子或蝇子停在一个地方,给什么来一吓,即刻飞去了,但是飞了一个小圈子,便又回来停在原地点,便以为这实在很可笑,也可怜。可不料现在我自己也飞回来了,不过绕了一点小圈子。又不料你也回来了。你不能飞得更远些么。"

20 "这难说,大约也不外乎绕点小圈子罢。"我也似笑非笑的说,"但是你为什么飞回来的呢?"

21 "也还是为了无聊的事。"他一口喝干了一杯酒,吸几口烟,眼睛略为张大了。"无聊的。——但是我们就谈谈罢。"

22 堂倌搬上新添的酒菜来,排满了一桌,楼上又添了烟气和油豆腐的热气,仿佛热闹起来了;楼外的雪也越加纷纷的下。

23 "你也许本来知道,"他接着说,"我曾经有一个小兄弟,是三岁上死掉的,就葬在这乡下。我连他的模样都记不清楚了,但听母亲说,是一个很可爱的孩子,和我也很相投,至今她提起来还似乎要下泪。今年春天,一个堂兄就来了一封信,说他的坟边已经渐渐的浸了水,不久怕要陷入河里去了,须得赶紧去设法。母亲一知道就很着急,几乎几夜睡不着,——她又自己能看信的。然而我能有什么法子呢?没有钱,没有工夫:当时什么法也没有。

24 "一直挨到现在,趁着年假的闲空,我才得回南给他来迁葬。"他又喝干一杯酒,看着窗外,说,"这在那边那里能如此呢?积雪里会有花,雪地下会不冻。就在前天,我在城里买了一口小棺材,——因为我预料那地下的应该早已朽烂了,——带着棉絮和被褥,雇了四个土工,下乡迁葬去。我当时忽而很高兴,愿意掘一回坟,愿意一见我那曾经和我很亲睦的小兄弟的骨殖:这些事我生平都没有经历过。到得坟地,果然,河水只是咬进来,离坟已不到二尺远。可怜的坟,两年没有培土,也平下去了。我站在雪中,决然的指着他对土工说,'掘开来!'我实在是一个庸人,我这时觉得我的声音有些希奇,这命令也是一个在我一生中最为伟大的命令。但土工们却毫不骇怪,就动手掘下去了。待到掘着圹穴,我便过去看,果然,棺木已经快要烂尽了,只剩下一堆木丝和小木片。我的心颤动着,自去拨开这些,很小心的,要看一看我的小兄弟。然而出乎意外!被褥、衣服、骨骼,什么也没有。我想,这些都消尽了,向来听说最难烂的是头发,也许还有罢。我便伏下去,在该是枕头所在的泥土里仔仔细细的看,也没有。踪影全无!"

25 我忽而看见他眼圈微红了,但立即知道是有了酒意。他总不很吃菜,单是把酒不停的喝,早喝了一斤多,神情和举动都活泼起来,渐近于先前所见的吕纬甫了。我叫堂倌再添二斤酒,然后回转身,也拏着酒杯,正对面默默的听着。

26 "其实,这本已可以不必再迁,只要平了土,卖掉棺材,就此完事了的。我去卖棺材虽然有些离奇,但只要价钱极便宜,原铺子就许要,至少总可以捞回几文酒钱来。但我不这样,我仍然铺好被褥,用棉花裹了些他先前身体所在的地方的泥土,包起来,装在新棺材里,运到我父亲埋着的坟地上,在他坟旁埋掉。因为外面用砖椰,昨天又忙了我大半天:监工。但这样总算完结了一件事,足够去骗骗我的母亲,使她安心些。——阿阿,你这样的看我,你怪我何以和先前太不相同了么?是的,我也还记得我们同到城隍庙里去拔掉神像的胡子的时候,连日议论些改革中国的方法以至于打起来的时候。但我现在就是这样了,敷敷衍衍,模模胡胡。我有时自己也想到,倘若先前的朋友看见我,怕会不认我做朋友了。——然而我现在就是这样。"

27 他又掏出一支烟卷来,唧在嘴里,点了火。

28 "看你的神情,你似乎还有些期望我,——我现在自然麻木得多了,但是有些事也还看得出。这使我很感激,然而也使我很不安:怕我终于辜负了至今还对我怀着好意的老朋友。……"他忽而停住了,吸几口烟,才又慢慢的说,"正在今天,刚在我到这一石居来之前,也就做一件无聊事,然而也是我自己愿意做的。我先前的东边的邻居叫长富,是一个船户。他有一个女儿叫阿顺,你那时到我家里来,也许见过的,但你一定没有留心,因为那时她还小。后来她也长得并不好看,不过是平常的瘦瘦的瓜子脸,黄脸皮;独有眼睛非常大,睫毛也很长,眼白又青得如夜的晴天,而且是北方的无风的晴天,这里的就没有那么明净了。她很能干,十多岁没了母亲,招呼两个小弟妹都靠她;又得服侍父亲,事事都周到;也经济,家计倒渐渐的稳当起来了。邻居几乎没有一个不夸奖她,连长富也时常说些感激的话。这一次我动身回来的时候,我的母亲又记得她了,老年人记性真长久。她说她曾经知道顺姑因为看见谁的头上戴着红的剪绒花,自己也想有一朵,弄不到,哭了,哭了小半夜,就挨了她父亲的一顿打,后来眼眶还红肿了两三天。这种剪绒花是外省的东西,S 城里尚且买不出,她那里想得到手呢?趁我这一次回南的便,便叫我买两朵去送她。

29 "我对于这差使倒并不以为烦厌,反而很喜欢,为阿顺,我实在还有些愿意出力的意思的。前年,我回来接我母亲的时候,有一天,长富正在家,不知怎的我和他闲谈起来了。他便要请我吃点心,荞麦粉,并且告诉我所加的是白糖。你想,家里能有白糖的船户,可见决不是一个穷船户了,所以他也吃得很阔绰。我被劝不过,答应了,但要求只要用小碗。他也很识世故,便嘱咐阿顺说,'他们文人,是不会吃东西的。你就用小碗,多加糖!'然而等到调好端来的时候,仍然使我吃一吓,是一大碗,足够我吃一天。但是和长富吃的一碗比起来,我的也确乎算小碗。我生平没有吃过荞麦粉,这回一尝,实在不可口,却是非常甜。我漫然的吃了几口,就想不吃了,然而无意中,忽然间看见阿顺远远的站在屋角里,就使我立刻消失了放下碗筷的勇气。我看她的神情,是害怕而且希望,大约怕自己调得不好,愿我们吃得有味。我知道如果剩下大半碗来,一定要使她很失望,而且很抱歉。我于是同时决心,放开喉咙灌下去了,几乎吃得和长富一样快。我由此才知道硬吃的苦痛,我只记得还做孩子时候的吃尽一碗拌着驱除蛔虫药粉的沙糖才有这样难。然而我毫不抱怨,因为她过来收拾空碗时候的忍着的她得意的笑容,已尽够赔偿我的苦痛而有余了。所以我这一夜虽然饱胀得睡不稳,又做了一大串恶梦,也还是祝赞她一生幸福,愿世界为她变好。然而这些意思也不过是我的那些旧日的梦的痕迹,即刻就自笑,接着也就忘却了。

30 "我先前并不知道她曾经为了一朵剪绒花挨打,但因为母亲一说起,便也记得了荞麦粉的事,意外的勤快起来了。我先在太原城里搜求了一遍,都没有;一直到济南……"

31 窗外沙沙的一阵声响。许多积雪从被他压弯了的一枝山茶树上滑下去了,树枝笔挺的伸直,更显出乌油油的肥叶和血红的花来。天空的铅色来得更浓;小鸟雀啾唧地叫着,大概黄昏将近,地面又全罩了雪,寻不出什么食粮,都赶早回巢来休息了。

32 "一直到了济南,"他向窗外看了一回,转身喝干一杯酒,又吸几口烟,接着说,"我才买到剪绒花。我也不知道使她挨打的是不是这一种,总之是绒做的罢了。我也不知道她喜欢深色还是浅色,就买了一朵大红的,一朵粉红的,都带到这里来。

33 "就是今天午后,我一吃完饭,便去看长富,我为此特地耽搁了一天。他的家倒还在,只是看去很有些晦气色了,但这恐怕不过是我自己的感觉。他的儿子和第二个女儿——阿昭,都站在门口,大了。阿昭长得全不像她姊姊,简直像一个鬼,但是看见我走向她家,便飞奔地逃进屋里去。我就问那小子,知道长富不在家。'你的大姊呢?'他立刻瞪起眼睛,连声问我寻她甚么事,而且恶狠狠的似乎就要扑过来,咬我。我支吾着退走了,我现在是敷敷衍衍……

34 "你不知道,我可是比先前更怕去访人了。因为我已经深知道自己之讨厌,连自己也讨厌,又何必明知故犯的去使人暗暗地不快呢?然而这回的差使是不能不办妥的,所以想了一想,终于回到就在斜对门的柴店里。店主的母亲,老发奶奶,倒也还在,而且也还认识我,居然将我邀进店里坐去了。我们寒暄几句之后,我就说明了回到S城和寻长富的缘故。不料她叹息说:

35 '可惜顺姑娘没有福气戴这剪绒花了。'

36 "她于是详细的告诉我,说是'大约从去年春天以来,她就见得黄瘦,后来忽而常常下泪了,问她缘故又不说;有时整夜的哭,哭得长富也忍不住生气,骂她年纪大了,发了疯。可是一到秋初,起先不过小伤风,终于躺倒了,从此就起不来。直到咽气的前几天,才肯对长富说,她早就像她母亲一样,不时的吐红和流夜汗。但是瞒着,怕他因此要担心。有一夜,她的伯伯长庚又来硬借钱,——这是常有的事,——她不给,长庚就冷笑着说:你不要骄气,你的男人比我还不如!她从此就发了愁,又怕羞,不好问,只好哭。长富赶紧将她的男人怎样挣气的话说给她听,那里还来得及?况且她也不信,反而说:好在我已经这样,什么也不要紧了。'

37 "她还说,'如果她的男人真比长庚不如,那就真可怕呵!'比不上一个偷鸡贼,那是什么东西呢?然而他来送殓的时候,我是亲眼看见他的,衣服很干净,人也体面;还眼泪汪汪的说,自己撑了半世小船,苦熬苦省的积起钱来聘了一个女人,偏偏又死掉了。可见他实在是一个好人,长庚说的全是诳话。只可惜顺姑竟会相信那样的贼骨头的诳话,白送了性命。——但这也不能去怪谁,只能怪顺姑自己没有这一份好福气。

38 "那倒也罢,我的事情又完了。但是带在身边的两朵剪绒花怎么办呢?好,我就托她送了阿昭。这阿昭一见我就飞跑,大约将我当作一只狼或是什么,我实在不愿意去送她。——但是我也就送她了,对母亲只要说阿顺见了喜欢的了不得就是。这些无聊的事算什么?只要模模胡胡。模模胡胡的过了新年,仍旧教我的'子曰诗云'去。"

39 "你教的是'子曰诗云'么?"我觉得奇异,便问。

40 "自然。你还以为教的是 ABCD 么?我先是两个学生,一个读《诗经》,一个读《孟子》。新近又添了一个,女的,读《女儿经》。连算学也不教,不是我不教,他们不要教。"

41 "我实在料不到你倒去教这类的书,……"

42 "他们的老子要他们读这些;我是别人,无乎不可的。这些无聊的事算什么？只要随随便便，……"

43　他满脸已经通红，似乎很有些醉，但眼光却又消沉下去了。我微微的叹息，一时没有话可说。楼梯上一阵乱响，拥上几个酒客来：当头的是矮子，臃肿的圆脸；第二个是长的，在脸上很惹眼的显出一个红鼻子；此后还有人，一叠连的走得小楼都发抖。我转眼去看吕纬甫，他也正转眼来看我，我就叫堂倌算酒账。

44　"你借此还可以支持生活么？"我一面准备走，一面问。

45　"是的。——我每月有二十元，也不大能够敷衍。"

46　"那么，你以后预备怎么办呢？"

47　"以后？——我不知道。你看我们那时预想的事可有一件如意？我现在什么也不知道，连明天怎样也不知道，连后一分……"

48　堂倌送上账来，交给我；他也不像初到时候的谦虚了，只向我看了一眼，便吸烟，听凭我付了账。

49　我们一同走出店门，他所住的旅馆和我的方向正相反，就在门口分别了。我独自向着自己的旅馆走，寒风和雪片扑在脸上，倒觉得很爽快。见天色已是黄昏，和屋宇和街道都织在密雪的纯白而不定的罗网里。

【解说】

本篇的主人公吕纬甫是先曾抱着满腔的大志，想有一番作为的，然而环境——数千年传统的灰色人生——压迫他，使他成了失败者。吕纬甫于失败之后变成了一个"敷敷衍衍，随随便便"的悲观者，不愿抉起旧日的梦，以重增自己的悲哀，宁愿在寂寞中寂寞地走到他的终点——坟。他并且也不去抉破别人的美满的梦。所以他在奉了母亲之命改葬小兄弟的遗骸时,虽然圹穴内只剩下一堆木丝和小木片,本已可以不必再迁,但他仍然铺好被褥,用棉花裹了些他小兄弟先前身体所在的地方的泥土,包起来,装在新棺材里,运到他父亲埋着的坟地上,在他坟旁埋掉了。……这样总算完了一件事,足够去骗他的母亲,使她安心些。(见方璧著《鲁迅论》)

全篇的结构很简单,不过是主客二人的对话。"对话"多了令阅者生厌,但这一篇却不然,它处处抓住阅者的注意。从吕纬甫的口里把旧事重提,阅者的感情便跟着他的叙述进展,只觉得那些对话的可爱。

1 用直叙法说明作者何故要到S城,到S城后坐在旅馆里的心境。

2 环境的描写,兼叙"在酒楼上"的原故。

3 本地风光,借对话说出。

4 描写冬天的景色,阅者看了仿佛展开绘卷,简直是一幅活鲜鲜的"雪园沽饮"。注意"老梅……斗雪……满树繁花","山茶树……显出十几朵红花来"诸句。作者又比较南方的雪和北地的雪不同的地方,"这里积雪的滋润,着物不去,晶莹有光,不比朔雪的粉一般干,大风一吹,便飞得满空如烟雾。……"这一段描写,非懂得南画趣味的人写不出来。西欧的作品里面,很不容易看到这样的表现。这点足见作者艺术修养的深湛。

5 回应前面第3段,在旧小说的眉批上,常常见到有所谓"交代清楚",大约就是指这种地方吧?

6—7 主观的描写,在酒楼上引起的哀愁。

8—10 本篇的顶点,酒楼上忽然来了一个阔别多年的吕纬甫,注意作者对于晤面时的场面的表现法。

11 外貌的描写。

12—17 本篇主人公的来历,用对话叙述出来。

18　为使对话不至于拖曳,这里写到一般的"人情味",目的在维系阅者的注意力。

19—21　对话(也就是本篇的情节)向前进展,注意对话的巧妙,例如吕纬甫口中蜂子或蝇子的比喻。

22　照应前面第18段。

23—24　叙吕纬甫南下的原因,这两段说明了主人公的性格。24段中,掘墓改葬在三岁上死了的小兄弟的情景,阅者应该受到很大的感动。就主人公的母亲一面看,我们觉得,"母性爱"的尊贵;就主人公一面看,他的境况虽然不好(他自己说:"没有钱,没有工夫,当时什么法也没有。"),也依从母命南下。这是怎样的一种使人"眼圈微红"的"人情味"?这种"人情味",我们在所谓封建势力下的社会里所见独多,大约是"不能革命"的人才有的,即所谓"灰色的人生"吧。在艺术上,阅者要注意这一段里,从买了一口小棺材写起,依次写到"掘开来!"直写到"踪影全无!"层次极清楚,带叙述带感触又带动作,这样的描写是不大容易的。

25　这和前面的18段是同一个用意。

26　补足第24段的叙述。

27　事件将有转变。

28—30　这三段里又引出了阿顺的事件。主人公迁他的小兄弟的墓为本篇的第一事件,此则为第二事件。28段里写船户长富的女儿阿顺——一个无母的女儿,两个小弟妹靠她招呼,又得服侍父亲。因为看见别人头上戴着的剪绒花,"自己也想有一朵,弄不到,哭了小半夜,就挨了她父亲的一顿打……""趁我这一次回南的便,便叫我买两朵去送她"。乡姑阿顺的相貌和性格,深深地印入阅者的脑里。29段里写长富请主人公吃荞麦粉,吃大碗的情景,阿顺远远地站在屋角担心事的情景,都是在尽力描绘阿顺和她的环境。

到30段,才说出了剪绒花。

31 在主客二人的交谈中,酒楼上没有别人。作者生怕阅者看了许多对话,把"雪天""酒楼上"都忘却了,所以这里又叙到环境。积雪从山茶枝上滑下去,天空的铅色来得更浓,小鸟啾唧地叫。黄昏将近了。看哪!这是怎样与文中主人公配合得天衣无缝的景色。黄昏的雪景,被境遇压得气也喘不过来的主人公吕纬甫,都被作者的巧妙的艺术配合得稳稳帖帖的。唉,铅色的天空,灰色的人生,酒楼上的语声,窗外雪园里的闲寂!

32—33 第二事件向前展开。买了两朵剪绒花,一朵大红的,一朵粉红的。看!这又是"人情"的写照。会见阿顺的妹妹阿昭,又描写一个野生生的乡下姑娘。

34—37 主人公不直接去访长富,却去访柴店里的老发奶奶,由老发奶奶的口中,说出了船户长富一家的境遇,又引出一个长庚,由长庚的飞短流长,使阿顺的未来的唯一的希望完全敲碎了,于是乎阿顺死矣。这样的描写较之走进长富家中,直接和长富攀谈,不知高明到若干倍。这是作者有意如此安排的,我们不要轻易放过它。

38 第二事件发展到如此地步,已经够了。这一段作一结束。

39—42 叙主人公的境遇,数千年传统的灰色人生压迫他,使他成了失败者,所以非教"子曰诗云"不可了。注意41、42的对话。42段主人公答作者的话是,"他们的老子要他们读这些;我是别人,无乎不可的。这些无聊的事算什么?只要随随便便……"这几句把主人公的环境与性格都写清楚了,胜过长篇大文的描写。作者毫不费力,但所收的效果则很大。

43 本篇的转机处在此。"酒楼上"的任务已尽完了,第一事件第二事件都已经发挥尽致了。这里该当"带住"。于是作者借了"楼梯上一阵乱响,拥上几个酒客来"。什么矮子、长子、红鼻子都做了作者的小说的牺牲者了,就是拿这几个人来作"带住"之用。于是乎"我就叫堂倌算清酒账了"。

44—47 这两套一问一答的对话,是补叙前文写过的主人公的性格的不足处。可以看为第 42 段的连续,使阅者对于主人公吕纬甫于失败了之后变成了一个"敷敷衍衍、随随便便"的悲观者,印象更深一些。

48 为 44 到 47 的补笔。

49 仍借四围的环境作全文的总结。"寒风""雪片""黄昏""屋宇""街道""密雪""纯白""罗网",作者用了这些辞句,增厚阅者的感触和想象。看了真是苍劲够味儿。

风　波

1　临河的土场上，太阳渐渐的收了他通黄的光线了。场边靠河的乌桕树叶，干巴巴的才喘过气来，几个花脚蚊子在下面哼着飞舞。面河的农家的烟突里，逐渐减少了炊烟，女人孩子们都在自己门口的土场上泼些水，放下小桌子和矮凳；人知道，这已经是晚饭的时候了。

2　老人男人坐在矮凳上，摇着大芭蕉扇闲谈，孩子飞也似的跑，或者蹲在乌桕树下赌玩石子。女人端出乌黑的蒸干菜和松花黄的米饭，热蓬蓬冒烟。河里驶过文人的酒船，文豪见了，大发诗兴，说，"无思无虑，这真是田家乐呵！"

3　但文豪的话有些不合事实，就因为他们没有听到九斤老太的话。这时候，九斤老太正在大怒，拿破芭蕉扇敲着凳脚说：

4　"我活到七十九岁了，活够了，不愿意眼见这些败家相，——还是死的好。立刻就要吃饭了，还吃炒豆子，吃穷了一家子！"

5　伊的曾孙女儿六斤捏着一把豆，正从对面跑来，见这情形，便直奔河边，藏在乌桕树后，伸出双丫角的小头，大声说，"这老不死的！"

6 九斤老太虽然高寿，耳朵却还不很聋，但也没有听到孩子的话，仍旧自己说，"这真是一代不如一代！"

7 这村庄的习惯有点特别，女人生孩子，多喜欢用秤称了轻重，便用斤数当作小名。九斤老太自从庆祝了五十大寿以后，便渐渐的变了不平家，常说伊年青的时候，天气没有现在这般热，豆子也没有现在这般硬；总之现在的时世是不对了。何况六斤比伊的曾祖，少了三斤，比伊父亲七斤，又少了一斤，这真是一条颠扑不破的实例。所以伊又用劲说，"这真是一代不如一代！"

8 伊的儿媳七斤嫂子正捧着饭篮走到桌边，便将饭篮在桌上一摔，愤愤的说，"你老人家又这么说了，六斤生下来的时候，不是六斤五两么？你家的秤又是私秤，加重称十八两秤；用了准十六，我们的六斤该有七斤多哩。我想便是太公和公公，也不见得正是九斤八斤十足。用的秤也许是十四两……"

9 "一代不如一代！"

10 七斤嫂还没有答话，忽然看见七斤从小巷口转出，便移了方向，对他嚷道，"你这死尸怎么这时候才回来，死到那里去了！不管人家等着你开饭！"

11 七斤虽然住在农村，却早有些飞黄腾达的意思。从他的祖父到他，三代不捏锄头柄了；他也照例的帮人撑着航船，每日一回，早晨从鲁镇进城，傍晚又回到鲁镇，因此很知道些时事：例如什么地方，雷公劈死了蜈蚣精；什么地方，闺女生了一个夜叉之类。他在村人里面,的确已经是一名出场人物了。但夏天吃饭不点灯,却还守着农家习惯,所以回家太迟,是该骂的。

12 七斤一手捏着象牙嘴白铜斗六尺多长的湘妃竹烟管,低着头,慢慢地走来坐在矮凳上。六斤也趁势溜出,坐在他身边,叫他爹爹。七斤没有应。

13 "一代不如一代!"九斤老太说。

14 七斤慢慢地抬起头来,叹一口气说,"皇帝坐了龙庭了。"

15 七斤嫂呆了一刻,忽而恍然大悟的道,"这可好了,这不是又要皇恩大赦了么!"

16 七斤又叹一口气,说,"我没有辫子。"

17 "皇帝要辫子么?"

18 "皇帝要辫子。"

19 "你怎么知道呢?"七斤嫂有些着急,赶忙的问。

20 "咸亨酒店里的人,都说要的。"

21 七斤嫂这时从直觉上觉得事情似乎有些不妙了,因为咸亨酒店是消息灵通的所在。伊一转眼瞥见七斤的光头,便忍不住动怒,怪他恨他怨他;忽然又绝望起来,装好一碗饭,搡在七斤的面前道,"还是赶快吃你的饭罢!哭丧着脸,就会长出辫子来么?"

22 太阳收尽了他最末的光线了,水面暗暗地回复过凉气来;土场上一片碗筷声响,人人的脊梁上又都吐出汗粒。七斤嫂吃完三碗饭,偶然抬起头,心坎里便禁不住突突地发跳。伊透过乌桕叶,看见又矮又胖的赵七爷正从独木桥上走来,而且穿着宝蓝色的竹布长衫。

23 赵七爷是邻村茂源酒店的主人,又是这三十里方圆以内的唯一的出色人物兼学问家;因为有学问,所以又有些遗老的臭味。他有十多本金圣叹批评的《三国志》,时常坐着一个字一个字的读;他不但能说出五虎将姓名,甚而至于还知道黄忠表字汉升和马超表字孟起。革命以后,他便将辫子盘在顶上,像道士一般;常常叹息说,倘若赵子龙在世,天下便不会乱到这地步了。七斤嫂眼睛好,早望见今天的赵七爷已经不是道士,却变成光滑头皮,乌黑发顶;伊便知道这一定是皇帝坐了龙庭,而且一定须有辫子,而且七斤一定是非常危险。因为赵七爷的这件竹布长衫,轻易是不常穿的,三年以来,只穿过两次:一次是和他呕气的麻子阿四病了的时候,一次是曾经砸烂他酒店的鲁大爷死了的时候;现在是第三次了,这一定又是于他有庆,于他的仇家有殃了。

24 七斤嫂记得,两年前七斤喝醉了酒,曾经骂过赵七爷是"贱胎",所以这时便立刻直觉得七斤的危险,心坎里突突地发起跳来。

25 赵七爷一路走来。坐着吃饭的人都站起身,拿筷子点着自己的饭碗说,"七爷,请在我们这里用饭!"七爷也一路点头,说道"请请",却一径走到七斤家的桌旁。七斤们连忙招呼,七爷也微笑着说"请请",一面细细的研究他们的饭菜。

26 "好香的菜干,——听到了风声了么?"赵七爷站在七斤的后面七斤嫂的对面说。

27 "皇帝坐了龙庭了。"七斤说。

28 七斤嫂看着七爷的脸,竭力陪笑道,"皇帝已经坐了龙庭,几时皇恩大赦呢？"

29 "皇恩大赦？——大赦是慢慢的总要大赦罢。"七爷说到这里，声色忽然严厉起来，"但是你家七斤的辫子呢，辫子？这倒是要紧的事。你们知道：长毛时候，留发不留头，留头不留发，……"

30 七斤和他的女人没有读过书，不很懂得这古典的奥妙，但觉得有学问的七爷这么说，事情自然非常重大，无可挽回，便仿佛受了死刑宣告似的，耳朵里嗡的一声，再也说不出一句话。

31 "一代不如一代，——"九斤老太正在不平。趁这机会，便对赵七爷说，"现在的长毛，只是剪人家的辫子，僧不僧，道不道的。从前的长毛，这样的么？我活到七十九岁了，活够了。从前的长毛是——整匹的红缎子裹头，拖下去，拖下去，一直拖到脚跟；王爷是黄缎子，拖下去，黄缎子；红缎子，黄缎子，——我活够了，七十九岁了。"

32 七斤嫂站起身，自言自语的说，"这怎么好呢？这样的一班老小，都靠他养活的人，……"

33 赵七爷摇头道，"那也没法。没有辫子，该当何罪，书上都一条一条明明白白写着的。不管他家里有些什么人。"

34 七斤嫂听到书上写着，可真是完全绝望了；自己急得没法，便忽然又恨到七斤。伊用筷子指着他的鼻尖说："这死尸自作自受！造反的时候，我本来说，不要撑船了，不要上城了。他偏要死进城去，滚进城去，进城便被人剪去了辫子。从前是绢光乌黑的辫子，现在弄得僧不僧道不道的。这囚徒自作自受，带累了我们又怎么说呢？这活死尸的囚徒……"

35　村人看见赵七爷到村,都赶紧吃完饭,聚在七斤家饭桌的周围。七斤自己知道是出场人物,被女人当大众这样辱骂,很不雅观,便只得抬起头,慢慢地说道:

36　"你今天说现成话,那时你……"

37　"你这活死尸的囚徒……"

38　看客中间,八一嫂是心肠最好的人,抱着伊的两周岁的遗腹子,正在七斤嫂身边看热闹;这时过意不去,连忙解劝说,"七斤嫂算了罢。人不是神仙,谁知道未来事呢?便是七斤嫂那时不也说,没有辫子倒也没有什么丑么?况且衙门里的大老爷也还没有告示,……"

39　七斤嫂没有听完,两个耳朵早通红了;便将筷子转过向来,指着八一嫂的鼻子说:"阿呀,这是什么话呵!八一嫂,我自己看来倒还是一个人,会说出这样昏诞胡涂话么?那时我是整整哭了三天,谁都看见;连六斤这小鬼也都哭。……"六斤刚吃完一大碗饭,拿了空碗,伸手去嚷着要添。七斤嫂正没好气,便用筷子在伊双丫角中间,直扎下去,大喝道,"谁要你来多嘴!你这偷汉的小寡妇!"

40　扑的一声,六斤手里的空碗落在地上了,恰巧又碰着一块砖角,立刻破成一个很大的缺口。七斤直跳起来,捡起破碗,合上检查一回,也喝道,"入娘的!"一巴掌打倒了六斤。六斤躺着哭,九斤老太拉了伊的手,连说着"一代不如一代",一同走了。

41　八一嫂也发怒,大声说,"七斤嫂,你'恨棒打人'……"

42　赵七爷本来是笑着旁观的;但自从八一嫂说了"衙门里的大老爷没有告示"这话以后,却有些生气了。这时他已经绕出桌旁,接着说,"'恨棒打人',算什么呢。大兵是就要到的。你可知道,这回保驾的是张大帅,张大帅就是燕人张翼德的后代,他一支丈八蛇矛,就有万夫不当之勇,谁能抵挡他,"他两手同时捏起空拳,仿佛握着无形的蛇矛模样,向八一嫂抢进几步道,"你能抵挡他么!"

43 八一嫂正气得抱着孩子发抖,忽然见赵七爷满脸油汗,瞪着眼,准对伊冲过来,便十分害怕,不敢说完话,回身走了。赵七爷也跟着走去,众人一面怪八一嫂多事,一面让开路,几个剪过辫子重新留起的便赶快躲在人丛后面,怕他看见。赵七爷也不细心察访,通过人丛,忽然转入乌桕树后,说道"你能抵挡他么!"跨上独木桥,扬长去了。

44 村人们呆呆站着,心里计算,都觉得自己确乎抵不住张翼德,因此也决定七斤便要没有性命。七斤既然犯了皇法,想起他往常对人谈论城中新闻的时候,就不该含着长烟管显出那般骄傲模样,所以对于七斤的犯法,也觉得有些畅快。他们也仿佛想发些议论,却又觉得没有什么议论可发。嗡嗡的一阵乱嚷,蚊子都撞过赤膊身子,闯到乌桕树下去做市;他们也就慢慢地走散回家,关上门去睡觉。七斤嫂咕哝着,也收了家伙和桌子矮凳回家,关上门睡觉了。

45 七斤将破碗拿回家里,坐在门槛上吸烟;但非常忧愁,忘却了吸烟,象牙嘴六尺多长湘妃竹烟管的白铜斗里的火光,渐渐发黑了。他心里但觉得事情似乎十分危急,也想想些方法,想些计划,但总是非常模糊,贯穿不得:"辫子呢辫子?丈八蛇矛。一代不如一代!皇帝坐龙庭。破的碗须得上城去钉好。谁能抵挡他?书上一条一条写着。入娘的!……"

46　第二日清晨,七斤依旧从鲁镇撑航船进城,傍晚回到鲁镇,又拿着六尺多长的湘妃竹烟管和一个饭碗回村。他在晚饭席上,对九斤老太说,这碗是在城内钉合的,因为缺口大,所以要十六个铜钉,三文一个,一总用了四十八文小钱。

47　九斤老太很不高兴的说,"一代不如一代,我是活够了。三文钱一个钉;从前的钉,这样的么?从前的钉是……我活了七十九岁了,——"

48　此后七斤虽然是照例日日进城,但家景总有些黯淡,村人大抵回避着,不再来听他从城内得来的新闻。七斤嫂也没有好声气,还时常叫他"囚徒"。

49　过了十多日,七斤从城内回家,看见他的女人非常高兴,问他说,"你在城里可听到些什么?"

50　"没有听到些什么。"

51　"皇帝坐了龙庭没有呢?"

52　"他们没有说。"

53　"咸亨酒店里也没有人说么?"

54　"也没有人说。"

55　"我想皇帝一定是不坐龙庭了。我今天走过赵七爷的店前,看见他又坐着念书了,辫子又盘在顶上了,也没有穿长衫。"

56　"……"

57　"你想,不坐龙庭了罢?"

58 "我想,不坐了罢。"

59 现在的七斤,是七斤嫂和村人又都早给他相当的尊敬,相当的待遇了。到夏天,他们仍旧在自家门口的土场上吃饭;大家见了,都笑嘻嘻的招呼。九斤老太早已做过八十大寿,仍然不平而且康健。六斤的双丫角,已经变成一支大辫子了;伊虽然新近裹脚,却还能帮同七斤嫂做事,捧着十八个铜钉的饭碗,在土场上一瘸一拐的往来。

(1920年10月,选自《呐喊》)

【解说】

作者在这篇小说里,用纯客观的笔法,描写辛亥革命时的乡村社会和代表这种乡村社会的人物的心理。作者的短篇,常只描写一二人物,这篇却有五人之多。用了警练写实的手法,描绘各个人物的性格,非常灵活。人物的安置,有如下。

主要人物　九斤老太(曾祖母)—?斤(祖父)—七斤(孙)、七斤嫂(孙媳妇)—六斤(曾孙女)

次要的人物　赵七爷(茂源酒店主人)

陪衬的人物　八一嫂(孀)

背景:辛亥革命时的农村。临河的土场上。夏季农家的晚饭时候。

1 这一节里,描写农村的背景,既经济而又有力。太阳下山后的夏季的农村风景,展开在阅者眼前。"乌桕树叶""干巴巴的才喘过气来""花脚蚊子""哼着飞舞""烟突""炊烟""泼水""小桌子""矮凳""晚饭时候",作者把这些词句,装饰得非常巧妙。当得起"风景描写"的模型。

2 这一节里所写的,即使是"非文豪",也会说"真是田家乐呵!"因为作者太长于写"田家"了。

3 作者的笔在急湍处转了湾儿。请九斤老太出场,随即指示九斤老太的性格。

4 画了一个农村里的老前辈的轮廓图。

5 引出了六斤,"直奔河边,藏在乌桕树后""双丫角的小头""大声说,'这老不死的!'",这是六斤的性格。

6 "这真是一代不如一代"是写九斤老太的性格。

7 前节的补叙。

8 引出七斤嫂,"走到桌边,便将饭篮在桌上一摔,愤愤的说……",借动作表现人物的性格。

9 同第6、7两节。

10 引出七斤,兼补叙七斤嫂的性格。

11—12 直叙七斤,烘托鲁镇上的所谓"一名出场人物"。

13 再替九斤老太补画一笔,且活画一般老太婆的性格。

14 七斤只叹一口气,说出"皇帝坐了龙庭了"。这就叫做"经济",没有说出来的留给阅者去仔细思索。(例如乡村人物对于革命或类如这类的举动,不过是看做"皇帝坐龙庭""换朝换代""真命天子出现"之类。)

15—21 作者用"辫子"和"皇帝"对照。

22 注意又矮又胖的赵七爷正从独木桥上走来,是从七斤嫂的眼里看见的。这样地写出赵七爷,即所谓警练。

23—26 直叙赵七爷的来历、学问、地位以及他和七斤的交涉。

27—37 作者的带着苦笑的讽刺来了。露骨地暴露当时农村人物的弱点。那弱点是传统的习俗、科举时代的乡愿、老少男女的无识、听天由命的人生观等培养而成的。

38　写一个和七斤嫂的性格不同的八一嫂。

39—40　这里是最警练的描写。七斤夫妇借女儿出气（恨棒打人），九斤老太连说"一代不如一代"，小说里的人物没有一个空闲，越写越紧张。

41　八一嫂的性格。

42—43　赵七爷快要退场，赶紧抓住他的个性，痛快地再描绘一下，然后再放他"跨上独木桥扬长去了"。

44　群众心理的一角。

45　"辫子事件"于此结束。再把七斤拉来描写。

46—48　场所、时间、事件都转换了。这一节里忽然现出了"在城内钉合"的饭碗，是作者的技巧，与40节里七斤直跳起来，"捡起破碗，合上了检查一回"，互相照应。"十六个铜钉，三文一个……""四十八文小钱"，也是作者的技巧，有意如此安排的。47节里九斤老太所说的话也同此理。作者善写农村的氛围气，这些地方足以证明。

49—58　事件叙述到这里，应有结束。50—58诸节里对话的目的，即是"辫子事件"的尾声。

59　在这几行里，再请七斤、七斤嫂、九斤老太、六斤一家老小出场一次，对阅者交代清楚。但作者依然不忘"描绘"，文字老是这样的经济而且警练。

祝　福

1　旧历的年底毕竟最像年底，村镇上不必说，就在天空中也显出将到新年的气象来。灰白色的沉重的晚云中间时时发出闪光，接着一声钝响，是送灶的爆竹；近处燃放的可就更强烈了，震耳的声音还没有息，空气里已经散满了幽微的火药香。我是正在这一夜回到我的故乡鲁镇的。虽说故乡，然而已没有家，所以只得暂寓在鲁四老爷的宅子里。他是我的本家，比我长一辈，应该称之曰"四叔"，是一个讲理学的老监生。他比先前并没有什么大改变，单是老了些，但也还未留胡子，一见面是寒暄，寒暄之后说我"胖了"，说我"胖了"之后，即大骂其新党。但我知道，这并非借题在骂我：因为他所骂的还是康有为。但是，谈话是总不投机的了，于是不多久，我便一个人剩在书房里。

2　第二天我起得很迟，午饭之后，出去看了几个本家和朋友；第三天也照样。他们也都没有什么大改变，单是老了些；家中却一律忙，都在准备着"祝福"。这是鲁镇年终的大典，致敬尽礼，迎接福神，拜求来年一年中的好运气的。杀鸡，宰鹅，买猪肉，用心细细的洗，女人的臂膊都在水里浸得通红，有的还带着绞丝银镯子。煮熟之后，横七竖八的插些筷子在这类东西上，可就称为"福礼"了，五更天陈列起来，并且点上香烛，恭请福神们来享用；拜的却只限于男人，拜完自然仍然是放爆竹。年年如此，家家如此，——只要买得起福礼和爆竹之类的，——今年自然也如此。天色愈阴暗了，下午竟下起雪来，雪花大的有梅花那么大，满天飞舞，夹着烟霭和忙碌的气色，将鲁镇乱成一团糟。我回到四叔的书房里时，瓦楞上已经雪白，房里也映得较光明，极分明的显出壁上挂着的朱拓的大"寿"字，陈抟老祖写的；一边的对联已经脱落，松松的卷了放在长桌上，一边的还在，道是"事理通达心气和平"。我又无聊赖的到窗下的案头去一翻，只见一堆似乎未必完全的《康熙字典》，一部《近思录集注》和一部《四书衬》。无论如何，我明天决计要走了。

3 况且，一想到昨天遇见祥林嫂的事，也就使我不能安住。那是下午，我到镇的东头访过一个朋友，走出来，就在河边遇见她；而且见她瞪着的眼睛的视线，就知道明明是向我走来的。我这回在鲁镇所见的人们中，改变之大，可以说无过于她的了：五年前的花白的头发，即今已经全白，全不像四十上下的人；脸上瘦削不堪，黄中带黑，而且消尽了先前悲哀的神色，仿佛是木刻似的；只有那眼珠间或一轮，还可以表示她是一个活物。她一手提着竹篮，内中一个破碗，空的；一手拄着一支比她更长的竹竿，下端开了裂：她分明已经纯乎是一个乞丐了。

4 我就站住,预备她来讨钱。

5 "您回来了?"她先这样问。

6 "是的。"

7 "这正好。你是识字的,又是出门人,见识得多。我正要问你一件事——"她那没有精采的眼睛忽然发光了。

8 我万料不到她却说出这样的话来,诧异的站着。

9 "就是——"她走近两步,放低了声音,极秘密似的切切的说,"一个人死了之后,究竟有没有魂灵的?"

10 我很悚然,一见她的眼盯着我,背上也就遭了芒刺一般,比在学校里遇到不及预防的临时考,教师又偏是站在身旁的时候,惶急得多了。对于魂灵的有无,我自己是向来毫不介意的;但在此刻,怎样回答她好呢?我在极短期的踌躇中,想,这里的人照例相信鬼,然而她,却疑惑了,——或者不如说希望:希望其有,又希望其无……人何必增添末路的人的苦恼,为她起见,不如说有罢。

11 "也许有罢,——我想。"我于是吞吞吐吐的说。

12 "这么,也就有地狱了?"

13 "阿!地狱?"我很吃惊,只得支吾着,"地狱?——论理,就该也有。——然而也未必,……谁来管这等事……"

14 "那么,死掉的一家的人,都能见面的?"

15 "唉唉,见面不见面呢?……"这时我已知道自己也还是完全一个愚人,什么踌躇,什么计画,都挡不住三句问,我即刻胆怯起来了,便想全翻过先前的话来,"那是,……实在,我说不清……其实,究竟有没有魂灵,我也说不清。"

16　我乘她不再紧接的问,迈开步便走,匆匆的逃回四叔的家中,心里很觉得不安逸。自己想,我这答话怕于她有些危险。她大约因为在别人的祝福时候,感到自身的寂寞了,然而会不会含有别的什么意思的呢?——或者是有了什么预感了?倘有别的意思,又因此发生别的事,则我的答话委实该负若干的责任……但随后也就自笑,觉得偶尔的事,本没有什么深意义,而我偏要细细推敲,正无怪教育家要说是生着神经病;而况明明说过"说不清",已经推翻了答话的全局,即使发生什么事,于我也毫无关系了。

17　"说不清"是一句极有用的话。不知事的勇敢的少年,往往敢于给人解决疑问,选定医生,万一结果不佳,大抵反成了怨府,然而一用这说不清来作结束,便事事逍遥自在了。我在这时,更感到这一句话的必要,即使和讨饭的女人说话,也是万不可省的。

18　但是我总觉得不安,过了一夜,也仍然时时记忆起来,仿佛怀着什么不祥的预感,在阴沉的雪天里,在无聊的书房里,这不安愈加强烈了。不如走罢,明天进城去。福兴楼的清炖鱼翅,一元一大盘,价廉物美,现在不知增价了否?往日同游的朋友,虽然已经云散,然而鱼翅是不可不吃的,即使只有我一个……无论如何,我明天决计要走了。

19　我因为常见些但愿不如所料,以为未必竟如所料的事,却每每恰如所料的起来,所以很恐怕这事也一律。果然,特别的情形开始了。傍晚,我竟听到有些人聚在内室里谈话,仿佛议论什么事似的,

但不一会,说话声也就止了,只有四叔且走而且高声的说:

20 "不早不迟,偏偏要在这时候,——这就可见是一个谬种!"

21 我先是诧异,接着是很不安,似乎这话于我有关系。试望门外,谁也没有。好容易待到晚饭前他们的短工来冲茶,我才得了打听消息的机会。

22 "刚才,四老爷和谁生气呢?"我问。

23 "还不是和祥林嫂?"那短工简捷的说。

24 "祥林嫂?怎么了?"我又赶紧的问。

25 "老了。"

26 "死了?"我的心突然紧缩,几乎跳起来,脸上大约也变了色,但他始终没有抬头,所以全不觉。我也就镇定了自己,接着问——

27 "什么时候死的?"

28 "什么时候?——昨天夜里,或者就是今天罢。——我说不清。"

29 "怎么死的?"

30 "怎么死的?——还不是穷死的?"他淡然的回答,仍然没有抬头向我看,出去了。

31 然而我的惊惶却不过暂时的事,随着就觉得要来的事,已经过去,并不必仰仗我自己的"说不清"和他之所谓"穷死的"的宽慰,心地已经渐渐轻松;不过偶然之间,还似乎有些负疚。晚饭摆出来了,四叔俨然的陪着。我也还想打听些关于祥林嫂的消息,但知道他虽然读过"鬼神者二气之良能也",而忌讳仍然极多,当临近祝福时候,是万不可提起死亡疾病之类的话的;倘不得已,就该用一种替代的隐语,可惜我又不知道,因此屡次想问,而终于中止了。我从他俨然的脸色上,又忽而疑他正以为我不早不迟,偏要在这时候来打搅他,也是一个谬种,便立刻告诉他明天要离开鲁镇,进城去,趁早放宽了他的心。他也不很留。这样闷闷的吃完了一餐饭。

32 冬季日短,又是雪天,夜色早笼罩了全市镇。人们都在灯下匆忙,但窗外很寂静。雪花落在积得厚厚的雪褥上面,听去似乎瑟瑟有声,使人更加感得沉寂。我独坐在发出黄光的菜油灯下,想,这百无聊赖的祥林嫂,被人们弃在尘芥堆中的,看得厌倦了的陈旧的玩物,先前还将形骸露在尘芥里,从活得有趣的人们看来,恐怕要怪讶她何以还要存在,现在总算被无常打扫得干干净净了。魂灵的有无,我不知道;然而在现世,则无聊生者不生,即使厌见者不见,为人为己,也还都不错。我静听着窗外似乎瑟瑟作响的雪花声,一面想,反而渐渐的舒畅起来。

33 然而先前所见所闻的她的半生事迹的断片,至此也联成一片了。

34 她不是鲁镇人。有一年的冬初,四叔家里要换女工,做中人的卫老婆子带她进来了,头上扎着白头绳,乌裙,蓝夹袄,月白背心,年纪大约二十六七,脸色青黄,但两颊却还是红的。卫老婆子叫她祥林嫂,说是自己母家的邻舍,死了当家人,所以出来做工了。四叔皱了皱眉,四婶已经知道了他的意思,是在讨厌她是一个寡妇。但看她模样还周正,手脚都壮大,又只是顺着眼,不开一句口,很像一个安分耐劳的人，便不管四叔的皱眉，将她留下了。试工期内，她整天的做，似乎闲着就无聊，又有力，简直抵得过一个男子，所以第三天就定局，每月工钱五百文。

35　大家都叫她祥林嫂；没问她姓什么，但中人是卫家山人，既说是邻居，那大概也就姓卫了。她不很爱说话，别人问了才回答，答的也不多。直到十几天之后，这才陆续的知道她家里还有严厉的婆婆；一个小叔子，十多岁，能打柴了；她是春天没了丈夫的；他本来也打柴为生，比她小十岁；大家所知道的就只是这一点。

36　日子很快的过去了，她的做工却丝毫没有懈，食物不论，力气是不惜的。人们都说鲁四老爷家里雇着了女工，实在比勤快的男人还勤快。到年底，扫尘，洗地，杀鸡，宰鹅，彻夜的煮福礼，全是一人担当，竟没有添短工。然而她反满足，口角边渐渐的有了笑影，脸上也白胖了。

37　新年才过，她从河边淘米回来时，忽而失了色，说刚才远远地看见一个男人在对岸徘徊，很像夫家的堂伯，恐怕是正为寻她而来的。四婶很惊疑，打听底细，她又不说。四叔一知道，就皱一皱眉，道：

38　"这不好。恐怕她是逃出来的。"

39　她诚然是逃出来的，不多久，这推想就证实了。

40　此后大约十几天，大家正已渐渐忘却了先前的事，卫老婆子忽而带了一个三十多岁的女人进来了，说那是祥林嫂的婆婆。那女人虽是山里人模样，然而应酬很从容，说话也能干，寒暄之后，就赔罪，说她特来叫她的儿媳回家去，因为开春事务忙，而家中只有老的和小的,人手不够了。

41 "既是她的婆婆要她回去,那有什么话可说呢。"四叔说。

42 于是算清了工钱,一共一千七百五十文,她全存在主人家,一文也还没有用,便都交给她的婆婆。那女人又取了衣服,道过谢,出去了。其时已经是正午。

43 "阿呀,米呢?祥林嫂不是去淘米的么?……"好一会,四婶这才惊叫起来。她大约有些饿,记得午饭了。

44 于是大家分头寻淘箩。她先到厨下,次到堂前,后到卧房,全不见淘箩的影子。四叔踱出门外,也不见,直到河边,才见平平正正的放在岸上,旁边还有一株菜。

45 看见的人报告说,河里面上午就泊了一只白篷船,篷是全盖起来的,不知道什么人在里面,但事前也没有人去理会他。待到祥林嫂出来淘米,刚刚要跪下去,那船里便突然跳出两个男人来,像是山里人,一个抱住她,一个帮着,拖进船去了。祥林嫂还哭喊了几声,此后便再没有什么声息,大约给用什么堵住了罢。接着就走上两个女人来,一个不认识,一个就是卫老婆子。窥探舱里,不很分明,她像是捆了躺在船板上。

46 "可恶!然而……"四叔说。

47 这一天是四婶自己煮午饭;他们的儿子阿牛烧火。

48 午饭之后,卫老婆子又来了。

49 "可恶!"四叔说。

50 "你是什么意思?亏你还会再来见我们。"四婶洗着碗,一见面就愤愤的说,"你自己荐她来,又合伙劫她去,闹得沸反盈天的,大家看了成个什么样子?你拿我们家里开玩笑么?"

51 "阿呀阿呀,我真上当。我这回,就是为此特地来说说清楚的。她来求我荐地方,我那里料得到是瞒着她的婆婆的呢。对不起,四老爷,四太太。总是我老发昏不小心,对不起主顾。幸而府上是向来宽洪大量,不肯和小人计较的。这回我一定荐一个好的来折罪……"

52 "然而……"四叔说。

53 于是祥林嫂事件便告终结,不久也就忘却了。

54 只有四婶,因为后来雇用的女工,大抵非懒即馋,或者馋而且懒,左右不如意,所以也还提起祥林嫂。每当这些时候,她往往自言自语的说,"她现在不知道怎么样了?"意思是希望她再来。但到第二年的新正,她也就绝了望。

55 新正将尽,卫老婆子来拜年了,已经喝得醉醺醺的,自说因为回了一趟卫家山的娘家,住下几天,所以来得迟了。她们问答之间,自然就谈到祥林嫂。

56 "她么?"卫老婆子高兴的说,"现在是交了好运了。她婆婆抓她回去的时候,是早已许给了贺家墺的贺老六的,所以回家之后不几天,也就装在花轿里抬去了。"

57 "阿呀,这样的婆婆!……"四婶惊奇的说。

58 "阿呀,我的太太!你真是大户人家的太太的话。我们山里人,小户人家,这算得什么?她有小叔子,也得娶老婆。不嫁了她,那有这一注钱来做聘礼?她的婆婆倒是精明强干的女人呵,很有打算,所以就将她嫁到里山去。倘许给本村人,财礼就不多;唯独肯嫁进深山野坳里去的女人少,所以她就到手了八十千。现在第二个儿子的媳妇也娶进了,财礼只花了五千,除去办喜事的费用,还剩十多千。吓,你看,这多么好打算?……"

59 "祥林嫂竟肯依?……"

60 "这有什么依不依。——闹是谁也总要闹一闹的,只要用绳子一捆,塞在花轿里。抬到男家,捺上花冠,拜堂,关上房门,就完事了。可是祥林嫂真出格,听说那时实在闹得利害,大家还都说大约因为在念书人家做过事,所以与众不同呢。太太,我们见得多了;回头人出嫁,哭喊的也有,说要寻死觅活的也有,抬到男家拜不成天地的也有,连花烛都砸了的也有。祥林嫂可是异乎寻常,他们说她一路只是嚎,骂,抬到贺家坳,喉咙已经全哑了。拉出轿来,两个男人和她的小叔子使劲的擒住她也还拜不成天地。他们一不小心,一松手,阿呀,阿弥陀佛,她就一头撞在香案角上,头上碰了一个大窟窿,鲜血直流,用了两把香灰,包上两块红布还止不住血呢。直到七手八脚的将她和男人反关在新房里,还是骂,阿呀呀,这真是……"她摇一摇头,顺下眼睛,不说了。

61 "后来怎么样呢?"四婶还问。

62 "听说第二天也没有起来。"她抬起眼来说。

63 "后来呢?"

64 "后来?——起来了。她到年底就生了一个孩子,男的,新年就两岁了。我在娘家这几天,就有人到贺家坳去,回来说看见她们娘儿俩,母亲也胖,儿子也胖;上头又没有婆婆,男人所有的是力气,会做活;房子是自家的。——唉唉,她真是交了好运了。"

65　从此之后,四婶也就不再提起祥林嫂。

66　但有一年的秋季,大约是得到祥林嫂好运的消息之后的又过了两个新年,她竟又站在四叔家的堂前了。桌上放着一个荸荠式的圆篮,檐下一个小铺盖。她仍然头上扎着白头绳,乌裙,蓝夹袄,月白背心,脸色青黄,只是两颊上已经消失了血色,顺着眼,眼角下带些泪痕,眼光也没有先前那样精神了。而且仍然是卫老婆子领着,显出慈悲模样,絮絮的对四婶说:

67　"……这实在叫作'天有不测风云',她的男人是坚实人,谁知道年纪轻轻,就会断送在伤寒上?本来已经好了的,吃了一碗冷饭,复发了。幸亏有儿子;她又能做,打柴摘茶养蚕都来得,本来还可以守着,谁知道那孩子又会给狼衔去的呢?春天快完了,村上倒反来了狼,谁料到?现在她只剩了一个光身了。大伯来收屋,又赶她。她真是走投无路了,只好来求老主人。好在她现在已经再没有什么牵挂,太太家里又凑巧要换人,所以我就领她来。——我想,熟门熟路,比生手实在好得多……"

68　"我真傻,真的,"祥林嫂抬起她没有神采的眼睛来,接着说。"我单知道下雪的时候野兽在山墺里没有食吃,会到村里来;我不知道春天也会有。我一清早起来就开了门,拿小篮盛了一篮豆,叫我们的阿毛坐在门槛上剥豆去。他是很听话的,我的话句句听;他出去了。我就在屋后劈柴,淘米,米下了锅,要蒸豆。我叫阿毛,没有应,出去一看,只见豆撒得一地,没有我们的阿毛了。他是不到别家去玩的;各处去一问,果然没有。我急了,央人出去寻。直到下半天,寻来寻去寻到山墺里,看见刺柴上挂着一只他的小鞋。大家都说,糟了,怕是遭了狼了。再进去;他果然躺在草窠里,肚里的五脏已经都给吃空了,手上还紧紧的捏着那只小篮呢。……"她接着便是呜咽,说不出成句的话来。

69　四婶起初还踌躇,待到听完她自己的话,眼圈就有些红了。她想了一想,便教拿圆篮和铺盖到下房去。卫老婆子仿佛卸了一肩重担似的嘘一口气;祥林嫂比初来时候神气舒畅些,不待指引,自己驯熟的安放了铺盖。她从此又在鲁镇做女工了。

70　大家仍然叫她祥林嫂。

71　然而这一回,她的境遇却改变得非常大。上工之后的两三天,主人们就觉得她手脚已没有先前一样灵活,记性也坏得多,死尸似的脸上又整日没有笑影,四婶的口气上,已颇有些不满了。当她初到的时候,四叔虽然照例皱着眉,但鉴于向来雇用女工之难,也就并不大反对,只是暗暗地告诫四婶说:"这种人虽然似乎很可怜,但是败坏风俗的,用她帮忙还可,祭祀时候可用不着她沾手,一切饭菜,只好自己做,否则,不干不净,祖宗是不吃的。"

72　四叔家里最重大的事件是祭祀,祥林嫂先前最忙的时候也就是祭祀,这回她却清闲了。桌子放在堂中央,系上桌帏,她还记得照旧的去分配酒杯和筷子。

73　"祥林嫂,你放着罢! 我来摆。"四婶慌忙的说。

74　她讪讪的缩了手,又去取烛台。

75　"祥林嫂,你放着罢!我来拿。"四婶又慌忙的说。

76　她转了几个圆圈,终于没有事情做,只得疑惑的走开。她在这一天可做的事不过是坐在灶下烧火。

77　镇上的人们也仍然叫她祥林嫂,但音调和先前很不同;也还和她讲话,但笑容却冷冷的了。她全不理会那些事,只是直着眼睛,和大家讲她自己日夜不忘的故事——

78　"我真傻,真的,"她说。"我单知道雪天是野兽在深山里没有食吃,会到村里来;我不知道春天也会有。我一大早起来就开了门,拿小篮盛了一篮豆,叫我们的阿毛坐在门槛上剥豆去。他是很听话的孩子,我的话句句听;他就出去了。我就在屋后劈柴,淘米,米下了锅,打算蒸豆。我叫,'阿毛!'没有应。出去一看,只见豆撒得满地,没有我们的阿毛了。各处去一问,都没有。我急了,央人去寻去。直到下半天,几个人寻到山墺里,看见刺柴上挂着一只他的小鞋。大家都说,完了,怕是遭了狼了。再进去;果然,他躺在草窠里,肚里的五脏已经都给吃空了,可怜他手里还紧紧的捏着那只小篮呢。……"她于是淌下眼泪来,声音也呜咽了。

79　这故事倒颇有效,男人听到这里,往往敛起笑容,没趣的走了开去;女人们却不独宽恕了她似的,脸上立刻改换了鄙薄的神气,还要陪出许多眼泪来。有些老女人没有在街头听到她的话,便特意寻来,要听她这一段悲惨的故事。直到她说到呜咽,她们也就一齐流下那停在眼角上的眼泪,叹息一番,满足的去了,一面还纷纷的评论着。

80　她就只是反复的向人说她悲惨的故事,常常引住了三五个人来听她。但不久,大家也都听得纯熟了,便是最慈悲的念佛的老太太们,眼里也再不见有一点泪的痕迹。后来全镇的人们几乎都能背诵她的话,一听到就烦厌得头痛。

81　"我真傻,真的。"她开首说。

82　"是的,你单知道雪天野兽在深山里没有食吃,才会到村里来的。"他们立即打断她的话,走开去了。

83　她张着口怔怔的站着,直着眼睛看他们,接着也就走了,似乎自己也觉得没趣。但她还妄想,希图从别的事,如小篮、豆、别人的孩子上,引出她的阿毛的故事来。倘一看见两三岁的小孩子,她就说:

84　"唉唉,我们的阿毛如果还在,也就有这么大了。……"

85　孩子看见她的眼光就吃惊,牵着母亲的衣襟催她走。于是又只剩下她一个,终于没趣的也走了。后来大家又都知道了她的脾气,只要有孩子在眼前,便似笑非笑的先问她,道:

86　"祥林嫂,你们的阿毛如果还在,不是也就有这么大了么?"

87　她未必知道她的悲哀经大家咀嚼赏鉴了许多天,早已成为渣滓,只值得烦厌和唾弃;但从人们的笑影上,也仿佛觉得这又冷又尖,自己再没有开口的必要了。她单是一瞥他们,并不回答一句话。

88　鲁镇永远是过新年,腊月二十以后就忙起来了。四叔家里这回须雇男短工,还是忙不过来,另叫柳妈做帮手。杀鸡,宰鹅;然而柳妈是善女人,吃素,不杀生的,只肯洗器皿。祥林嫂除烧火之外,没有别的事,却闲着了,坐着只看柳妈洗器皿。微雪点点的下来了。

89 "唉唉,我真傻。"祥林嫂看了天空,叹息着,独语似的说。

90 "祥林嫂,你又来了。"柳妈不耐烦的看着她的脸,说。"我问你;你额角上的伤疤,不就是那时撞坏的么?"

91 "唔唔。"她含胡的回答。

92 "我问你;你那时怎么后来竟依了呢?"

93 "我么?……"

94 "你呀。我想:这总是你自己愿意了,不然……"

95 "阿阿,你不知道他力气多么大呀。"

96 "我不信。我不信你这么大的力气,真会拗他不过。你后来一定是自己肯了,倒推说他力气大。"

97 "阿阿,你……你自己试试看。"她笑了。

98 柳妈的打皱的脸也笑起来,使她蹙缩得像一个核桃;干枯的小眼睛一看祥林嫂的额角,又钉住她的眼。祥林嫂似乎很局促了,立刻敛了笑容,旋转眼光,自去看雪花。

99 "祥林嫂,你实在不合算。"柳妈诡秘的说。"再一强,或者索性撞一个死,就好了。现在呢,你和你的第二个男人过活不到两年,倒落一件大罪名。你想,你将来到阴司去,那两个死鬼的男人还要争,你给了谁好呢?阎罗大王只好把你锯开来,分给他们。我想,这真是……"

100 她脸上就显出恐怖的神色来,这是在山村里所未曾知道的。

101 "我想,你不如及早抵当。你到土地庙里去捐一条门槛,当作你的替身。给千人踏,万人跨,赎了这一世的罪名,免得死了去受苦。"

102 她当时并不回答什么话,但大约非常苦闷了,第二天早上起来的时候,两眼上便都围着大黑圈。早饭之后,她便到镇的西头的土地庙里去求捐门槛。庙祝起初执意不允许,直到她急得流泪,才勉强答应了。价目是大钱十二千。

103 她久已不和人们交口,因为阿毛的故事是早被大家厌弃了的;但自从和柳妈谈了天,似乎又即传扬开去,许多人都发生了新趣味,又来逗她说话了。至于题目,那自然是换了一个新样,专在她额上的伤疤。

104 "祥林嫂。我问你:你那时怎么竟肯了?"一个说。

105 "唉,可惜,白撞了这一下。"一个看着她的疤,应和道。

106 她大约从他们的笑容和声调上,也知道是在嘲笑她,所以总是瞪着眼睛;不说一句话,后来连头也不回了。她整日紧闭了嘴唇,头上带着大家以为耻辱的记号的那伤痕,默默的跑街,扫地,洗菜,淘米。快够一年,她才从四婶手里支取了历来积存的工钱,换算了十二元鹰洋,请假到镇的西头去。但不到一顿饭时候,她便回来,神气很舒畅,眼光也分外有神,高兴似的对四婶说,自己已经在土地庙捐了门槛了。

107 冬至的祭祖时节,她做得更出力,看四婶装好祭品,和阿牛将桌子抬到堂屋中央,她便坦然的去拿酒杯和筷子。

108 "你放着罢,祥林嫂!"四婶慌忙大声说。

109 她像是受了炮烙似的缩手,脸色同时变作灰黑,也不再去取烛台,只是失神的站着。直到四叔上香的时候,教她走开,她才走开。这一回来的变化非常大,第二天,不但眼睛洼陷下去,连精神也更不济了。而且很胆怯,不独怕暗夜,怕黑影,即使见人,虽是自己的主人,也总惴惴的,有如在白天出穴游行的小鼠;否则呆坐着,直是一个木偶人。不半年,头发也花白起来了,记性尤其坏,甚而至于常常忘却了去淘米。

110 "祥林嫂怎么这样了?倒不如那时不留她。"四婶有时当面就这样说,似乎是警告她。

111 然而她总如此,全不见有伶俐起来的希望。他们于是想打发她走了,教她回到卫老婆子那里去。但当我还在鲁镇的时候,不过单是这样说;看现在的情状,可见后来终于实行了。然而她是从四叔家出去就成了乞丐的呢,还是先到卫老婆子家然后再成乞丐的呢?那我可不知道。

112 我给那些因为在近旁而极响的爆竹声惊醒,看见豆一般大的黄色的灯火光,接着又听得毕毕剥剥的鞭炮,是四叔家正在"祝福"了;知道已是五更将近时候。我在蒙胧中,又隐约听到远处的爆竹声联绵不断,似乎合成一天音响的浓云,夹着团团飞舞的雪花,拥抱了全市镇。我在这繁响的拥抱中,也懒散而且舒适,从白天以至初夜的疑虑,全给祝福的空气一扫而空了,只觉得天地圣众歆享了牲醴和香烟,都醉醺醺的在空中蹒跚,预备给鲁镇的人们以无限的幸福。

(1924年2月7日,选自《彷徨》)

【解说】

张定璜论鲁迅,他说"鲁迅先生站在路旁边,看见我们男男女女在大街上来去,高的矮的,老的小的,肥的瘦的,笑的哭的,一大群在那里蠢动,从我们的眼睛,面貌,举动上;从我们的全身上,他看出我们的冥顽,卑劣,丑恶和饥饿!在他面前经过的有一个不是饿得慌的人么?……"

这里所选的一篇《祝福》,可以代表作者的"剥脱他人","沉默的旁观"。文中的祥林嫂是一个农村里不幸的妇人,她的身世悲惨已极。使祥林嫂陷入悲惨运命的,就是鲁镇的传统的道德、习俗。作者"剥脱"祥林嫂和鲁镇的习俗,值得我们的注意。

1—2 用直叙法写鲁镇岁暮的氛围气。

3 写祥林嫂的外貌。

4—15 借对话暗示主人公的境遇。

16—18 主观的描写。

19—30 事件的展开,由做短工的人说出祥林嫂死了。

31 写四叔是一位"正人君子"。

32 写作者的感触,用冬夜的景色陪衬。

33 事件向前进展。

34—36 祥林嫂的来历。

37—53 另一事件的展开。

54—55 引出卫老婆子,文中的次要的人物。

56—65 由卫老婆子的口中,叙述祥林嫂被迫改嫁,不再用直叙法。注意58、65节里描写的乡村习俗。

66 事件再向前展开。

67　卫老婆子述祥林嫂的运命。

68　祥林嫂自述她的遭遇。她的唯一的希望被毁灭了。

69—76　根据乡村的习俗,再嫁的人"虽然似乎很可怜,但是败坏风俗的",所以"用她帮忙还可以,祭祀时候可用不着她沾手,……"这就是作者"剥脱"习俗的文字。

78　借"述怀"描写祥林嫂的运命。

79—87　为了"剥脱"一般俗众,作者用了辛辣的文笔。

88—102　柳妈就是传统的习俗的化身。使祥林嫂陷入深渊的,不外是"柳妈式"的农村社会。

103—105　"剥脱"俗众对于弱者的冷笑。暴露中国人的弱点。

106—110　祥林嫂终于做了"习俗""冷笑"的牺牲。在土地庙捐了门槛,也仍然得不到同情和安慰,所以她"不但眼睛洼陷下去,连精神也更不济了"。

111　事件的终结。

112　本地风光的描写,以对于"祝福"的轻微的讽刺作结。

孔乙己

1　鲁镇的酒店的格局,是和别处不同的:都是当街一个曲尺形的大柜台,柜里面预备着热水,可以随时温酒。做工的人,傍午傍晚散了工,每每花四文铜钱,买一碗酒,——这是二十多年前的事,现在每碗要涨到十文,——靠柜外站着,热热的喝了休息;倘肯多花一文,便可以买一碟盐煮笋,或者茴香豆,做下酒物了,如果出了十几文,那就能买一样荤菜;但这些顾客,多是短衣帮,大抵没有这样阔绰。只有穿长衫的,才踱进店面隔壁的房子里,要酒要菜,慢慢地坐喝。

2　我从十二岁起,便在镇口的咸亨酒店里当伙计,掌柜说,样子太傻,怕侍候不了长衫主顾,就在外面做点事罢。外面的短衣主顾,虽然容易说话,但唠唠叨叨缠夹不清的也很不少。他们往往要亲眼看着黄酒从坛子里舀出,看过壶子底里有水没有,又亲看将壶子放在热水里,然后放心:在这严重监督下,羼水也很为难。所以过了几天,掌柜又说我干不了这事。幸亏荐头的情面大,辞退不得,便改为专管温酒的一种无聊职务了。

3　我从此便整天的站在柜台里,专管我的职务。虽然没有什么失职,但总觉有些单调,有些无聊。掌柜是一副凶脸孔,主顾也没有好声气,叫人活泼不得;只有孔乙己到店,才可以笑几声。所以至今还记得。

4　孔乙己是站着喝酒而穿长衫的唯一的人。他身材很高大;青白脸色,皱纹间时常夹些伤痕;一部乱蓬蓬的花白的胡子。穿的虽然是长衫,可是又脏又破,似乎十多年没有补,也没有洗。他对人说话,总是满口之乎者也,教人半懂不懂的。因为他姓孔,别人便从描红纸上的"上大人孔乙己"这半懂不懂的话里,替他取下一个绰号,叫作孔乙己。孔乙己一到店,所有喝酒的人便都看着他笑,有的叫道:"孔乙己,你脸上又添上新伤疤了!"他不回答,对柜里说:"温两碗酒,要一碟茴香豆。"便摸出九文大钱。他们又故意的高声嚷道:"你一定又偷了人家的东西了!"孔乙己睁大眼睛说:"你怎么这样凭空污人清白……""什么清白?我前天亲眼见你偷了何家的书,吊着打。"孔乙己便涨红了脸,额上的青筋条条绽出,争辩道:"窃书不能算偷……窃书!读书人的事,能算偷么!"接连便是难懂的话,什么"君子固穷",什么"者乎"之类,引得众人都哄笑起来:店内外充满了快活的空气。

5　听人家背地里谈论,孔乙己原来也读过书,但终于没有进学,又不会营生;于是愈过愈穷,弄到将要讨饭了。幸而写得一笔好字,便替人家钞钞书,换一碗饭吃。可惜他又有一样坏脾气,便是好喝懒做。坐不到几天,便连人和书籍纸张笔砚,一齐失踪。如是几次,叫他钞书的人也没有了。孔乙己没有法,便免不了偶然做些偷窃的事。

但他在我们店里,品行却比别人都好,就是从不拖欠;虽然间或没有现钱,暂时记在粉板上,但不出一月,定然还清,从粉板上拭去了孔乙己的名字。

6 孔乙己喝过半碗酒,涨红的脸色渐渐复了原,旁人便又问道:"孔乙己,你当真认识字么?"孔乙己看着问他的人,显出不屑置辩的神气。他们便接着说道:"你怎的连半个秀才也捞不到呢?"孔乙己立刻显出颓唐不安模样,脸上笼上了一层灰色,嘴里说些话;这回可是全是之乎者也之类,一些不懂了。在这时候,众人也都哄笑起来:店内外充满了快活空气。

7 在这些时候,我可以附和着笑,掌柜是决不责备的。而且掌柜见了孔乙己,也每每这样问他,引人发笑。孔乙己自己知道不能和他们谈天,便只好向孩子说话。有一回对我说道:"你读过书么?"我略略点一点头。他说,"读过书,……我便考你一考。茴香豆的茴字,怎么写的?"我想,讨饭一样的人,也配考我么?便回过脸去,不再理会。孔乙己等了许久,很恳切的说道,"不能写罢?……我教给你,记着?这些字应该记着。将来做掌柜的时候,写账要用。"我暗想我和掌柜的等级还很远呢,而且我们掌柜也从不将茴香豆上账;又好笑,又不耐烦,懒懒的答他道:"谁要你教,不是草头底下一个来回的回字么?"孔乙己显出极高兴的样子,将两个指头的长指甲敲着柜台,点头说,"对呀对呀!……回字有四样写法,你知道么?"我愈不耐烦了,努着嘴走远。孔乙己刚用指甲蘸了酒,想在柜上写字,见我毫不热心,便又叹一口气,显出极惋惜的样子。

8　有几回,邻舍孩子听得笑声,也赶热闹,围住了孔乙己。他便给他们茴香豆吃,一人一颗。孩子吃完豆,仍然不散,眼睛都望着碟子。孔乙己着了慌,伸开五指将碟子罩住,弯腰下去说道,"不多了,我已经不多了。"直起身又看一看豆,自己摇头说,"不多不多!多乎哉?不多也。"于是这一群孩子都在笑声里走散了。

9　孔乙己是这样的使人快活,可是没有他,别人也便这么过。

10　有一天,大约是中秋前的两三天,掌柜正在慢慢的结账,取下粉板,忽然说,"孔乙己长久没有来了。还欠十九个钱呢!"我才也觉得他的确长久没有来了。一个喝酒的人说道,"他怎么会来?……他打折了腿了。"掌柜说,"哦!""他总仍旧是偷。这一回,是自己发昏,竟偷到丁举人家里去了。他家的东西,偷得的吗?""后来怎么样?""怎么样?先写服辩,后来是打,打了大半夜,再打折了腿。""后来呢?""后来打折了腿了。""打折了怎样呢?""怎样?……谁晓得?许是死了。"掌柜也不再问,仍然慢慢的算他的账。

11　中秋过后,秋风是一天凉比一天,看看将近初冬;我整天的靠着火,也须穿上棉袄了。一天的下半天,没有一个顾客,我正合了眼坐着。忽然间听得一个声音,"温一碗酒。"这声音虽然极低,却很耳熟,看时又全没有人,站起来向外一望,那孔乙己便在柜台下对了门槛坐着。他脸上黑而且瘦,已经不成样子;穿一件破夹袄,盘着两腿,下面垫一个蒲包,用草绳在肩上挂住;见了我,又说道,"温一碗酒。"掌柜也伸出头去,一面说,"孔乙己么?你还欠十九个钱呢!"孔乙己很颓唐的仰面答道,"这……下回还清罢。这一回是现钱,酒要好。"掌柜仍然同平常一样，笑着对他说："孔乙己，你又偷了东西了！"但他这回却不十分分辩，单说了一句"不要取笑！""取笑？要是不偷，怎么会打断腿？"孔乙己低声说道，"跌腿，跌跌……"他的眼色，很像恳求掌柜，不要再提。此时已经聚集了几个人，便和掌柜都笑了。我温了酒，端出去，放在门槛上。他从破衣袋里摸出四文大钱，放在我手里，见他满手是泥，原来他便用这手走来的。不一会，他喝完酒，便又在旁人的笑声中，坐着用这手慢慢走去了。

12 自此以后，又长久没有看见孔乙己。到了年关，掌柜取下粉板说，"孔乙己还欠十九个钱呢！"到第二年的端午，又说"孔乙己还欠十九个钱呢！"到中秋可是没有说，再到年关也没有看见他。

13 我到现在终于没有见——大约孔乙己的确死了。

（1919年3月，选自《呐喊》）

【解说】

这篇的主人公是孔乙己——一个"原来也读过书，但终于没有进学，又不会营生，于是愈过愈穷"的"破落无产者"。在"老大的中国"，这样的"破落无产者"到处都是，不仅作者的鲁镇一处才有。阅者看了孔乙己的遭遇和性格，应该想到孔乙己的遥远的背后，还有许多东西在晃动。——就如第10节里写到的丁举人一类农村的豪强。这里只写一个孔乙己，但却是无数孔乙己的典型。

1 这段写鲁镇的本地风光——酒店。作者以酒店作全文的背景，写得一点不夸张，也不琐絮。全文的佳胜，便在这里。

2　用第一人称(我从十二岁起,……)再写本地风光,兼作引出主人公(孔乙己)的准备。

3　引出孔乙己。

4　主人公的外貌、性格、遭遇等,借"喝酒的人"作陪衬,表现得极有效果。

5　直叙主人公的性格。

6　与第4节的描写联络。阅者对于主人公的印象渐深厚。

7　再描绘主人公,借用"我"和孔乙己的交涉。主人公的印象是深一层。

8　主人公性格的可爱处。

9　"……可是没有他,别人也便这么过。"这是作者的感触,兼反映孔乙己的遭遇。

10　从"喝酒的人"说出主人公的下落,注意叙述的灵巧。

11　季节变迁了,在"……谁晓得?许是死了"之后。接着"忽然听得一个声音……",事件的展开极峭拔,同时借"掌柜"和主人公对照。

12　"孔乙己还欠十九个钱呢!"一句,在这节里重现两次,如嚼橄榄。

13　本文以"我"的观察开始,仍以"我"的观察作结。——"大约孔乙己的确死了",然而在老大的中国,他的"典型犹存"。

示　众

1　首善之区的西城的一条马路上,这时候什么扰攘也没有。火焰焰的太阳虽然还未直照,但路上的沙土仿佛已是闪烁地生光;酷热满和在空气里面,到处发挥着盛夏的威力。许多狗都拖出舌头来,连树上的乌老鸦也张着嘴喘气,——但是,自然也有例外的。远处隐隐有两个铜盏相击的声音,使人忆起酸梅汤,依稀感到凉意,可是那懒懒的单调的金属音的间作,却使那寂静更其深远了。

2　只有脚步声,车夫默默地前奔,似乎想赶紧逃出头上的烈日。

3　"热的包子咧! 刚出屉的……"

4　十一二岁的胖孩子,细着眼睛,歪了嘴在路旁的店门前叫喊。声音已经嘶嗄了,还带些睡意,如给夏天的长日催眠。他旁边的破旧桌子上,就有二三十个馒头包子,毫无热气,冷冷地坐着。

5　"荷阿! 馒头包子咧,热的……"

6　像用力掷在墙上而反拨过来的皮球一般,他忽然飞在马路的那边了。在电杆旁,和他对面,正向着马路,其时也站定了两个人:一个是淡黄制服的挂刀的面黄肌瘦的巡警,手里牵着绳头,绳的那头就拴在别一个穿蓝布大衫上罩白背心的男人的臂膊上。这男人戴一顶新草帽,帽檐四面下垂,遮住了眼睛的一带。但胖孩子身体矮,仰起脸来看时,却正撞见这人的眼睛了。那眼睛也似乎正在看他的脑壳。他连忙顺下眼,去看白背心,只见背心上一行一行地写着些大大小小的什么字。

7 刹时间,也就围满了大半圈的看客。待到增加了秃头的老头子之后,空缺已经不多,而立刻又被一个赤膊的红鼻子胖大汉补满了。这胖子过于横阔,占了两人的地位,所以续到的便只能屈在第二层,从前面的两个脖子之间伸进脑袋去。

8 秃头站在白背心的略略正对面,弯了腰,去研究背心上的文字,终于读起来——

9 "嗡,都,哼,八,而,……"

10 胖孩子却看见那白背心正研究着这发亮的秃头,他也便跟着去研究,就只见满头光油油的,耳朵左近还有一片灰白色的头发,此外也不见得有怎样新奇。但是后面的一个抱着孩子的老妈子却想乘机挤进来了;秃头怕失了位置,连忙站直,文字虽然还未读完,然而无可奈何,只得另看白背心的脸:草帽檐下半个鼻子,一张嘴,尖下巴。

11 又像用了力掷在墙上而反拨过来的皮球一般,一个小学生飞奔上来,一手按住了自己头上的雪白的小布帽,向人丛中直钻进去。但他钻到第三——也许是第四——层,竟遇见一件不可动摇的伟大的东西了,抬头看时,蓝裤腰上面有一座赤条条的很阔的背脊,背脊上还有汗正在流下来。他知道无可措手,只得顺着裤腰右行,幸而在尽头发见了一条空处,透着光明。他刚刚低头要钻的时候,只听得一声"什么",那裤腰以下的屁股向右一歪,空处立刻闭塞,光明也同时不见了。

12 但不多久,小学生却从巡警的刀旁边钻出来了。他诧异地四顾:外面围着一圈人,上首是穿白背心的,那对面是一个赤膊的胖小孩,胖小孩后面是一个赤膊的红鼻子胖大汉。他这时隐约悟出先前的伟大的障碍物的本体了,便惊奇而且佩服似的只望着红鼻子。胖小孩本是注视着小学生的脸的,于是也不禁依了他的眼光,回转头去了,在那里是一个很胖的奶子,奶头四近有几枝很长的毫毛。

13 "他,犯了什么事啦?⋯⋯"

14 大家都愕然看时,是一个工人似的粗人,正在低声下气地请教那秃头老头子。

15 秃头不作声,单是睁起了眼睛看定他。他被看得顺下眼光去,过一会再看时,秃头还是睁起了眼睛看定他,而且别的人也似乎都睁了眼睛看定他。他于是仿佛自己就犯了罪似的局促起来,终至于慢慢退后,溜出去了。一个挟洋伞的长子就来补了缺;秃头也旋转脸去再看白背心。

16 长子弯了腰,要从垂下的草帽檐下去赏识白背心的脸,但不知道为什么忽又站直了。于是他背后的人们又须竭力伸长了脖子;有一个瘦子竟至于连嘴都张得很大像一条死鲈鱼。

17　巡警,突然间,将脚一提,大家又愕然,赶紧都看他的脚;然而他又放稳了,于是又看白背心。长子忽又弯了腰,还要从垂下的草帽檐下去窥测,但即刻也就立直,擎起一只手来拚命搔头皮。

18　秃头不高兴了,因为他先觉得背后有些不太平,接着耳朵边就有唧咕唧咕的声响。他双眉一锁,回头看时,紧挨他右边,有一只黑手拿着半个大馒头正在塞进一个猫脸的人的嘴里去。他也就不说什么,自去看白背心的新草帽了。

19　忽然,就有暴雷似的一击,连横阔的胖大汉也不免向前一踉跄。同时,从他肩膊上伸出一只胖得不相上下的臂膊来,展开五指,拍的一声正打在胖孩子的脸颊上。

20　"好快活!你妈的……"同时,胖大汉后面就有一个弥勒佛似的更圆的胖脸这么说。

21　胖孩子也踉跄了四五步,但是没有倒,一手按着脸颊,旋转身,就想从胖大汉的腿旁的空隙间钻出去。胖大汉赶忙站稳,并且将屁股一歪,塞住了空隙,恨恨地问道——

22　"什么?"

23　胖孩子就像小鼠子落在捕机里似的,仓皇了一会,忽然向小学生那一面奔去,推开他,冲出去了。小学生也返身跟出去了。

24　"吓,这孩子……"总有五六个人都这样说。

25　待到重归平静,胖大汉再看白背心的脸的时候,却见白背心正在仰面看他的胸脯;他慌忙低头也看自己的胸脯时,只见两乳之间的洼下的坑里有一片汗,他于是用手掌拂去了这些汗。

26　然而形势似乎总不甚太平了。抱着小孩的老妈子因为在骚扰时四顾,没有留意,头上梳着的喜鹊尾巴似的"苏州俏"便碰了站在旁边的车夫的鼻梁。车夫一推,却正在推在孩子上;孩子就扭转身去,向着圈外,嚷着要回去了。老妈子先也略略一跄踉,但便即站定,旋转孩子来使他正对白背心,一手指点着,说道——

27　"阿,阿,看呀!多么好看哪!……"

28　空隙间忽而探进一个戴硬草帽的学生模样的头来,将一粒瓜子之类似的东西放在嘴里,下颚向上一磕,咬开,退出去了。这地方就补上了一个满头油汗而粘着灰土的椭圆脸。

29　挟洋伞的长子也已经生气,斜下了一边的肩膊,皱眉疾视着肩后的死鲈鱼。大约从这么大的大嘴里呼出来的热气,原也不易招架的,而况又在盛夏。秃头正仰视那电杆上钉着的红牌上的四个白字,仿佛很觉得有趣。胖大汉和巡警都斜了眼研究着老妈子的钩刀般的鞋尖。

30　"好!"

31　什么地方忽有几个人同声喝采。都知道该有什么事情起来了,一切头便全数回转去。连巡警和他牵着的犯人也都有些摇动了。

32　"刚出屉的包子咧!荷阿,热的……"

33　路对面是胖孩子歪着头,磕睡似的长呼;路上是车夫们默默地前奔,似乎想赶紧逃出头上的烈日。大家都几乎失望了,幸而放出眼光去四处搜索,终于在相距十多家的路上,发见了一辆洋车停放着,一个车夫正在爬起来。

34 圆阵立刻散开,都错错落落地走过去。胖大汉走不到一半,就歇在路边的槐树下;长子比秃头和椭圆脸走得快,接近了。车上的坐客依然坐着,车夫已经完全爬起,但还在摩自己的膝髁。周围有五六个人笑嘻嘻地看他们。

35 "成么?"车夫要来拉车时,坐客便问。

36 他只点点头,拉了车就走;大家就惘惘然目送他。起先还知道那辆是曾经跌倒的车,后来被别的车一混,看不清了。

37 马路上就很清闲,有几只狗伸出了舌头喘气;胖大汉就在槐阴下看那很快地一起一落的狗肚皮。

38 老妈子抱了孩子从屋檐阴下蹩过去了。胖孩子歪着头,挤细了眼睛,拖长声音,磕睡地叫喊——

39 "热的包子咧!荷阿……刚出屉的……"

(1925年3月18日,选自《彷徨》)

【解说】

作者在一篇杂感文里说过:"我临末还要揭出一点黑暗,是我们中国(现在!不是超时代的)的民众,其实还不很管什么党,只要看'头'和'女尸'。只要有,无论谁的都有人看,拳匪之乱,清末党狱,民二,去年和今年,在这短短的二十年中,我已经目睹或耳闻了好几次了。"(《三闲集》一一六页)其实老大的中国人民的残忍性,不知道要流传到什么时候。我们看每天的报纸,那上面就常有"死尸展览图",溺死的、杀头的、枪毙的,几乎和考古学者的研究资料一样的被人重视。至于"示众"更不用说了,何况是活人,正好当作嘲笑戏弄的材料。这篇文章字数不多,但作者立于纯客观的地位,描写一群人物的动作,栩栩如生。在作者的著作里面,显示特殊的风格。

1　夏季的风物。

2　写车夫。

3—5　写卖热包子的胖小孩。

6　写巡警,穿白背心的被示众的犯人。

7　开始描写犯人周围的一群"看客"。先是老头子,继之以胖大汉。

8—9　只写秃头研究背心上的文字,省了许多琐絮的废话。

10　观察精到,微带谐谑,为作者所擅长。

11—12　写小学生,注意动作。

13—14　写工人。

15　写挟洋伞的长子。

16　写瘦子。

17—24　写动作最有精彩,这里所写的动作,如同一根绳子,把这许多不相连贯的人物,穿成一串。

25—26　写胖大汉拂汗。老妈子、车夫、小孩的交涉。

27　注意"多么好看哪!"一句。

28　学生"磕瓜子"。又是一个"椭圆脸"的看客。

29　作者的谐谑。

30—34　另一事件——车夫跌交,有人叫"好"!作者又暴露老大中国人的弱点,但依然描写动作。

35—36　另一事件的终结。

37—39　全文以"动作描写"为重心,仍以"动作"为终结。

鸭的喜剧

1 俄国的盲诗人爱罗先珂君带了他那六弦琴到北京之后不多久,便向我诉苦说:"寂寞呀,寂寞呀,在沙漠上似的寂寞呀!"

2 这应该是真实的。但在我却未曾感得;我住得久了,"入芝兰之室,久而不闻其香",只以为很是嚷嚷罢了。然而我之所谓嚷嚷,或者也就是他之所谓寂寞罢。

3 我可是觉得在北京仿佛没有春和秋。老于北京的人说,地气北转了,这里在先是没有这么和暖。只是我总以为没有春和秋;冬末和夏初衔接起来,夏才了,冬又开始了。

4 一日,就是这冬末夏初的时候,而且是夜间,我偶而得了闲暇,去访问爱罗先珂君。他一向寓在仲密君的家里;这时一家的人都睡了觉了,天下很安静。他独自靠在自己的卧榻上,很高的眉棱在金黄色的长发之间微蹙了,是在想他旧游之地的爪哇,爪哇地方的夏夜。

5 "这样的夜间,"他说:"在爪哇是遍地是音乐。房里、草间、树上都有昆虫吟叫,各种声音成为合奏,很神奇。其间时时夹着蛇鸣:

嘶嘶！可是也与虫声相和协……"他沉思了，似乎想要追想起那时的情景来。

6　我开不得口。这样奇妙的音乐，我在北京确乎未曾听到过。所以即使如何爱国，也辩护不得，因为他虽然目无所见，耳朵是没有聋的。

7　"北京却连蛙鸣也没有……"他又叹息了说。

8　"蛙鸣是有的！"这叹息却使我勇猛起来了，于是抗议说："到夏天大雨之后，你便能听到许多虾蟆叫，那是都在沟里面的，因为北京到处都有沟。"

9　"哦！……"

10　过了几天，我的话居然证实了，因为爱罗先珂君已经买到了十几个科斗子。他买来便放在他窗外的院子中央的小池里。那池的长有三尺，宽有二尺，是仲密所掘，以种荷花的荷池。从这荷池里，虽然从没有见过养出半朵荷花来，然而养虾蟆却实在是一个极合式的所在。

11　科斗成群的在水里面游泳，爱罗先珂君也常常踱来访他们。有时候，在旁的孩子告诉他说："爱罗希珂先生[注1]，他们生了脚了。"他便高兴的微笑道："哦！"

12　然而养成池沼的音乐家却只是爱罗先珂君的一件事。他是向来主张自食其力的，说女人可以畜牧，男人就应该种田。所以遇到很熟的友人，他便要劝诱他就在院子里种白菜；也屡次对仲密夫人劝告，劝伊养蜂，养鸡，养猪，养牛，养骆驼。后来仲密家果然有了许多小鸡,满院飞跑,啄完了铺地锦的嫩叶,大约也许就是这劝告的结果了。

13　从此卖小鸡的乡下人也时常来,来一回便买几只,因为小鸡是容易积食,发痧,很难得长寿的,而且有一匹还成了爱罗先珂君在北京所作唯一的小说《小鸡的悲剧》里的主人公。有一天的上午,那乡下人竟意外的带了小鸭来了,咻咻的叫着;但是仲密夫人说不要。爱罗先珂君也跑出来,他们就放一个在他两手里,而小鸭便在他两手里咻咻的叫。他以为这也很可爱,于是又不能不买了,一共买了四个,每个八十文。

14　小鸭也诚然是可爱,遍身松花黄,毛茸茸的,放在地上,便蹒跚的走,互相招呼,总是在一处。大家都说好,明天去买泥鳅来喂他们罢。爱罗先珂君说:"这钱也可以归我出的。"

15　他于是教书去了;大家也走散。不一会,仲密夫人拿碎米来喂他们时,在远处已听得泼水的声音,跑到一看,原来那四个小鸭都在荷池里洗澡了,而且还翻筋斗,吃东西呢。等到拦他们上了岸,全池已经是浑水;过了半天,澄清了,只见泥里露出几条细藕来;而且再也寻不出一个已经生了脚的科斗了。

16　"伊罗希珂先生[注2],没有了,虾蟆的儿子!"傍晚时候,孩子们一见他回来,最小的一个便赶紧说。

17　"唔?虾蟆?"

18　仲密夫人也来了,报告了小鸭吃完科斗的故事。

19　"唉,唉!……"他说。

20　待到小鸭褪了黄毛，爱罗先珂君却忽而渴念着他的"俄罗斯母亲"了，便匆匆的向赤塔去。

21　待到四处蛙鸣的时候，小鸭也已经长成，两个白的，两个花的，而且不复咻咻的叫，都是"鸭鸭"的叫了。荷花池也早已容不下他们了，幸而仲密住家的地势是很低的，夏雨一降，院子里满积了水，他们便欣欣然游水，钻水，拍翅子，"鸭鸭"的叫。

22　现在又从夏末交了冬初，而爱罗先珂君还是一无消息，不知道在那里了。

23　只有四个鸭，却还在沙漠上"鸭鸭"的叫。

（选自《呐喊》）

【解说】

作者又是一位写小品文字的好手，此篇便是代表这一方面的著作。选在这里，表示作者的另外一种风格。文里没有蕴含什么艰深的意义，只在用短短的文字，写爱罗先珂和小鸭。但北京的氛围气和一种怀念之情，却跳跃于纸面。

1　"北国"寂寞，和在沙漠里一样。一面写这位盲诗人的感怀，一面写氛围气。

2—3　作者对于"北国"的感触。

4—9　写出诗人寂寞的所以然。

10—12　轻松的叙述。盲诗人的性格也可窥见。

13—14　写小鸭。

15—19　微带苦味的喜剧。

20—23　怀念之情。

［注1］［注2］仿小儿语音不清,"希""伊"并非错字。

社　戏

1　我在倒数上去的二十年中，只看过两回中国戏。前十年是绝不看，因为没有看戏的意思和机会。那两回全在后十年，然而都没有看出什么来就走了。

2　第一回是民国元年我初到北京的时候，当时一个朋友对我说，北京戏最好，你不去见见世面么？我想，看戏是有味的，而况在北京呢。于是都兴致勃勃的跑到什么园，戏文已经开场了，在外面也早听到冬冬地响。我们挨进门，几个红的绿的在我眼前一闪烁，便又见戏台下满是许多头，再定神四面看，却见中间也还有几个空座，挤过去要坐时，又有人对我发议论，我因为耳朵已经喤喤的响着了，用了心，才听到他是说"有人，不行！"

3　我们退到后面，一个辫子很光的却来领我们到了侧面，指出一个地位来。这所谓地位者，原来是一条长凳，然而他那坐板比我的上腿要狭到四分之三，他的脚比我的下腿要长过三分之二。我先是没有爬上去的勇气，接着便联想到私刑拷打的刑具，不由的毛骨悚然的走出了。

4　走了许多路,忽听得我的朋友的声音,道,"究竟怎的?"我回过脸去,原来他也被我带出来了。他很诧异的说:"怎么总是走,不答应?"我说,"朋友,对不起,我耳朵只在冬冬喤喤的响,并没有听到你的话。"

5　后来我每一想到,便很以为奇怪,似乎这戏太不好,——否则便是我近来在戏台下不适于生存了。

6　第二回忘记了那一年,总之是募集湖北水灾捐而谭叫天还没有死。捐法是两元钱买一张戏票,可以到第一舞台去看戏,扮演的多是名角,其一就是小叫天。我买了一张票,本是对于劝募人聊以塞责的,然而似乎又有好事家乘机对我说了些叫天不可不看的大法要了。我于是忘了前几年的冬冬喤喤之灾,竟到第一舞台去了,但大约一半也因为重价购来的宝票,总得使用了才舒服。我打听得叫天出台是迟的,而第一舞台却是新式构造,用不着争座位,便放了心,延宕到九点钟才出去。谁料照例,人都满了,连立足也难,我只得挤在远处的人丛中看一个老旦在台上唱。那老旦嘴里边插着两个点火的纸捻子,旁边有一个鬼卒,我费尽思量,才疑心他或者是目连的母亲,因为后来又出来了一个和尚。然而我又不知道那名角是谁,就去问挤小在我的左边的一位胖绅士。他很看不起似的斜瞥了我一眼,说道,"龚云甫!"我深愧浅陋而且粗疏,脸上一热,同时脑里也制出了决不再问的定章;于是看小旦唱,看花旦唱,看老生唱,看不知什么角色唱,看一大班人乱打,看两三个人互打,从九点钟到十点,从十点到十一点,从十一点到十一点半,从十一点半到十二点,——然而叫天竟还没有来。

7 我向来没有这样忍耐的等候过什么事物,而况这身边的胖绅士的呼呼的喘气,这台上的冬冬喤喤的敲打,红红绿绿的晃荡,加之以十二点,忽而使我省悟到在这里不适于生存了。我同时便机械的拧转身子,用力往外只一挤,觉得背后便已满满的,大约那弹性的胖绅士早在我的空处胖开了他的右半身了。我后无回路,自然挤而又挤,终于出了大门。街上除了专等看客的车辆之外,几乎没有什么行人了,大门口却还有十几个人昂着头看戏目,别有一堆人站着并不看什么,我想:他们大概是看散戏之后出来的女人们的,而叫天却还没有来……

8 然而夜气很清爽,真所谓"沁人心脾",我在北京遇着这样的好空气,仿佛这是第一遭了。

9 这一夜,就是我对于中国戏告了别的一夜,此后再没有想到他,即使偶尔经过戏园,我们也漠不相关,精神上早已一在天之南一在地之北了。

10 但是前几天,我忽在无意之中看到一本日本文的书,可惜忘记了书名和著者,总之是关于中国戏的。其中有一篇,大意仿佛说,中国戏是大敲,大叫,大跳,使看客头昏脑眩,很不适于剧场,但若在野外散漫的所在,远远的看起来,也自有他的风致。我当时觉着这正是说了在我意中而未曾想到的话,因为我确记得在野外看过很好的好戏,到北京以后的连进两回戏园去,也许还是受了那时的影响哩。

可惜我不知道怎么一来,竟将书名忘却了。

11　至于我看那好戏的时候,却实在已经是"远哉遥遥"的了,其时恐怕我还不过十一二岁。我们鲁镇的习惯,本来是凡有出嫁的女儿,倘自己还未当家,夏间便大抵回到母家去消夏。那时我的祖母虽然还康健,但母亲也已分担了些家务,所以夏期便不能多日的归省了,只得在扫墓完毕之后,抽空去住几天,这时我便每年跟了我的母亲住在外祖母的家里。那地方叫平桥村,是一个离海边不远、极偏僻的、临河的小村庄;住户不满三十家,都种田、打鱼,只有一家很小的杂货店。但在我是乐土:因为我在这里不但得到优待,又可以免念"秩秩斯干幽幽南山"了。

12　和我一同玩的是许多小朋友,因为有了远客,他们也都从父母那里得了减少工作的许可,伴我来游戏。在小村里,一家的客,几乎也就是公共的。我们年纪都相仿,但论起行辈来,却至少是叔子,有几个还是太公,因为他们合村都同姓,是本家。然而我们是朋友,即使偶尔吵闹起来,打了太公,一村的老老小小,也决没有一个会想出"犯上"这两个字来,而他们也百分之九十九不识字。

13　我们每天的事情大概是掘蚯蚓,掘来穿在铜丝做的小钩上,伏在河沿上去钓虾。虾是水世界里的呆子,决不惮用自己的两个钳捧着钩尖送到嘴里去的,所以不半天便可以钓到一大碗。这虾照例是归我吃的。其次便是一同去放牛,但或者因为高等动物了的缘故罢,黄牛水牛都欺生,敢于欺侮我,因此我也总不敢走近身,只好远远地跟着,站着。这时候,小朋友们便不再原谅我会读"秩秩斯干",却全都嘲笑起来了。

14　至于我在那里所第一盼望的,却在到赵庄去看戏。赵庄是离平桥村五里的较大的村庄;平桥村太小,自己演不起戏,每年总付给赵庄多少钱,算作合做的。当时我并不想到他们为什么年年要演戏。现在想,那或者是春赛,是社戏了。

15　就在我十一二岁时候的这一年,这日期也看看等到了。不料这一年真可惜,在早上就叫不到船。平桥村只有一只早出晚归的航船是大船,决没有留用的道理。其余的都是小船,不合用;央人到邻村去问,也没有,早都给别人定下了。外祖母很气恼,怪家里的人不早定,絮叨起来。母亲便宽慰伊,说我们鲁镇的戏比小村里的好得多,一年看几回,今天就算了。只有我急得要哭,母亲却竭力的嘱咐我,说万不能装模装样,怕又招外祖母生气,又不准和别人一同去,说是怕外祖母要担心。

16　总之,是完了。到下午,我的朋友都去了,戏已经开场了,我似乎听到锣鼓的声音,而且知道他们在戏台下买豆浆喝。

17　这一天我不钓虾,东西也少吃。母亲很为难,没有法子想。到晚饭时候,外祖母也终于觉察了,并且说我应当不高兴,他们太怠慢,是待客的礼数里从来所没有的。吃饭之后,看过戏的少年们也都聚拢来了,高高兴兴的来讲戏。只有我不开口;他们都叹息而且表同情。忽然间,一个最聪明的双喜大悟似的提议了,他说:"大船? 八叔的航船不是回来了么?"十几个别的少年也大悟,立刻撺掇起来,说可以坐了这航船和我一同去。我高兴了。然而外祖母又怕都是孩子们,不可靠;母亲又说是若叫大人一同去,他们白天全有工作,要他熬夜,是不合情理的。在这迟疑之中,双喜可又看出底细来了,便又大声的说道,"我写包票!船又大;迅哥儿向来不乱跑;我们又都是识水性的!"

18 诚然!这十多个少年,委实没有一个不会凫水的,而且两三个还是弄潮的好手。

19 外祖母和母亲也相信,便不再驳回,都微笑了。我们立刻一哄的出了门。

20 我的很重的心忽而轻松了,身体也似乎舒展到说不出的大。一出门,便望见月下的平桥内泊着一只白篷的航船,大家跳下船,双喜拔前篙,阿发拔后篙,年幼的都陪我坐在舱中,较大的聚在船尾。母亲送出来吩咐"要小心"的时候,我们已经点开船,在桥石上一磕,退后几尺,即又上前出了桥。于是架起两支橹,一支两人,一里一换,有说笑的,有嚷的,夹着潺潺的船头激水的声音,在左右都是碧绿的豆麦田地的河流中,飞一般径向赵庄前进了。

21 两岸的豆麦和河底的水草所发散出来的清香,夹杂在水气中扑面的吹来;月色便朦胧在这水气里。淡黑的起伏的连山,仿佛是踊跃的铁的兽脊似的,都远远的向船尾跑去了,但我却还以为船慢。他们换了四回手,渐望见依稀的赵庄,而且似乎听到歌吹了,还有几点火,料想便是戏台,但或者也许是渔火。

22 那声音大概是横笛,宛转悠扬,使我的心也沉静,然而又自失起来,觉得要和他弥散在含着豆麦蕴藻之香的夜气里。

23 那火接近了,果然是渔火;我才记得先前望见的也不是赵庄。那是正对船头的一丛松柏林,我去年也曾经去游玩过,还看见破的石马倒在地下,一个石羊蹲在草里呢。过了那林,船便弯进了叉港,于是赵庄便真在眼前了。

24 最惹眼的是屹立在庄外临河的空地上的一座戏台,模胡在远处的月夜中,和空间几乎分不出界限,我疑心画上见过的仙境,就在这里出现了。这时船走得更快,不多时,在台上显出人物来,红红绿绿的动,近台的河里一望乌黑的是看戏的人家的船篷。

25 "近台没有什么空了,我们远远地看罢。"阿发说。

26 这时船慢了,不久就到,果然近不得台旁,大家只能下了篙,比那正对戏台的神棚还要远。其实我们这白篷的航船,本也不愿意和乌篷的船在一处,而况并没有空地呢。

27 在停船的匆忙中,看见台上有一个黑的长胡子的背上插着四张旗,捏着长枪,和一群赤膊的人在打仗。双喜说,那就是有名的铁头老生,能连翻八十四个筋斗,他日里亲自数过的。

28 我们便都挤在船头上看打仗,但那铁头老生却又并不翻筋斗,只有几个赤膊的人翻,翻了一阵,都进去了,接着走出一个小旦来,咿咿呀呀的唱,双喜说,"晚上看客少,铁头老生也懈了,谁肯显本领给白地看呢?"我相信这话对,因为其时台下已经不很有人,乡下人为了明天的工作,熬不得夜,早都睡觉去了,疏疏朗朗的站着的不过是几十个本村和邻村的闲汉。乌篷船里的那些土财主的家眷固然在,然而他们也并不在乎看戏,多半是专到戏台下来吃糕饼水果和瓜子的。所以简直可以算白地。

29　然而我的意思却也不在乎看翻筋斗。我最愿意看的是一个人蒙了白布,两手在头上捧着一支棒似的蛇头的蛇精,其次是套了黄布衣跳老虎。但是等了许多时都不见,小旦虽然进去了,立刻又出来了一个很老的小生。我有些疲倦了,托桂生买豆浆去。他去了一刻,回来说,"没有。卖豆浆的聋子也回去了。日里倒有,我还喝了两碗呢。现在去舀一瓢水来给你喝罢。"

30　我不喝水,支撑着仍然看,也说不出见了些什么,只觉得戏子的脸都渐渐的有些稀奇了,那五官渐不明显,似乎融成一片的再没有什么高低。年纪小的几个多打呵欠了,大的也各管自己谈话。忽而一个红衫的小丑被绑在台柱子上,给一个花白胡子的用马鞭打起来了,大家才又振作精神的笑着看。在这一夜里,我以为这实在要算是最好的一折。

31　然而老旦终于出台了。老旦本来是我所最怕的东西,尤其是怕他坐下了唱。这时候,看见大家也都很扫兴,才知道他们的意见是和我一致的。那老旦当初还只是踱来踱去的唱,后来竟在中间的一把交椅上坐下了。我很担心,双喜他们却就破口喃喃的骂。我忍耐的等着,许多的工夫,只见那老旦将手一抬,我以为就要站起来了,不料他却又慢慢的放下在原地方,仍旧唱。全船里几个人不住的吁气,其余的也打起呵欠来。双喜终于熬不住了,说道,怕他会唱到明天还不完,还是我们走的好罢。大家立刻都赞成,和开船时候一样踊跃,三四人径奔船尾,拔了篙,点退几丈,回转船头,驾起橹,骂着老旦,又向那松柏林前进了。

32 月还没有落,仿佛看戏也并不很久似的,而一离赵庄,月光又显得格外的皎洁。回望戏台在灯火光中,却又如初来未到时候一般,又缥缈得像一座仙山楼阁,满被红霞罩着了。吹到耳边来的又是横笛,很悠扬;我疑心老旦已经进去了,但也不好意思说再回去看。

33 不多久,松柏林早在船后了,船行也并不慢。但周围的黑暗只是浓,可知已经到了深夜。他们一面议论着戏子,或骂,或笑,一面加紧的摇船。这一次船头的激水声更其响亮了,那航船,就像一条大白鱼背着一群孩子在浪花里蹿,连夜渔的几个老渔父,也停了艇子看着喝采起来。

34 离平桥村还有一里模样,船行却慢了,摇船的都说很疲乏,因为太用力,而且许久没有东西吃。这回想出来的是桂生。说是罗汉豆正旺相,柴火又现成,我们可以偷一点来煮吃的。大家都赞成,立刻近岸停了船,岸上的田里,乌油油的便都是结实的罗汉豆。

35 "阿阿,阿发,这边是你家的,这边是老六一家的,我们偷那一边的呢?"双喜先跳上去了,在岸上说。

36 我们也都跳上岸。阿发一面跳,一面说道,"且慢,让我来看一看罢,"他于是往来的摸了一回,直起身来说道,"偷我们的罢,我们的大得多呢。"一声答应,大家便散开在阿发家的豆田里,各摘了一大捧,抛入船舱中。双喜以为再多偷,倘给阿发的娘知道是要哭骂的,于是各人便到六一公公的田里又各偷了一大捧。

37 我们中间几个年长的仍然慢慢的摇着船,几个到后舱去生火,年幼的和我都剥豆。不久豆熟了,便任凭航船浮在水面上,都围起来用手撮着吃。吃完豆,又开船,一面洗器具,豆荚豆壳全抛在河水里,什么痕迹也没有了。双喜所虑的是用了八公公船上的盐和柴,这老头子很细心,一定要知道,会骂的。然而大家议论之后,归结是不怕。他如果骂,我们便要他归还去年在岸边拾去的一枝枯柏树,而且当面叫他"八癞子"。

38 "都回来了!那里会错。我原说过写包票的!"双喜在船头上忽而大声的说。

39 我向船头一望,前面已经是平桥。桥脚上站着一个人,却是我的母亲,双喜便是对伊说着话。我跳出舱去,船也就进了平桥了,停了船,我们纷纷都上岸。母亲颇有些生气,说是过了三更了,怎么回来得这样迟,但也就高兴了,笑着邀大家去吃炒米。

40 大家都说已经吃了点心,又渴睡,不如及早睡的好,各自回去了。

41 第二天。我向午才起来,并没有听到什么关系八公公盐柴事件的纠葛,下午仍然去钓虾。

42 "双喜,你们这班小鬼,昨天偷了我的豆了罢?又不肯好好的摘,踏坏了不少。"我抬头看时,是六一公公棹着小船,卖了豆回来了,船肚里还有剩下的一堆豆。

43 "是的。我们请客,我们当初还不要你的呢。你看,你把我的虾吓跑了!"双喜说。

44 六一公公看见我,便停了楫,笑道,"请客?——这是应该的。"于是对我说:"迅哥儿,昨天的戏可好么?"

45 我点一点头,说道,"好。"

46 "豆可中吃呢?"

47 我又点一点头,说道,"很好。"

48 不料六一公公竟非常感激起来,将大拇指一翘,得意的说道,"这真是大市镇里出来的读过书的人才识货!我的豆种是粒粒挑选过的,乡下人不识好歹,还说我的豆比不上别人的呢。我今天也要送些给我们的姑奶奶尝尝去……"他于是打着楫子过去了。

49 待到母亲叫我回去吃晚饭的时候,桌上便有一大碗煮熟了的罗汉豆,就是六一公公送给母亲和我吃的。听说他还对母亲极口夸奖我,说"小小年纪便有见识,将来一定要中状元。姑奶奶,你的福气是可以写包票的了"。但我吃了豆,却并没有昨夜的豆那么好。

50 真的,一直到现在,我实在再没有吃到那夜似的好豆,——也不再看到那夜似的好戏了。

(1922年10月,选自《呐喊》)

【解说】

作者有一本随感集名叫《朝花夕拾》,在卷首的序文里有这样的话:"我有一时,曾经屡次忆起儿时在故乡所吃的蔬果:菱角、罗汉豆、茭白、香瓜,凡这些,都是极其鲜美可口的;都曾是使我思乡的蛊惑。后来,我在久别之后尝到了,也不过如此;惟独在记忆上,还有旧来的意味留存。他们也许要哄骗我一生,使我时时反顾。"这篇文章里作者所描写的"社戏",也该是使作者时时反顾的东西吧。作者先写北京戏,对于这种都市的戏剧(戏场)表示反感。从北京戏再写到鲁镇附近的野外剧。阅者对于鲁镇都很熟悉了,闰土、九斤老太、七斤嫂、孔乙己。这些人物仿佛在我们的眼前。现在作者又展开了鲁镇附近赵庄的一帧绘卷(笛声悠扬,唱到深夜的野外剧)。然而人物还是鲁镇的几个小友——阿发、双喜。这样快乐的天真的童年,能有几时,现在赵庄一带的农村恐也未必有从前那样的长闲了吧。所以作者说:"真的,一直到现在,我实在再没有吃到那夜似的好豆,——也不再看到那夜似的好戏了。"

1—9 写中国旧式剧场里的氛围气和作者对于它的反感,2、3、4、5、6、7诸节是极有力量的描写。

10 本篇的主旨。

11—13 童年的回忆,环境的描写。

14—19 借"叫不到船"的事件,发抒童年的情感。

20—26 全文有精彩的描写,注意写风景的20、21、22诸节。

27—31 由儿童的眼里看出来的"社戏"。也就是"社戏"的可贵处。注意30、31两节的描写。

32—33 插写归舟的景色。

34—38 在本文的前半对于主人公的描写很微弱,到这里才用力写双喜。

39—40 "社戏"的终结。

41—49 写六一公公的可爱。一个淳朴的老农,和双喜映照。

50 微带伤感的回忆。

端午节

1 方玄绰近来爱说"差不多"这一句话,几乎成了"口头禅"似的;而且不但说,的确也盘据在他脑里了。他最初说的是"都一样",后来大约觉得欠稳当了,便改为"差不多",一直使用到现在。

2 他自从发见了这一句平凡的警句以后,虽然引起了不少的新感慨,同时却也得到许多新安慰。譬如看见老辈威压青年,在先是要愤愤的,但现在却就转念道,将来这少年有了儿孙时,大抵也要摆这架子的罢,便再没有什么不平了。又如看见兵士打车夫,在先也要愤愤的,但现在也就转念道,倘使这车夫当了兵,这兵拉了车,大抵也就这么打,便再也不放在心上了。他这样想着的时候,有时也疑心是因为自己没有和恶社会奋斗的勇气,所以瞒心昧己的故意造出来的一条逃路,很近于"无是非之心",远不如改正了好,然而这意见,总反而在他脑里生长起来。

3 他将这"差不多说"最初公表的时候是在北京首善学校的讲堂上,其时大概是提起关于历史上的事情来,于是说到"古今人不相

远",说到各色人等的"性相近",终于牵扯到学生和官僚身上,大发其议论道:

4 "现在社会上时髦的都通行骂官僚,而学生骂得尤利害。然而官僚并不是天生的特别种族,就是平民变就的,现在学生出身的官僚就不少,和老官僚有什么两样呢?'易地则皆然',思想言论举动丰采都没有什么大区别……便是学生团体新办的许多事业,不是也已经难免出弊病,大半烟消火灭了么?差不多的。但中国将来之可虑就在此……"

5 散坐在讲堂里的二十多个听讲者,有的怅然了,或者是以为这话对;有的勃然了,大约是以为侮辱了神圣的青年;有几个却对他微笑了,大约以为这是他替自己的辩解:因为方玄绰就是兼做官僚的。

6 而其实却是都错误。这不过是他的一种新不平;虽说不平,又只是他的一种安分的空论。他自己虽然不知道是因为懒,还是因为无用,总之觉得是一个不肯运动,十分安分守己的人总长冤他有神经病,只要地位还不至于动摇,他决不开一开口;教员的薪水欠到大半年了,只要别有官俸支持,他也决不开一开口。不但不开口,当教员联合索薪的时候,他还暗地里以为欠斟酌,太嚷嚷;直到听得同寮过分的奚落他们了,这才略有些小感慨,后来一转念,这或者因为自己正缺钱,而别的官并不兼做教员的缘故罢,于是也就释然了。

7 他虽然也缺钱,但从没有加入教员的团体内,大家议决罢课,可是不去上课了。政府说"上了课才给钱",他才略恨他们的类乎用果子耍猴子;一个大教育家说道"教员一手挟书包,一手要钱不高尚",他才对于他的太太正式的发牢骚了。

8 "喂,怎么只有两盘?"听了"不高尚说"这一日的晚餐时候,他看着菜蔬说。

9 他们是没有受过新教育的,太太并无学名或雅号,所以也就没有什么称呼了,照老例虽然也可以叫"太太",但他又不愿意太守旧,于是就发明了一个"喂"字。太太对他却连"喂"字也没有,只要脸向着他说话,依据习惯法,他就知道这话是对他而发的。

10 "可是上月领来的一成半都完了……昨天的米,也还是好容易才赊来的呢。"伊站在桌旁,脸对看他说。

11 "你看,还说教书的要薪水是卑鄙哩。这种东西似乎连人要吃饭,饭要米做,米要钱买这一点粗浅事情都不知道……"

12 "对啦。没有钱怎么买米,没有米怎么煮……"

13 他两颊都鼓起来了,仿佛气恼这答案正和他的议论"差不多",近乎随声附和模样,接着便将头转向别一面去了,依据习惯法,这是宣告讨论中止的表示。

14 待到凄风冷雨这一天,教员们因为向政府去索薪水,在新华门前烂泥里被国军打得头破血出之后,倒居然也发了一点薪水。方玄绰不费一举手之劳的领了钱,酌还些旧债,却还缺一大笔款,这是因为官俸也颇有些拖欠了。当是时,便是廉吏清官们也渐以为,薪之不可不索,而况兼做教员的方玄绰,自然更表同情于学界起来,所以大家主张继续罢课的时候,他虽然仍未到场,事后却尤其心悦诚服的确守了公共的决议。

15 然而政府竟又付钱,学校也就开课了。但在前几天,却有学生总会上了一个呈文给政府,说"教员倘若不上课,便不要付欠薪。"这虽然并无效,而方玄绰却忽而记起前回政府所说的"上了课才给钱"的话来,"差不多"这一个影子在他眼前又一幌,而且并不消灭,于是他便在讲堂上公表了。

16 准此,可见如果将"差不多说"锻炼罗织起来,自然也可以判作一种挟带私心的不平,但总不能说是专为自己做官的辩解。只是每到这些时,他又常常喜欢拉上中国将来的命运之类的问题,一不小心,便连自己也以为是一个忧国的志士;人们是每苦于没有"自知之明"的。

17 但是"差不多"的事实又发生了,政府当初虽只不理那些招人头痛的教员,后来竟不理到无关痛痒的官吏,欠而又欠,终于逼得先前鄙薄教员要钱的好官,也很有几员化为索薪大会里的骁将了。惟有几种日报上却很发了些鄙薄讥笑他们的文字。方玄绰也毫不为奇,毫不介意,因为他根据了他的"差不多说",知道这是新闻记者还未缺少润笔的缘故,万一政府或是阔人停了津贴,他们多半也要开大会的。

18 他既已表同情于教员的索薪,自然也赞成同寮的索俸,然而他仍然安坐在衙门中,照例的并不一同去讨债。至于有人疑心他孤高,那可也不过是一种误解罢了。他自己说,他是自从出世以来,只有人向他来要债,他从没有向人去讨过债,所以这一端是"非其所长"。而且他最不敢见手握经济之权的人物,这种人待到失了权势之后,捧着一本《大乘起信论》讲佛学的时候,固然也很是"蔼然可亲"的了,但还在宝座上时,却总是一副阎王脸,将别人都当奴才看,自以为手操着你们这些穷小子的生杀之权。他因此不敢见,也不愿见他们。这种脾气,虽然有时连自己也觉得是孤高,但往往同时也疑心这其实是没本领。

19 大家左索右索,总算一节一节的挨过去了,但比起先前来,方玄绰究竟是万分的拮据,所以使用的小厮和交易的店家不消说,便是方太太对于他也渐渐的缺了敬意,只要看伊近来不很附和,而且常常提出独创的意见,有些唐突的举动,也就可以了然了。到了阴历五月初四的午前,他一回来,伊便将一叠账单塞在他的鼻子跟前,这也是往常所没有的。

20 "一总总得一百八十块钱才够开销……发了么?"伊并不对着他看的说。

21 "哼,我明天不做官了。钱的支票是领来的了,可是索薪大会的代表不发放,先说是没有同去的人都不发,后也又说是要到他们跟前去亲领。他们今天单捏着支票,就变了阎王脸了,我实在怕看见……我钱也不要了,官也不做了,这样无限量的卑屈……"

22 方太太见了这少见的义愤,倒有些愕然了,但也就沉静下来。

23 "我想,还不如去亲领罢,这算什么呢。"伊看着他的脸说。

24 "我不去!这是官俸,不是赏钱,照例应该由会计科送来的。"

25 "可是不送来又怎么好呢……哦,昨夜忘记说了,孩子们说那学费,学校里已经催过好几次了,说是倘若再不缴……"

26 "胡说!做老子的办事教书都不给钱,儿子去念几句书倒要钱?"

27 伊觉得他已经不很顾忌道理,似乎就要将自己当作校长来出气,犯不上,便不再言语了。

28 两个默默的吃了午饭。他想了一会,又懊恼的出去了。

29 照旧例,近年是每逢节根或年关的前一天,他一定须在夜里的十二点钟才回家,一面走,一面掏着怀中,一面大声的叫道,"喂,领来了!"于是递给伊一叠簇新的中交票,脸上很有些得意的形色。谁知道初四这一天却破了例,他不到七点钟便回家来。方太太很惊疑,以为他竟已辞了职了,但暗暗地察看他脸上,却也并不见有什么格外倒运的神情。

30 "怎么了?……这样早?……"伊看定了他说。

31 "发不及了,领不出了,银行已经关了门,得等初八。"

32 "亲领?……"伊惴惴的问。

33 "亲领这一层,倒也已经取消了,听说仍旧由会计科分送。可是银行今天已经关了门,休息三天,得等到初八的上午。"他坐下,眼睛看着地面了,喝过一口茶,才又慢慢的开口说,"幸而衙门里也没有什么问题了,大约到初八就准有钱……向不相干的亲戚朋友去借钱,实在是一件烦难事。我午后硬着头皮去寻金永生,谈了一会,他先恭维我不去索薪,不肯亲领,非常之清高,一个人正应该这样做,待到知道我想要向他通融五十元,就像我在他嘴里塞了一大把盐似的,凡有脸上可以打皱的地方都打起皱来,说房租怎样的收不起,买卖怎样的赔本,在同事面前亲身领款,也不算什么的,即刻将我支使出来了。"

34 "这样紧急的节根,谁还肯借出钱去呢。"方太太却只淡淡的说,并没有什么慨然。

35 方玄绰低下头来了,觉得这也无怪其然的,况且自己和金永生本来很疏远。他接着就记起去年年关的事来,那时有一个同乡来借十块钱,他其时明明已经收到了衙门的领款凭单的了,因为恐怕这人将来未必会还钱,便装了一副为难的神色,说道衙门里既然领不到俸钱,学校里又不发薪水,实在"爱莫能助",将他空手送走了。他虽然自己并不看见装了怎样的脸,但此时却觉得很局促,嘴唇微微一动,又摇一摇头。

36 然而不多久,他忽而恍然大悟似的发命令了:叫小厮即刻上街去赊一瓶莲花白。他知道店家希图明天多还账,大抵是不敢不赊的,假如不赊,则明天分文不还,正是他们应得的惩罚。

37 莲花白竟赊来了,他喝了两杯,青白色的脸上泛了红,吃完饭,又颇有些高兴了。他点上一枝大号哈德门香烟,从桌上抓起一本《尝试集》来,躺在床上就要看。

38 "那么,明天怎么对付店家呢?"方太太追上去,站在床面前,看着他的脸说。

39 "店家?……教他们初八的下半天来。"

40 "我可不能这么说。他们不相信,不答应的。"

41 "有什么不相信。他们可以问去,全衙门里什么人也没有领到,都得初八!"他戟着第二个指头在帐子里的空中画了一个半圆,方太太跟着指头也看了一个半圆,只见这手便去翻开了《尝试集》。

42 方太太见他强横到出乎情理之外了,也暂时开不得口。

43 "我想,这模样是闹不下去的,将来总得想点法,做点什么别的事……"伊终于寻到了别的路,说。

44 "什么法呢?我'文不像誊录生,武不像救火兵',别的什么?"

45 "你不是给上海的书铺子做过文章么?"

46 "上海的书铺子?买稿要一个一个的算字,空格不算数。你看我做在那里的白话诗去,空白有多少,怕只值三百大钱一本罢。收版权税又半年六月没消息,'远水救不得近火',谁耐烦。"

47 "那么,给这里的报馆里……"

48 "给报馆里?便在这里很大的报馆里,我靠着一个学生在那里做编辑的大情面,一千字也就是这几个钱,即使一早做到夜,能够养活你们么?况且我肚子里也没有这许多文章。"

49 "那么,过了节怎么办呢?"

50 "过了节么?——仍旧做官……明天店家来要钱,你只要说初八的下午。"

51 他又要看《尝试集》了。方太太怕失了机会,连忙吞吞吐吐的说:

52 "我想,过了节,到了初八,我们……倒不如去买一张彩票……"

53 "胡说!会说出这样无教育的……"

54 这时候,他忽而又记起被金永生支使出来以后的事了。那时他惘惘的走过稻香村,看见店门口竖着许多斗大的字的广告道"头彩几万元",仿佛记得心里也一动,或者也许放慢了脚步的罢,但似乎因为舍不得皮夹里仅存的六角钱,所以竟也毅然决然的走远了。他脸色一变,方太太料想他是在恼着伊的无教育,便赶紧退开,没有说完话。方玄绰也没有说完话,将腰一伸,咿咿呜呜的就念《尝试集》。

(1922年6月,选自《彷徨》)

【解说】

这篇文章代表中国的一个时期,即脑力劳动者知识分子的没落时期;同时又代表中国社会里的一个阶级,即脑力劳动者之一群。方玄绰就是这种时代,这种阶级的化身,作者写方玄绰就是暴露脑力劳动者的无能与无聊,活该没落。方玄绰是否作者本身,无关紧要。同时又反映中国教育的腐败与官僚政治的丑恶。

1 从"都一样"改为"差不多",写方玄绰(本篇主人公)的怯懦,也就是他的弱点。

2 脑力劳动者(教员)的逃避现实。

3—6 主人公的苦闷。

7—13 "要钱不高尚",写知识分子没有经济的出路,却又不能脱弃士大夫的外衣,只好对太太发脾气,无聊已极。

14—18　这几节都是借用"差不多说"来暴露主人公(知识分子)的弱点的。他只知道同情于索薪索俸。然而除此以外,又有什么别的方法与武器呢!

19—28　这里是重要的描写。注意21、26两节的对话,描绘一般知识分子的反抗能力。

29—35　由对话叙出向金永生借钱,遭了他的冷遇,写知识分子没有经济的出路。

36—37　主人公逃避现实的方法。

38—42　借方太太的对话写现实生活的忧虑。注意41节的描写,为作者擅长的技巧。

43—50　知识分子一无所能的"自己暴露"。

51—54　经济的出路在此,方先生并非不知道。因为"受过教育",只能够念《尝试集》的原故,连"买彩票"的勇气也没有了!这样说来,方太太是近于勇敢的。因为知识分子远于现实生活,而方太太是近于现实生活的人,所以会想到"……不如去买一张彩票"。

孤独者

一

1 我和魏连殳相识一场,回想起来倒也别致,竟是以送殓始,以送殓终。

2 那时我在S城,就时时听到人们提起他的名字,都说他很有些古怪:所学的是动物学,却到中学堂去做历史教员;对人总是爱理不理的,却常喜欢管别人的闲事;常说家庭应该破坏,一领薪水却一定立即寄给他的祖母,一日也不拖延。此外还有许多零碎的话柄;总之,在S城里也算是一个给人当作谈助的人。有一年的秋天,我在寒石山的一个亲戚家里闲住;他们就姓魏,是连殳的本家。但他们却更不明白他,仿佛将他当作一个外国人看待,说是"同我们都异样的"。

3 这也不足为奇,中国的兴学虽说已经二十年了,寒石山却连小学也没有。全山村中,只有连殳是出外游学的学生,所以从村人看来,他确是一个异类;但也很妒羡,说他挣得许多钱。

4　到秋末，山村中痢疾流行了；我也自危，就想回到城中去。那时听说连殳的祖母就染了病，因为是老年，所以很沈重；山中又没有一个医生。所谓他的家属者，其实就只有一个祖母，雇一名女工简单地过活；他幼小失了父母，就由这祖母抚养成人的。听说她先前也曾经吃过许多苦，现在可是安乐了。但因为他没有家小，家中究竟非常寂寞，这大概也就是大家所谓异样之一端罢。

5　寒石山离城是旱道一百里，水道七十里，专使人叫连殳去，往返至少就得四天。山村僻陋，这些事便算大家都要打听的大新闻，第二天便轰传她病势已经极重，专差也出发了；可是到四更天竟咽了气，最后的话，是："为什么不肯给我会一会连殳的呢？……"

6　族长，近房，他的祖母的母家的亲丁，闲人，聚集了一屋子，豫计连殳的到来，应该已是入殓的时候。寿材寿衣早已做成，都无须筹画；他们的第一大问题是在怎样对付这"承重孙"，因为逆料他关于一切丧葬仪式，是一定要改变新花样的。聚议之后，大概商定了三大条件，要他必行。一是穿白，二是跪拜，三是请和尚道士做法事。总而言之：是全都照旧。

7　他们既经议妥，便约定在连殳到家的那一天，一同聚在厅前，排成阵势，互相策应，并力作一回极严厉的谈判。村人们都咽着唾沫，新奇地听候消息；他们知道连殳是"吃洋教"的"新党"，向来就不讲什么道理，两面的争斗，大约总要开始的，或者还会酿成一种出人意外的奇观。

8　传说连殳的到家是下午，一进门，向他祖母的灵前只是弯了一弯腰。族长们便立刻照豫定计画进行,将他叫到大厅上,先说过一大篇冒头,然后引入本题,而且大家此唱彼和,七嘴八舌,使他得不到辩驳的机会。但终于话都说完了,沉默充满了全厅,人们全数悚然地紧看着他的嘴。只见连殳神色也不动,简单地回答道:

9 "都可以的。"

10 这又很出于他们的意外,大家的心的重担都放下了,但又似乎反加重,觉得太"异样",倒很有些可虑似的。打听新闻的村人们也很失望,口口相传道,"奇怪!他说'都可以'哩!我们看去罢!"都可以就是照旧,本来是无足观了,但他们也还要看,黄昏之后,便欣欣然聚满了一堂前。

11 我也是去看的一个,先送了一份香烛;待到走到他家,已见连殳在给死者穿衣服了。原来他是一个短小瘦削的人,长方脸,蓬松的头发和浓黑的须眉占了一脸的小半,只见两眼在黑气里发光。那穿衣也穿得真好,井井有条,仿佛是一个大殓的专家,使旁观者不觉叹服。寒石山老例,当这些时候,无论如何,母家的亲丁是总要挑剔的;他却只是默默地,遇见怎么挑剔便怎么改,神色也不动。站在我前面的一个花白头发的老太太,便发出羡慕感叹的声音。

12 其次是拜;其次是哭,凡女人们都念念有词。其次入棺;其次又是拜;又是哭,直到钉好了棺盖。沉静了一瞬间,大家忽而扰动了,很有惊异和不满的形势。我也不由的突然觉到:连殳就始终没有落过一滴泪,只坐在草荐上,两眼在黑气里闪闪地发光。

13 大殓便在这惊异和不满的空气里面完毕。大家都怏怏地,似乎想走散,但连殳却还坐在草荐上沉思。忽然,他流下泪来了,接着就失声,立刻又变成长嚎,像一匹受伤的狼,当深夜在旷野中嗥叫,惨伤里夹杂着愤怒和悲哀。这模样,是老例上所没有的,先前也未曾豫防到,大家都手足无措了,迟疑了一会,就有几个人上前去劝止他,愈去愈多,终于挤成一大堆。但他却只是兀坐着号咷,铁塔似的动也不动。

14 大家又只得无趣地散开;他哭着,哭着,约有半点钟,这才突然停了下来,也不向吊客招呼,径自往家里走。接着就有前去窥探的人来报:他走进他祖母的房里,躺在床上,而且,似乎就睡熟了。

15 隔了两日,是我要动身回城的前一天,便听到村人都遭了魔似的发议论,说连殳要将所有的器具大半烧给他祖母,余下的便分赠生时侍奉,死时送终的女工,并且连房屋也要无期地借给她居住了。亲戚本家都说到舌敝唇焦,也终于阻当不住。

16 恐怕大半也还是因为好奇心,我归途中经过他家的门口,便又顺便去吊慰。他穿了毛边的白衣出见,神色也还是那样,冷冷的。我很劝慰了一番;他却除了唯唯诺诺之外,只回答了一句话,是——

17 "多谢你的好意。"

二

18 我们第三次相见就在这年的冬初,S城的一个书铺子里,大家同时点了一点头,总算是认识了。但使我们接近起来的,是这年底我失了职业之后。从此,我便常常访问连殳去。一则,自然是因为无聊赖;二则,因为听人说,他倒很亲近失意的人的,虽然素性这么冷。但是世事升沉无定,失意人也不会长是失意人,所以他也就很少长久的朋友。这传说果然不虚,我一投名片,他便接见了。两间连通的客厅,并无什么陈设,不过是桌椅之外,排列些书架,大家虽说他是一个可怕的"新党",架上却不很有新书。他已经知道我失了职业;但套话一说就完,主客便只好默默地相对,逐渐沉闷起来。我只见他很快地吸完一枝烟,烟蒂要烧着手指了,才抛在地面上。

19 "吸烟罢。"他伸手取第二枝烟时,忽然说。

20 我便也取了一枝,吸着,讲些关于教书和书籍的话,但也还觉得沉闷。我正想走时,门外一阵喧嚷和脚步声,四个男女孩子闯进来了。大的八九岁,小的四五岁,手脸和衣服都很脏,而且丑得可以。但是连殳的眼里却即刻发出欢喜的光来了,连忙站起,向客厅间壁的房里走,一面说道:

21 "大良,二良,都来!你们昨天要的口琴,我已经买来了。"

22 孩子们便跟着一齐拥进去,立刻又各人吹着一个口琴一拥而出,一出客厅门,不知怎的便打将起来。有一个哭了。

23 "一人一个,都一样的。不要争呵!"他还跟在后面嘱咐。

24 "这么多的一群孩子都是谁呢?"我问。

25 "是房主人的。他们都没有母亲,只有一个祖母。"

26 "房东只一个人么?"

27 "是的。他的妻子大概死了三四年了罢,没有续娶。——否则,便要不肯将余屋租给我似的单身人。"他说着,冷冷地微笑了。

28 我很想问他何以至今还是单身,但因为不很熟,终于不好开口。

29 只要和连殳一熟识,是很可以谈谈的。他议论非常多,而且往往颇奇警。使人不耐的倒是他的有些来客,大抵是读过《沉沦》的罢,时常自命为"不幸的青年"或是"零余者",螃蟹一般懒散而骄傲地堆在大椅子上,一面唉声叹气,一面皱着眉头吸烟。还有那房主的孩子们,总是互相争吵,打翻碗碟,硬讨点心,乱得人头昏。但连殳一见他们,却再不像平时那样的冷冷的了,看得比自己的性命还宝贵。听说有一回,三良发了红斑痧,竟急得他脸上的黑气愈见其黑了;不料那病是轻的,于是后来便被孩子们的祖母传作笑柄。

30 "孩子总是好的。他们全是天真……"他似乎也觉得我有些不耐烦了,有一天特地乘机对我说。

31 "那也不尽然。"我只是随便回答他。

32 "不。大人的坏脾气,在孩子们是没有的。后来的坏,如你平日所攻击的坏,那是环境教坏的。原来却并不坏,天真……我以为中国的可以希望,只在这一点。"

33 "不。如果孩子中没有坏根苗,大起来怎么会有坏花果?譬如一粒种子,正因为内中本含有枝叶花果的胚,长大时才能够发出这些东西来。何尝是无端……"我因为闲着无事,便也如大人先生们一下野,就要吃素谈禅一样,正在看佛经。佛理自然是并不懂得的,但竟也不自检点,一味任意地说。

34 然而连殳气忿了,只看了我一眼,不再开口。我也猜不出他是无话可说呢,还是不屑辩。但见他又显出许久不见的冷冷的态度来,默默地连吸了两枝烟;待到他再取第三枝时,我便只好逃走了。

35 这仇恨是历了三月之久才消释的。原因大概是一半因为忘却,一半则他自己竟也被"天真"的孩子所仇视了,于是觉得我对于孩子的冒渎的话倒也情有可原。但这不过是我的推测。其时是在我的寓里的酒后,他似乎微露悲哀模样,半仰着头道——

36 "想起来真觉得有些奇怪。我到你这里来时,街上看见一个很小的小孩,拿了一片芦叶指着我道:杀!他还不很能走路……"

37 "这是环境教坏的。"

38 我即刻很后悔我的话。但他却似乎并不介意,只竭力地喝酒,其间又竭力地吸烟。

39 "我倒忘了,还没有问你,"我便用别的话来支梧。"你是不大访问人的,怎么今天有这兴致来走走呢?我们相识有一年多了,你到我这里来却还是第一回。"

40 "我正要告诉你呢:你这几天切莫到我寓里来看我了。我的寓里正有很讨厌的一大一小在那里,都不像人!"

41 "一大一小?这是谁呢?"我有些诧异。

42 "是我的堂兄和他的小儿子。哈哈,儿子正如老子一般。"

43 "是上城来看你,带便玩玩的罢?"

44 "不。说是来和我商量,就要将这孩子过继给我的。"

45 "呵!过继给你?"我不禁惊叫了,"你不是还没有娶亲么?"

46 "他们知道我不娶的了。但这都没有什么关系。他们其实是要过继给我那一间寒石山的破屋子。我此外一无所有,你是知道的;钱一到手就化完。只有这一间破屋子。他们父子的一生的事业是在逐出那一个借住着的老女工。"

47 他那词气的冷峭,实在又使我悚然。但我还慰解他说——

48 "我看你的本家也还不至于此。他们不过思想略旧一点罢了。譬如,你那年大哭的时候,他们就都热心地围着使劲来劝你……"

49 "我父亲死去之后,因为夺我屋子,要我在笔据上画花押,我大哭着的时候,他们也是这样热心地围着使劲来劝我……"他两眼向上凝视,仿佛要在空中寻出那时的情景来。

50 "总而言之:关键就全在你没有孩子。你究竟为什么老不结婚的呢?"我忽而寻到了转舵的话,也是久已想问的话,觉得这时是最好的机会了。

51 他诧异地看着我,过了一会,眼光便移到他自己的膝髁上去了,于是就吸烟,没有回答。

三

52 但是,虽在这一种百无聊赖的境地中,也还不给连殳安住。渐渐地,小报上有匿名人来攻击他,学界上也常有关于他的流言,可是这已经并非先前似的单是话柄,大概是于他有损的了。我知道这是他近来喜欢发表文章的结果,倒也并不介意。S城人最不愿意有人发些没有顾忌的议论,一有,一定要暗暗地来叮他,这是向来如此的,连殳自己也知道。但到春天,忽然听说他已被校长辞退了。这却使我觉得有些兀突;其实,这也是向来如此的,不过因为我希望着自己认识的人能够幸免,所以就以为兀突罢了,S城人倒并非这一回特别恶。

53　其时我正忙着自己的生计,一面又在接洽本年秋天到山阳去当教员的事,竟没有工夫去访问他。待到有些余暇的时候,离他被辞退那时大约快有三个月了,可是还没有发生访问连殳的意思。有一天,我路过大街,偶然在旧书摊前停留,却不禁使我觉到震悚,因为在那里陈列着的一部汲古阁初印本《史记索隐》,正是连殳的书。他喜欢书,但不是藏书家,这种本子,在他是算作贵重的善本,非万不得已,不肯轻易变卖的。难道他失业刚才两三月,就一贫至此么?虽然他向来一有钱即随手散去,没有什么贮蓄。于是我便决意访问连殳去,顺便在街上买了一瓶烧酒,两包花生米,两个熏鱼头。

54　他的房门关闭着,叫了两声,不见答应。我疑心他睡着了,更加大声地叫,并且伸手拍着房门。

55　"出去了罢!"大良们的祖母,那三角眼的胖女人,从对面的窗口探出她花白的头来了,也大声说,不耐烦似的。

56　"那里去了呢?"我问。

57　"那里去了?谁知道呢?——他能到那里去呢,你等着就是,一会儿总会回来的。"

58　我便推开门走进他的客厅去。真是"一日不见,如隔三秋",满眼是凄凉和空空洞洞,不但器具所余无几了,连书籍也只剩了在S

城决没有人会要的几本洋装书。屋中间的圆桌还在,先前曾经常常围绕着忧郁慷慨的青年,怀才不遇的奇士和腌臜吵闹的孩子们的,现在却见得很闲静,只在面上蒙着一层薄薄的灰尘。我就在桌上放了酒瓶和纸包,拖过一把椅子来,靠桌旁对着房门坐下。

59 的确不过是"一会儿",房门一开,一个人悄悄地阴影似的进来了,正是连殳。也许是傍晚之故罢,看去仿佛比先前黑,但神情却还是那样。

60 "阿!你在这里?来得多久了?"他似乎有些喜欢。

61 "并没有多久。"我说,"你到那里去了?"

62 "并没有到那里去,不过随便走走。"

63 他也拖过椅子来,在桌旁坐下;我们便开始喝烧酒,一面谈些关于他的失业的事。但他却不愿意多谈这些;他以为这是意料中的事,也是自己时常遇到的事,无足怪,而且无可谈的。他照例只是一意喝烧酒,并且依然发些关于社会和历史的议论。不知怎地我此时看见空空的书架,也记起汲古阁初印本的《史记索隐》,忽而感到一种淡漠的孤寂和悲哀。

64 "你的客厅这么荒凉……近来客人不多了么?"

65 "没有了。他们以为我心境不佳,来也无意味。心境不佳,实在是可以给人们不舒服的。冬天的公园,就没有人去……"他连喝两口酒,默默地想着,突然,仰起脸来看着我问道,"你在图谋的职业也还是毫无把握罢?……"

66 我虽然明知他已经有些酒意,但也不禁愤然,正想发话,只见他侧耳一听,便抓起一把花生米,出去了。门外是大良们笑嚷的声音。

67 但他一出去,孩子们的声音便寂然,而且似乎都走了。他还追上去,说些话,却不听得有回答。他也就阴影似的悄悄地回来,仍将一把花生米放在纸包里。

68 "连我的东西也不要吃了。"他低声,嘲笑似的说。

69 "连殳,"我很觉得悲凉,却强装着微笑,说,"我以为你太自寻苦恼了。你看得人间太坏……"

70 他冷冷的笑了一笑。

71 "我的话还没有完哩。你对于我们,偶而来访问你的我们,也以为因为闲着无事,所以来你这里,将你当作消遣的资料的罢?"

72 "并不。但有时也这样想。或者寻些谈资。"

73 "那你可错误了。人们其实并不这样。你实在亲手造了独头茧,将自己裹在里面了。你应该将世间看得光明些。"我叹惜着说。

74 "也许如此罢。但是,你说:那丝是怎么来的?——自然,世上也尽有这样的人,譬如,我的祖母就是。我虽然没有分得她的血液,却也许会继承她的运命。然而这也没有什么要紧,我早已豫先一起哭过了……"

75 我即刻记起他祖母大殓时候的情景来,如在眼前一样。

76 "我总不解你那时的大哭……"于是鹘突地问了。

77 "我的祖母入殓的时候罢?是的,你不解的。"他一面点灯,一面冷静地说,"你的和我交往,我想,还正因为那时的哭哩。你不知道,这祖母,是我父亲的继母;他的生母,他三岁时候就死去了。"他想着,默默地喝酒,吃完了一个熏鱼头。

78 "那些往事,我原是不知道的。只是我从小时候就觉得不可解。那时我的父亲还在,家景也还好,正月间一定要悬挂祖像,盛大地供养起来。看着这许多盛装的画像,在我那时似乎是不可多得的眼福。但那时,抱着我的一个女工总指了一幅像说:'这是你自己的祖母。拜拜罢,保佑你生龙活虎似的大得快。'我真不懂得我明明有着一个祖母,怎么又会有什么'自己的祖母'来。可是我爱这"自己的祖母',她不比家里的祖母一般老;她年青,好看,穿着描金的红衣服,戴着珠冠,和我母亲的像差不多。我看她时,她的眼睛也注视我,而且口角上渐渐增多了笑影:我知道她一定也是极其爱我的。

79 "然而我也爱那家里的,终日坐在窗下慢慢地做针线的祖母。虽然无论我怎样高兴地在她面前玩笑,叫她,也不能引她欢笑,常使我觉得冷冷地,和别人的祖母们有些不同。但我还爱她。可是到后来,我逐渐疏远她了;这也并非因为年纪大了,已经知道她不是我父亲的生母的缘故,倒是看久了终日终年的做针线,机器似的,自然免不了要发烦。但她却还是先前一样,做针线;管理我,也爱护我,虽然少见笑容,却也不加呵斥。直到我父亲去世,还是这样;后来呢,我们几乎全靠她做针线过活了。自然更这样,直到我进学堂……"

80 灯火销沉下去了,煤油已经将涸,他便站起,从书架下摸出一个小小的洋铁壶来添煤油。

81 "只这一月里,煤油已经涨价两次了……"他旋好了灯头,慢慢地说:"生活要日见其困难起来。——她后来还是这样,直到我毕业,有了事做,生活比先前安定些;恐怕还直到她生病,实在打熬不住了,只得躺下的时候罢……

82 "她的晚年,据我想,是总算不很辛苦的,享寿也不小了,正无须我来下泪。况且哭的人不是多着么? 连先前竭力欺凌她的人们也哭,至少是脸上很惨然。哈哈……可是我那时不知怎地,将她的一生缩在眼前了,亲手造成孤独,又放在嘴里去咀嚼的人的一生。而且觉得这样的人还很多哩。这些人们,就使我要痛哭,但大半也还是因为我那时太过于感情用事……

83 "你现在对于我的意见,就是我先前对于她的意见。然而我的那时的意见,其实也不对的。便是我自己,从略知世事起,就的确逐渐和她疏远起来了……"

84 他沉默了,指间夹着烟卷,低了头,想着。灯火在微微地发抖。

85 "呵,人要使死后没有一个人为他哭,是不容易的事呵。"他自言自语似的说;略略一停,便仰起脸来向我道,"想来你也无法可想。我也还得赶紧寻点事情做……"

86 "你再没有可托的朋友了么?"我这时正是无法可想,连自己。

87 "那倒大概还有几个的,可是他们的境遇都和我差不多……"

88 我辞别连殳出门的时候,圆月已经升在中天了,是极静的夜。

四

89 山阳的教育事业的状况很不佳。我到校两月,得不到一文薪水,只得连烟卷也节省起来。但是学校里的人们,虽是月薪十五六元的小职员,也没有一个不是乐天知命的,仗着逐渐打熬成功的铜筋铁骨,面黄肌瘦地从早办公一直到夜,其间看见名位较高的人物,还得恭恭敬敬地站起,实在都是不必"衣食足而知礼节"的人民。我每看见这情状,不知怎的总记起连殳临别托付我的话来。他那时生计更其不堪了,窘相时时显露,看去似乎已没有往时的深沉,知道我就要动身,深夜来访,迟疑了许久,才吞吞吐吐地说道——

90 "不知道那边可有法子想?——便是钞写,一月二三十块钱的也可以的,我……"

91 我很诧异了,还不料他竟肯这样的迁就,一时说不出话来。

92 "我……,我还得活几天……"

93 "那边去看一看,一定竭力去设法罢。"

94 这是我当日一口承当的答话,后来常常自己听见,眼前也同时浮出连殳的相貌,而且吞吞吐吐地说道"我还得活几天"。到这些时,我便设法向各处推荐一番;但有什么效验呢,事少人多,结果是别人给我几句抱歉的话,我就给他几句抱歉的信。到一学期将完的时候,那情形就更加坏了起来。那地方的几个绅士所办的《学理周报》上,竟开始攻击我了,自然是决不指名的,但措辞很巧妙,使人一见就觉得我是在挑剔学潮,连推荐连殳的事,也算是呼朋引类。

95 我只好一动不动,除上课之外,便关起门来躲着,有时连烟卷的烟钻出窗隙去,也怕犯了挑剔学潮的嫌疑。连殳的事,自然更是无从说起了。这样地一直到深冬。

96 下了一天雪,到夜还没有止,屋外一切静极,静到要听出静的声音来。我在小小的灯火光中,闭目枯坐,如见雪花片片飘坠,来增补这一望无际的雪堆;故乡也准备过年了,人们忙得很;我自己还是一个儿童,在后园的平坦处和一伙小朋友塑雪罗汉。雪罗汉的眼睛是用两块小炭嵌出来的,颜色很黑,这一闪动,便变了连殳的眼睛。

97 "我还得活几天!"仍是这样的声音。

98 "为什么呢?"我无端地这样问,立刻连自己也觉得可笑了。

99 这可笑的问题使我清醒,坐直了身子,点起一枝烟卷来;推窗一望,雪果然下得更大了。听得有人叩门;不一会,一个人走进来,但是听熟的客寓杂役的脚步。他推开我的房门,交给我一封六寸多长的信,字迹很潦草,然而一瞥便认出"魏缄"两个字,是连殳寄来的。

100 这是从我离开 S 城以后他给我的第一封信。我知道他疏懒,本不以杳无消息为奇,但有时也颇怨他不给一点消息。待接到了这信,可又无端地觉得奇怪了,慌忙拆开来。里面也用了一样潦草的字体,写着这样的话——

101 "申飞……

102 "我称你什么呢?我空着,你自己愿意称什么,你自己添上去罢。我都可以的。

103 "别后共得三信,没有复。这原因很简单:我连买邮票的钱也没有。

104 "你或者愿意知道些我的消息,现在简直告诉你罢:我失败了。先前,我自以为是失败者,现在知道那并不,现在才真是失败者了。先前,还有人愿意我活几天,我自己也还想活几天的时候,活不下去;现在,大可以无须了,然而要活下去……

105 "然而就活下去么?

106 "愿意我活几天的,自己就活不下去。这人已被敌人诱杀了,谁杀的呢?谁也不知道。

107 "人生的变化多么迅速呵!这半年来,我几乎求乞了,实际,也可以算得已经求乞。然而我还有所为,我愿意为此求乞,为此冻馁,为此寂寞,为此辛苦。但灭亡是不愿意的。你看,有一个愿意我活几天的,那力量就这么大。然而现在是没有了,连这一个也没有了。同时,我自己也觉得不配活下去;别人呢?也不配的。同时,我自己又觉得偏要为不愿意我活下去的人们而活下去;好在愿意我好好地活下去的已经没有了,再没有谁痛心。使这样的人痛心,我是不愿意的。然而现在是没有了,连这一个也没有了。快活极了,舒服极了;我已经躬行我先前所憎恶,所反对的一切,拒斥我先前所崇仰,所主张的一切了。我已经真的失败,——然而我胜利了。

108 "你以为我发了疯么?你以为我成了英雄或伟人了么?不,不的。这事情很简单;我近来已经做了杜师长的顾问,每月的薪水就有现洋八十元了。

109 "申飞……

110 "你将以我为什么东西呢,你自己定就是,我都可以的。

111 "你大约还记得我旧时的客厅罢,我们在城中初见和将别时候的客厅。现在我还用着这客厅。这里有新的宾客,新的馈赠,新的颂扬,新的钻营,新的磕头和打拱,新的打牌和猜拳,新的冷眼和恶心,新的失眠和吐血……

112 "你前信说你教书很不如意。你愿意也做顾问么?可以告诉我,我给你办。其实是做门房也不妨,一样地有新的宾客和新的馈赠,新的颂扬……

113 "我这里下大雪了。你那里怎样?现在已是深夜,吐了两口血,使我清醒起来。记得你竟从秋天以来陆续给了我三封信,这是怎样的可以惊异的事呵。我必须寄给你一点消息,你或者不至于倒抽一口冷气罢。

114 "此后,我大约不再写信的了,我这习惯是你早已知道的。何时回来呢?倘早,当能相见。——但我想,我们大概究竟不是一路的;那么,请你忘记我罢。我从我的真心感谢你先前常替我筹划生计。但是现在忘记我罢;我现在已经'好'了。

连殳。十二月十四日。"

115 这虽然并不使我"倒抽一口冷气",但草草一看之后,又细看了一遍,却总有些不舒服,而同时可又夹杂些快意和高兴;又想,他的生计总算已经不成问题,我的担子也可以放下了,虽然在我这一面始终不过是无法可想。忽而又想写一封信回答他,但又觉得没有话说,于是这意思也立即消失了。

116 我的确渐渐地在忘却他。在我的记忆中,他的面貌也不再时常出现。但得信之后不到十天,S城的学理七日报社忽然接续着邮寄他们的《学理七日报》来了。我是不大看这些东西的,不过既经寄到,也就随手翻翻。这却使我记起连殳来,因为里面常有关于他的诗文,如《雪夜谒连殳先生》,《连殳顾问高斋雅集》等等;有一回,《学理闲谭》里还津津地叙述他先前所被传为笑柄的事,称作"逸闻",言外大有"且夫非常之人,必能行非常之事"的意思。

117 不知怎地虽然因此记起,但他的面貌却总是逐渐模胡;然而又似乎和我日加密切起来,往往无端感到一种连自己也莫明其妙的不安和极轻微的震颤。幸而到了秋季,这《学理七日报》就不寄来了;山阳的《学理周刊》上却又按期登起一篇长论文:《流言即事实论》。里面还说,关于某君们的流言,已在公正士绅间盛传了。这是专指几个人的,有我在内;我只好极小心,照例连吸烟卷的烟也谨防飞散。小心是一种忙的苦痛,因此会百事俱废,自然也无暇记得连殳。总之:我其实已经将他忘却了。

118 但我也终于敷衍不到暑假,五月底,便离开了山阳。

五

119 从山阳到历城,又到太谷,一总转了大半年,终于寻不出什么事情做,我便又决计回S城去了。到时是春初的下午,天气欲雨不雨,一切都罩在灰色中;旧寓里还有空房,仍然住下。在道上,就想起连殳的了,到后,便决定晚饭后去看他。我提着两包闻喜名产的煮饼,走了许多潮湿的路,让道给许多拦路高卧的狗,这才总算到了连殳的门前。里面仿佛特别明亮似的。我想,一做顾问,连寓里也格外光亮起来了,不觉在暗中一笑。但仰面一看,门旁却白白的,分明帖着一张斜角纸。我又想,大良们的祖母死了罢;同时也跨进门,一直向里面走。

120 微光所照的院子里,放着一具棺材,旁边站一个穿军衣的兵或是马弁,还有一个和他谈话的,看时却是大良的祖母;另外还闲站着几个短衣粗人。我的心即刻跳起来了。她也转过脸来凝视我。

121 "阿呀!您回来了?何不早几天……"她忽而大叫起来。

122 "谁……谁没有了?"我其实是已经大概知道的了,但还是问。

123 "魏大人,前天没有的。"

124 我四顾,客厅里暗沉沉的,大约只有一盏灯;正屋里却挂着白的孝帏,几个孩子聚在屋外,就是大良二良们。

125 "他停在那里,"大良的祖母走前,指着说,"魏大人恭喜之后,我把正屋也租给他了;他现在就停在那里。"

126 孝帏上没有别的,前面是一张条桌,一张方桌;方桌上摆着十来碗饭菜。我刚跨进门,当面忽然现出两个穿白长衫的来拦住了,瞪了死鱼似的眼睛,从中发出惊疑的光来,钉住了我的脸。我慌忙说明我和连殳的关系,大良的祖母也来从旁证实,他们的手和眼光这才逐渐弛缓下去,默许我近前去鞠躬。

127 我一鞠躬,地下忽然有人呜呜的哭起来了,定神看时,一个十多岁的孩子伏在草荐上,也是白衣服,头发剪得很光的头上还络着一大绺苎麻丝。

128 我和他们寒暄后,知道一个是连殳的从堂兄弟,要算最亲的了;一个是远房侄子。我请求看一看故人,他们却竭力拦阻,说是"不敢当"的。然而终于被我说服了,将孝帏揭起。

129 这回我会见了死的连殳。但是奇怪!他虽然穿一套皱的短衫裤,大襟上还有血迹,脸上也瘦削得不堪,然而面目却还是先前那样的面目,宁静地闭着嘴,合着眼,睡着似的,几乎要使我伸手到他鼻子前面,去试探他可是真实还在呼吸着。

130 一切是死一般静,死的人和活的人。我退开了,他的从堂兄弟却又来周旋,说"舍弟"正在年富力强,前程无限的时候,竟遽尔"作古"了,这不但是"衰宗"不幸,也太使朋友伤心。言外颇有替连殳道歉之意;这样地能说,在山乡中人是少有的。但此后也就沉默了,一切是死一般静,死的人和活的人。

131 我觉得很无聊,怎样的悲哀倒没有,便退到院子里,和大良们的祖母闲谈起来。知道入殓的时候是临近了,只待寿衣送到;钉棺材钉时,"子午卯酉"四生肖是必须躲避的。她谈得高兴了,说话滔滔地泉流似的涌出,说到他的病状,说到他生时的情景,也带些关于他的批评。

132 "你可知道魏大人自从交运之后,人就和先前两样了,脸也抬高起来,气昂昂的。对人也不再先前那么迂。你知道,他先前不是像一个哑子,见我是叫老太太的么?后来就叫'老家伙'。唉唉,真是有趣。人送他仙居术,他自己是不吃的,就摔在院子里,——就是这地方,——叫道,'老家伙,你吃去罢。'他交运之后,人来人往,我把正屋也让给他住了,自己便搬在这厢房里。他也真是一走红运,就与众不同,我们就常常这样说笑。要是你早来一个月,还赶得上看这里的热闹,三日两头的猜拳行令,说的说,笑的笑,唱的唱,做诗的做诗,打牌的打牌……

133 "他先前怕孩子们比孩子们见老子还怕,总是低声下气的。近来可也两样了,能说能闹,我们的大良们也很喜欢和他玩,一有空,便都到他的屋里去。他也用种种方法逗着玩;要他买东西,他就要孩子装一声狗叫,或者磕一个响头。哈哈,真是过得热闹。前两月二良要他买鞋,还磕了三个响头哩,哪,现在还穿着,没有破呢。"

134 一个穿白长衫的人出来了,她就住了口。我打听连殳的病症,她却不大清楚,只说大约是早已瘦了下去的罢,可是谁也没理会,因为他总是高高兴兴的。到一个多月前,这才听到他吐过几回血,但似乎也没有看医生;后来躺倒了;死去的前三天,就哑了喉咙,说不出一句话。十三大人从寒石山路远迢迢地上城来,问他可有存款,他一声也不响。十三大人疑心他装出来的,也有人说有些生痨病死的人是要说不出话来的,谁知道呢……

135 "可是魏大人的脾气也太古怪,"她忽然低声说,"他就不肯积蓄一点,水似的化钱。十三大人还疑心我们得了什么好处。有什么屁好处呢? 他就冤里冤枉胡里胡涂地化掉了。譬如买东西,今天买进,明天又卖出,弄破,真不知道是怎么一回事。待到死了下来,什么也没有,都糟掉了。要不然,今天也不至于这样地冷静……

136 "他就是胡闹,不想办一点正经事。我是想到过的,也劝过他。这么年纪了,应该成家;照现在的样子,结一门亲很容易;如果没有门当户对的,先买几个姨太太也可以:人是总应该像个样子的。可是他一听到就笑起来,说道,'老家伙,你还是总替别人惦记着这等事么?'你看,他近来就浮而不实,不把人的好话当好话听。要是早听了我的话,现在何至于独自冷清清地在阴间摸索,至少,也可以听到几声亲人的哭声……"

137 一个店伙背了衣服来了。三个亲人便检出里衣,走进帏后去。不多久,孝帏揭起了,里衣已经换好,接着是加外衣。这很出我意外。一条土黄的军裤穿上了,嵌着很宽的红条,其次穿上去的是军衣,金闪闪的肩章,也不知道是什么品级,那里来的品级。到入棺,是连殳很不妥帖地躺着,脚边放一双黄皮鞋,腰边放一柄纸糊的指挥刀,骨瘦如柴的灰黑的脸旁,是一顶金边的军帽。

138 三个亲人扶着棺沿哭了一场,止哭拭泪;头上络麻线的孩子退出去了,三良也避去,大约都是属"子午卯酉"之一的。

139 粗人扛起棺盖来,我走近去最后看一看永别的连殳。

140 他在不妥帖的衣冠中,安静地躺着,合了眼,闭着嘴,口角间仿佛含着冰冷的微笑,冷笑着这可笑的死尸。

141 敲钉的声音一响,哭声也同时迸出来。这哭声使我不能听完,只好退到院子里;顺脚一走,不觉出了大门了。潮湿的路极其分明，仰看太空，浓云已经散去，挂着一轮圆月，散出冷静的光辉。

142 我快步走着，仿佛要从一种沈重的东西中冲出，但是不能够。耳朵中有什么挣扎着，久之，久之，终于挣扎出来了，隐约像是长嗥，像一匹受伤的狼，当深夜在旷野中嗥叫，惨伤里夹杂着愤怒和悲哀。

145 我的心地就轻松起来，坦然地在潮湿的石路上走，月光底下。

(1925年10月17日，选自《彷徨》)

【解说】

这篇和《在酒楼上》的用意相近，也是描写知识分子的没落的。"孤独者"魏连殳在封建的乡村里被人看做"吃洋教"的"新党"，在S城里教书也被"校长辞退"。他卖掉了汲古阁初印的《史记索隐》之后，就是"钞写"也愿意做，因为，"我还得活几天……"。后来虽是冻馁，却不愿意灭亡。结果做了杜师长的顾问，从前的报纸是攻击他的，现在则有关于他的诗文，演出什么《连殳顾问高斋雅集》等等的韵事。但连殳终于吐血死了，变做腰边放一柄纸糊的指挥刀、"很不妥帖地躺在"棺材里的魏大人。这时虽有十三大人在棺材旁哭泣，但哭泣的本意是"问他可有存款"；侄子硬要过继给他做儿子，为的是要承继他的寒石山的破屋。作者把魏连殳的性格环境，绵密地描绘出来，同时把中国的封建社会和世俗的势利在我们的眼前解剖，令阅者不免也要在"惨伤里夹杂着愤怒和悲哀"了。

1 在冒头就说明作者和魏连殳的关系，引起阅者求知以下的情节的欲望。

2—17 魏连殳借"都可以的"一法,对付宗法社会里的村人。注意第13节的描写。先是他不哭,现在则失声长嗥,像一匹受伤的狼,深夜在旷野中嗥叫,惨伤里夹着愤怒和悲哀。写魏连殳的内心生活的苦闷。

18—51 写S城里的魏连殳。写他喜欢房东的小孩,借来烘托"孤独者"的性格。接着又写他讨厌他的堂兄和堂兄的小儿子(硬要过继给他,以便"获得"一间寒石山的破屋子),作者的文笔冷峭,令人毛骨悚然。

52—88 再写连殳的没落。这时不但卖掉书籍和家具,甚至于房东的小孩子,"连他的东西也不吃了"。77节起,由连殳的自叙,写他的祖母的身世,和第13节的描写照应。

89—118 由魏连殳的来信,展开主人公的环境的变迁,兼写他的心境的颓唐。

119—143 写作者回到S城,往访连殳。写连殳的死。注意126至130诸节的客观描写。由大良的祖母的口里写魏大人交运以后的性格,使阅者知道他所以到这地步,是无可奈何,要多活几天的原故。大良的祖母、十三大人的人物,都是在世俗里常常遇着的典型人物,他们能够在世上生活,从他们的对话里可以看出原因的所在。141至143节是本篇的结尾,极其苍劲有力,给阅者以悲伤的印象。

【习题】

将本篇和《在酒楼上》作比较的研究。(注意主人公的性格、环境描写、结构诸点)

伤　逝——涓生的手记

1　如果我能够,我要写下我的悔恨和悲哀,为子君,为自己。

2　会馆里的被遗忘在偏僻里的破屋是这样地寂静和空虚。时光过得真快,我爱子君,仗着她逃出这寂静和空虚,已经满一年了。事情又这么不凑巧,我重来时,偏偏空着的又只有这一间屋。依然是这样的破窗,这样的窗外的半枯的槐树和老紫藤,这样的窗前的方桌,这样的败壁,这样的靠壁的板床。深夜中独自躺在床上,就如我未曾和子君同居以前一般,过去一年中的时光全被消灭,全未有过,我并没有曾经从这破屋子搬出,在吉兆胡同创立了满怀希望的小小的家庭。

3　不但如此。在一年之前,这寂静和空虚是并不这样的,常常含着期待;期待子君的到来。在久待的焦躁中,一听到皮鞋的高底尖触着砖路的清响,是怎样地使我骤然生动起来呀!于是就看见带着笑涡的苍白的圆脸,苍白的瘦的臂膊,布的有条纹的衫子,玄色的裙。她又带了窗外的半枯的槐树的新叶来,使我看见,还有挂在铁似的老干上的一房一房的紫白的藤花。

4 然而现在呢,只有寂静和空虚依旧,子君却决不再来了,而且永远,永远地!……

5 子君不在我这破屋里时,我什么也看不见。在百无聊赖中,随手抓过一本书来,科学也好,文学也好,横竖什么都一样;看下去,看下去,忽而自己觉得,已经翻了十多页了,但是毫不记得书上所说的事。只是耳朵却分外地灵,仿佛听到大门外一切往来的履声,从中便有子君的,而且橐橐地逐渐临近,——但是,往往又逐渐渺茫,终于消失在别的步声的杂沓中了。我憎恶那不像子君鞋声的穿布底鞋的长班的儿子,我憎恶那太像子君鞋声的常常穿着新皮鞋的邻院的搽雪花膏的小东西!

6 莫非她翻了车么?莫非她被电车撞伤了么?……

7 我便要取了帽子去看她,然而她的胞叔就曾经当面骂过我。

8 蓦然,她的鞋声近来了,一步响于一步,迎出去时,却已经走过紫藤棚下,脸上带着微笑的酒窝。她在她叔子的家里大约并未受气;我的心宁帖了,默默地相视片时之后,破屋里便渐渐充满了我的语声,谈家庭专制,谈打破旧习惯,谈男女平等,谈伊孛生,谈泰戈尔,谈雪莱……她总是微笑点头,两眼里弥漫着稚气的好奇的光泽。壁上就钉着一张铜板的雪莱半身像,是从杂志上裁下来的,是他的最美的一张像。当我指给她看时,她却只草草一看,便低了头,似乎不好意思了。这些地方,子君就大概还未脱尽旧思想的束缚,——我后来也想,倒不如换一张雪莱淹死在海里的纪念像或是伊孛生的罢;但也终于没有换,现在是连这一张也不知那里去了。

9 "我是我自己的,他们谁也没有干涉我的权利!"

10 这是我们交际了半年,又谈起她在这里的胞叔和在家的父亲时,她默想了一会之后,分明地,坚决地,沈静地说了出来的话。其时是我已经说尽了我的意见,我的身世,我的缺点,很少隐瞒;她也完全了解的了。这几句话很震动了我的灵魂,此后许多天还在耳中发响,而且说不出的狂喜,知道中国女性,并不如厌世家所说那样的无法可施,在不远的将来,便要看见辉煌的曙色的。

11 送她出门,照例是相离十多步远;照例是那鲇鱼须的老东西的脸又紧帖在脏的窗玻璃上了,连鼻尖都挤成一个小平面;到外院,照例又是明晃晃的玻璃窗里的那小东西的脸,加厚的雪花膏。她目不邪视地骄傲地走了,没有看见;我骄傲地回来。

12 "我是我自己的,他们谁也没有干涉我的权利!"这澈底的思想就在她的脑里,比我还透澈,坚强得多。半瓶雪花膏和鼻尖的小平面,于她能算什么东西呢?

13 我已经记不清那时怎样地将我的纯真热烈的爱表示给她。岂但现在,那时的事后便已模胡,夜间回想,早只剩了一些断片了;同居以后一两月,便连这些断片也化作无可追踪的梦影。我只记得那时以前的十几天,曾经很仔细地研究过表示的态度,排列过措辞的先后,以及倘或遭了拒绝以后的情形。可是临时似乎都无用,在慌张中,身不由己地竟用了在电影上见过的方法了。后来一想到,就使我很愧恧,但在记忆上却偏只有这一点永远留遗,至今还如暗室的孤灯一般,照见我含泪握着她的手,一条腿跪了下去……

14　不但我自己的,便是子君的言语举动,我那时就没有看得分明;仅知道她已经允许我了。但也还仿佛记得她脸色变成青白,后来又渐渐转作绯红,——没有见过,也没有再见的绯红;孩子似的眼里射出悲喜,但是夹着惊疑的光,虽然力避我的视线,张皇地似乎要破窗飞去。然而我知道她已经允许我了,没有知道她怎样说或是没有说。

15　她却是什么都记得:我的言辞,竟至于读熟了的一般,能够滔滔背诵;我的举动,就如有一张我所看不见的影片挂在眼下,叙述得如生,很细微,自然连那使我不愿再想的浅薄的电影的一闪。夜阑人静,是相对温习的时候了,我常是被质问,被考验,并且被命复述当时的言语,然而常须由她补足,由她纠正,像一个丁等的学生。

16　这温习后来也渐渐稀疏起来。但我只要看见她两眼注视空中,出神似的凝想着,于是神色越加柔和,笑窝也深下去,便知道她又在自修旧课了,只是我很怕她看到我那可笑的电影的一闪。但我又知道,她一定要看见,而且也非看不可的。

17　然而她并不觉得可笑。即使我自己以为可笑,甚而至于可鄙的,她也毫不以为可笑。这事我知道得很清楚,因为她爱我,是这样地热烈,这样地纯真。

18　去年的暮春是最为幸福,也是最为忙碌的时光。我的心平静下去了,但又有别一部分和身体一同忙碌起来。我们这时才在路上同行,也到过几回公园,最多的是寻住所。我觉得在路上时时遇到探索，讥笑，猥亵和轻蔑的眼光，一不小心，便使我的全身有些瑟缩，只得即刻提起我的骄傲和反抗来支持。她却是大无畏的，对于这些全不关心，只是镇静地缓缓前行，坦然如入无人之境。

19　寻住所实在不是容易事，大半是被托辞拒绝，小半是我们以为不相宜。起先我们选择得很苛酷，——也非苛酷，因为看去大抵不像是我们的安身之所；后来，便只要他们能相容了。看了二十多处，这才得到可以暂且敷衍的处所，是吉兆胡同一所小屋里的两间南屋；主人是一个小官，然而倒是明白人，自住着正屋和厢房。他只有夫人和一个不到周岁的女孩子，雇一个乡下的女工，只要孩子不啼哭，是极其安闲幽静的。

20　我们的家具很简单，但已经用去了我的筹来的款子的大半；子君还卖掉了她唯一的金戒指和耳环。我拦阻她，还是定要卖，我也就不再坚持下去了；我知道不给她加入一点股分去，她是住不舒服的。

21　和她的叔子，她早经闹开，至于使他气愤到不再认她做侄女；我也陆续和几个自以为忠告，其实是替我胆怯，或者竟是嫉妒的朋友绝了交。然而这倒很清静。每日办公散后虽然已近黄昏，车夫又一定走得这样慢，但究竟还有二人相对的时候。我们先是沉默的相视，接着是放怀而亲密的交谈，后来又是沉默。大家低头沉思着，却并未想着什么事。我也渐渐清醒地读遍了她的身体，她的灵魂，不过三星期，我似乎于她已经更加了解，揭去许多先前以为了解而现在看来却是隔膜，即所谓真的隔膜了。

22 子君也逐日活泼起来。但她并不爱花,我在庙会时买来的两盆小草花,四天不浇,枯死在壁角了,我又没有照顾一切的闲暇。然而她爱动物,也许是从官太太那里传染的罢,不一月,我们的眷属便骤然加得很多,四只小油鸡,在小院子里和房主人的十多只在一同走。但她们却认识鸡的相貌,各知道那一只是自家的。还有一只花白的叭儿狗,从庙会买来,记得似乎原有名字,子君却给它另起了一个,叫作阿随。我就叫它阿随,但我不喜欢这名字。

23 这是真的,爱情必须时时更新,生长,创造。我和子君说起这,她也领会地点点头。

24 唉唉,那是怎样的宁静而幸福的夜呵!

25 安宁和幸福是要凝固的,永久是这样的安宁和幸福。我们在会馆里时,还偶有议论的冲突和意思的误会,自从到吉兆胡同以来,连这一点也没有了;我们只在灯下对坐怀旧谭中,回味那时冲突以后的和解的重生一般的乐趣。

26 子君竟胖了起来,脸色也红活了;可惜的是忙。管了家务便连谈天的工夫也没有,何况读书和散步。我们常说,我们总还得雇一个女工。

27 这就使我也一样地不快活,傍晚回来,常见她包藏着不快活的颜色,尤其使我不乐的是她要装作勉强的笑容。幸而探听出来了,也还是和那小官太太的暗斗,导火线便是两家的小油鸡。但又何必硬不告诉我呢?人总该有一个独立的家庭。这样的处所,是不能居住的。

28 我的路也铸定了,每星期中的六天,是由家到局,又由局到家,在局里便坐在办公桌前钞,钞,钞些公文和信件;在家里是和她相对或帮她生白炉子,煮饭,蒸馒头。我的学会了煮饭,就在这时候。

29 但我的食品却比在会馆里时好得多了。做菜虽不是子君的特长,然而她于此却倾注着全力;对于她的日夜的操心,使我也不能不一同操心,来算作分甘共苦。况且她又这样地终日汗流满面,短发都粘在脑额上;两只手又只是这样地粗糙起来。

30 况且还要饲阿随,饲油鸡,……都是非她不可的工作。

31 我曾经忠告她:我不吃,倒也罢了;却万不可这样地操劳。她只看了我一眼,不开口,神色却似乎有点凄然;我也只好不开口。然而她还是这样地操劳。

32 我所豫期的打击果然到来。双十节的前一晚,我呆坐着,她在洗碗。听到打门声,我去开门时,是局里的信差,交给我一张油印的纸条。我就有些料到了,到灯下去一看,果然,印着的就是:

奉

局长谕史涓生着毋庸到局办事

秘书处启 十月九号

33 这在会馆里时,我就早已料到了;那雪花膏便是局长的儿子的赌友,一定要去添些谣言,设法报告的。到现在才发生效验,已经要算是很晚的了。其实这在我不能算是一个打击,因为我就决定,可以给别人去钞写,或者教读,或者虽然费力,也还可以译点书,况且《自由之友》的总编辑便是见过几次的熟人,两月前还通过信。但我的心却跳跃着。那么一个无畏的子君也变了色,尤其使我痛心;她近来似乎也较为怯弱了。

34 "那算什么。哼,我们干新的。我们……"她说。

35 她的话没有说完;不知怎地,那声音在我听去却只是浮浮的;灯光也觉得格外黯淡。人们真是可笑的动物,一点极微末的小事情,便会受着很深的影响。我们先是默默地相视,逐渐商量起来,终于决定将现有的钱竭力节省,一面登"小广告"去寻求钞写和教读,一面写信给《自由之友》的总编辑,说明我目下的遭遇,请他收用我的译本,给我帮一点艰辛时候的忙。

36 "说做,就做罢!来开一条新的路!"

37 我立刻转身向了书案,推开盛香油的瓶子和醋碟,子君便送过那黯淡的灯来。我先拟广告;其次是选定可译的书,迁移以来未曾翻阅过,每本的头上都满漫着灰尘了;最后才写信。

38 我很费踌躇,不知道怎样措辞好,当停笔凝思的时候,转眼去一瞥她的脸,在昏暗的灯光下,又很见得凄然。我真不料这样微细的小事情,竟会给坚决的,无畏的子君以这么显著的变化。她近来实在变得很怯弱了,但也并不是今夜才开始的。我的心因此更缭乱,忽然有安宁的生活的影像——会馆里的破屋的寂静,在眼前一闪,刚刚想定睛凝视却又看见了昏暗的灯光。

39 许久之后,信也写成了,是一封颇长的信;很觉得疲劳,仿佛近来自己也较为怯弱了。于是我们决定,广告和发信,就在明日一同实行。大家不约而同地伸直了腰肢,在无言中,似乎又都感到彼此的坚忍崛强的精神,还看见从新萌芽起来的将来的希望。

40 外来的打击其实倒是振作了我们的新精神。局里的生活,原如鸟贩子手里的禽鸟一般,仅有一点小米维系残生,决不会肥胖;日子一久,只落得麻痹了翅子,即使放出笼外,早已不能奋飞。现在总算脱出这牢笼了,我从此要在新的开阔的天空中翱翔,趁我还未忘却了我的翅子的扇动。

41 小广告是一时自然不会发生效力的;但译书也不是容易事,先前看过,以为已经懂得的,一动手,却疑难百出了,进行得很慢。然而我决计努力地做,一本半新的字典,不到半月,边上便有了一大片乌黑的指痕,这就证明着我的工作的切实。《自由之友》的总编辑曾经说过,他的刊物是决不会埋没好稿子。

42 可惜的是我没有一间静室,子君又没有先前那么幽静,善于体帖了,屋子里总是散乱着碗碟,弥漫着煤烟,使人不能安心做事,但是这自然还只能怨我自己无力置一间书斋。然而又加以阿随,加以油鸡们。加以油鸡们又大起来了,更容易成为两家争吵的引线。

43 加以每日的"川流不息"的吃饭;子君的功业,仿佛就完全建立在这吃饭中。吃了筹钱,筹来吃饭,还要喂阿随,饲油鸡;她似乎将先前所知道的全都忘掉了,也不想到我的构思就常常为了这催促吃饭而打断。即使在坐中给看一点怒色,她总是不改变,仍然毫无感触似的大嚼起来。

44 使她明白了我的工作不能受规定的吃饭的束缚,就费去五星期。她明白后,大约很不高兴罢,可是没有说。我的工作果然从此较为迅速地进行,不久就共译了五万言,只要润色一回,便可以和做好的两篇小品,一同寄给《自由之友》去。只是吃饭却依然给我苦恼。菜冷,是无妨的,然而竟不够;有时连饭也不够,虽然我因为终日坐在家里用脑,饭量已经比先前要减少得多,这是先去喂了阿随了,有时还并那近来连自己也轻易不吃的羊肉。她说,阿随实在瘦得太可怜,房东太太还因此嗤笑我们了,她受不住这样的奚落。

45 于是吃我残饭的便只有油鸡们。这是我积久才看出来的,但同时也如赫胥黎的论定"人类在宇宙间的位置"一般,自觉了我在这里的位置:不过是叭儿狗和油鸡之间。

46 后来,经多次的抗争和催逼,油鸡们也逐渐成为肴馔,我们和阿随都享用了十多日的鲜肥;可是其实也很瘦,因为它们早已每日只能得到几粒高粱了。从此便清静得多。只有子君很颓唐,似乎常觉得凄苦和无聊,至于不大愿意开口。我想,人是多么容易改变呵!

47 但是阿随也将留不住了。我们已经不能再希望从什么地方会有来信,子君也早没有一点食物可以引它打拱或直立起来。冬季又逼近得这么快,火炉就要成为很大的问题;它的食量,在我们其实早是一个极易觉得的很重的负担。于是连它也留不住了。

48 倘使插了草标到庙市去出卖,也许能得几文钱罢,然而我们都不能,也不愿这样做。终于是用包袱蒙着头,由我带到西郊去放掉了,还要追上来,便推在一个并不很深的土坑里。

49 我一回寓,觉得又清静得多多了;但子君的凄惨的神色,却使我很吃惊。那是没有见过的神色,自然是为阿随。但又何至于此呢? 我还没有说起推在土坑里的事。

50 到夜间,在她的凄惨的神色中,加上冰冷的分子了。

51 "奇怪。——子君,你怎么今天这样儿了?"我忍不住问。

52 "什么?"她连看也不看我。

53 "你的脸色……"

54 "没有什么,——什么也没有。"

55 我终于从她言动上看出,她大概已经认定我是一个忍心的人。其实,我一个人,是容易生活的,虽然因为骄傲,向来不与世交来往,迁居以后,也疏远了所有旧识的人,然而只要能远走高飞,生路还宽广得很。现在忍受着这生活压迫的苦痛,大半倒是为她,便是放掉阿随,也何尝不如此。但子君的识见却似乎只是浅薄起来,竟至于连这一点也想不到了。

56 我拣了一个机会,将这些道理暗示她;她领会似的点头。然而看她后来的情形,她是没有懂,或者是并不相信的。

57 天气的冷和神情的冷,逼迫我不能在家庭中安身。但是往那里去呢? 大道上,公园里,虽然没有冰冷的神情,冷风究竟也刺得人皮肤欲裂。我终于在通俗图书馆里觅得了我的天堂。

58 那里无须买票;阅书室里又装着两个铁火炉。纵使不过是烧着不死不活的煤的火炉,但单是看见装着它,精神上也就总觉得有些温暖。书却无可看:旧的陈腐,新的是几乎没有的。

59　好在我到那里去也并非为看书。另外时常还有几个人,多则十余人,都是单薄衣裳,正如我,各人看各人的书,作为取暖的口实。这于我尤为合式。道路上容易遇见熟人,得到轻蔑的一瞥,但此地却决无那样的横祸,因为他们是永远围在别的铁炉旁,或者靠在自家的白炉边的。

60　那里虽然没有书给我看,却还有安闲容得我想。待到孤身枯坐,回忆从前,这才觉得大半年来,只为了爱,——盲目之爱,——而将别的人生的要义全盘疏忽了。第一,便是生活。人必生活着,爱才有所附丽。世界上并非没有为了奋斗者而开的活路;我也还未忘却翅子的扇动,虽然比先前已经颓唐得多……

61　屋子和读者渐渐消失了,我看见怒涛中的渔夫,战壕中的兵士,摩托车中的贵人,洋场上的投机家,深山密林中的豪杰,讲台上的教授,昏夜的运动者和深夜的偷儿……子君,——不在近旁。她的勇气都失掉了,只为着阿随悲愤,为着做饭出神;然而奇怪的是倒也并不怎样瘦损……

62　冷了起来,火炉里的不死不活的几片硬煤,也终于烧尽了,已是闭馆的时候。又须回到吉兆胡同,领略冰冷的颜色去了。近来也间或遇到温暖的神情,但这却反而增加我的痛苦。记得有一夜,子君的眼里忽而又发出久已不见的稚气的光来,笑着和我谈到还在会馆时候的情形,时时又很带些恐怖的神色。我知道我近来的超过她的冷漠,已经引起她的忧疑来,只得也勉力谈笑,想给她一点慰藉。然而我的笑貌一上脸,我的话一出口,却即刻变为空虚,这空虚又即刻发生反响，回向我的耳目里，给我一个难堪的恶毒的冷嘲。

63　子君似乎也觉得的，从此便失掉了她往常的麻木似的镇静，虽然竭力掩饰，总还是时时露出忧疑的神色来，但对我却温和得多了。

64　我要明告她，但我还没有敢，当决心要说的时候，看见她孩子一般的眼色，就使我只得暂且改作勉强的欢容。但是这又即刻来冷嘲我，并使我失却那冷漠的镇静。

65　她从此又开始了往事的温习和新的考验，逼我做出许多虚伪的温存的答案来，将温存示给她，虚伪的草稿便写在自己的心上。我的心渐被这些草稿填满了，常觉得难于呼吸。我在苦恼中常常想，说真实自然须有极大的勇气的；假如没有这勇气，而苟安于虚伪，那也便是不能开辟新的生路的人。不独不是这个，连这人也未尝有！

66　子君有怨色，在早晨，极冷的早晨，这是从未见过的，但也许是从我看来的怨色。我那时冷冷地气愤和暗笑了；她所磨练的思想和豁达无畏的言论，到底也还是一个空虚，而对于这空虚却并未自觉。她早已什么书也不看，已不知道人的生活的第一着是求生，向着这求生的道路，是必须携手同行，或奋身孤往的了，倘使只知道捶着一个人的衣角，那便是虽战士也难于战斗，只得一同灭亡。

67　我觉得新的希望就只在我们的分离；她应该决然舍去，——我也突然想到她的死，然而立刻自责，忏悔了，幸而是早晨，时间正多，我可以说我的真实。我们的新的道路的开辟，便在这一遭。

68　我和她闲谈，故意地引起我们的往事，提到文艺，于是涉及外国的文人，文人的作品：《诺拉》，《海的女人》。称扬诺拉的果决……也还是去年在会馆的破屋里讲过的那些话，但现在已经变成空虚，从我的嘴传入自己的耳中，时时疑心有一个隐形的坏孩子，在背后恶意地刻毒地学舌。

69　她还是点头答应着倾听，后来沉默了。我也就断续地说完了我的话，连余音都消失在虚空中了。

70　"是的。"她又沉默了一会，说，"但是，……涓生，我觉得你近来很两样了。可是的？你，——你老实告诉我。"

71　我觉得这似乎给了我当头一击，但也立即定了神，说出我的意见和主张来：新的路的开辟，新的生活的再造，为的是免得一同灭亡。

72　临末，我用了十分的决心，加上这几句话：

73　"……况且你已经可以无须顾虑，勇往直前了。你要我老实说；是的，人是不该虚伪的。我老实说罢：因为，因为我已经不爱你了！但这于你倒好得多，因为你更可以毫无挂念地做事……"

74　我同时豫期着大的变故的到来，然而只有沉默。他脸色陡然变成灰黄，死了似的；瞬间便又苏生，眼里也发了稚气的闪闪的光泽。这眼光射向四处，正如孩子在饥渴中寻求着慈爱的母亲，但只在空中寻求，恐怖地回避着我的眼。

75　我不能看下去了，幸而是早晨，我冒着寒风径奔通俗图书馆。

76　在那里看见《自由之友》，我的小品文都登出了。这使我一惊，仿佛得了一点生气。我想，生活的路还很多，——但是，现在这样也还是不行的。

77 我开始去访问久已不相闻问的熟人,但这也不过一两次;他们的屋子自然是暖和的,我在骨髓中却觉得寒冽。夜间,便蜷伏在比冰还冷的冷屋中。

78 冰的针刺着我的灵魂,使我永远苦于麻木的疼痛。生活的路还很多,我也还没有忘却翅子的扇动,我想。——我突然想到她的死,然而立刻自责,忏悔了。

79 在通俗图书馆里往往瞥见一闪的光明,新的生路横在前面。她勇猛地觉悟了,毅然走出这冰冷的家,而且,——毫无怨恨的神色。我便轻如行云,漂浮空际,上有蔚蓝的天,下是深山大海,广厦高楼,战场,摩托车,洋场,公馆,晴明的闹市,黑暗的夜……

80 而且,真的,我豫感得这新生面便要来到了。

81 我们总算度过了极难忍受的冬天,这北京的冬天;就如蜻蜓落在恶作剧的坏孩子的手里一般,被系着细线,尽情玩弄,虐待,虽然幸而没有送掉性命,结果也还是躺在地上,只争着一个迟早之间。

82 写给《自由之友》的总编辑已经有三封信,这才得到回信,信封里只有两张书券:两角的和三角的。我却单是催,就用了九分的邮票,一天的饥饿,又都白挨给于己一无所得的空虚了。

83 然而觉得要来的事,却终于来到了。

84 这是冬春之交的事,风已没有这么冷,我也更久地在外面徘徊;待到回家,大概已经昏黑。就在这样一个昏黑的晚上,我照常没精打采地回来,一看见寓所的门,也照常更加丧气,使脚步放得更缓。

但终于走进自己的屋子里了,没有灯火;摸火柴点起来时,是异样的寂寞和空虚!

85 正在错愕中,官太太便到窗外来叫我出去。

86 "今天子君的父亲来到这里,将她接回去了。"他很简单地说。

87 这似乎又不是意料中的事,我便如脑后受了一击,无言地站着。

88 "她去了么?"过了些时,我只问出这样一句话。

89 "她去了。"

90 "她,——她可说什么?"

91 "没说什么。单是托我见你回来时告诉你,说她去了。"

92 我不信;但是屋子里是异样的寂寞和空虚。我遍看各处,寻觅子君;只见几件破旧而黯淡的家具,都显得极其清疏,在证明着它们毫无隐匿一人一物的能力。我转念寻信或她留下的字迹,也没有;只是盐和干辣椒,面粉,半株白菜,却聚集在一处了,旁边还有几十枚铜元。这是我们两人生活材料的全副,现在她就郑重地将这留给我一个人,在不言中,教我借此去维持较久的生活。

93 我似乎被周围所排挤,奔到院子中间,有昏黑在我的周围;正屋的纸窗上映出明亮的灯光,他们正在逗着孩子玩笑。我的心也沉静下来,觉得在沉重的迫压中,**渐渐隐约地现出脱走的路径**:深山大泽,洋场,电灯下的盛筵,壕沟,最黑最黑的深夜,利刃的一击,毫无声响的脚步……

94　心地有些轻松,舒展了,想到旅费,并且嘘一口气。

95　躺着,在合着的眼前经过的豫想的前途,不到半夜已经现尽;暗中忽然仿佛看见一堆食物,这之后,便浮出一个子君的灰黄的脸来,睁了孩子气的眼睛,恳托似的看着我。我一定神,什么也没有了。

96　但我的心却又觉得沉重。我为什么偏不忍耐几天,要这样急急地告诉她真话的呢? 现在她知道,她以后所有的只是她父亲——儿女的债主——的烈日一般的严威和旁人的赛过冰霜的冷眼。此外便是空虚。负着虚空的重担,在严威和冷眼中走着所谓人生的路,这是怎么可怕的事呵! 而况这路的尽头,又不过是——连墓碑也没有的坟墓。

97　我不应该将真实说给子君,我们相爱过,我应该永久奉献她我的说谎。如果真实可以宝贵,这在子君就不该是一个沉重的空虚。谎语当然也是一个空虚,然而临末,至多也不过这样地沉重。

98　我以为将真实说给子君,她便可以毫无顾虑,坚决地毅然前行,一如我们将要同居时那样。但这恐怕是我错误了。她当时的勇敢和无畏是因为爱。

99　我没有负着虚伪的重担的勇气,却将真实的重担卸给她了。她爱我之后,就要负了这重担,在严威和冷眼中走着所谓人生的路。

100　我想到她的死……我看见我是一个卑怯者,应该被摈于强有力的人们,无论是真实者,虚伪者。然而她却自始至终,还希望我维持较久的生活……

101 我要离开吉兆胡同,在这里是异样的空虚和寂寞。我想,只要离开这里,子君便如还在我的身边;至少,也如还在城中,有一天,将要出乎意表地访我,像住在会馆时候似的。

102 然而一切请托和书信,都是一无反响;我不得已,只好访问一个久不问候的世交去了。他是我伯父的幼年的同窗,以正经出名的拔贡,寓京很久,交游也广阔的。

103 大概因为衣服的破旧罢,一登门便很遭门房的白眼。好容易才相见,也还相识,但是很冷落。我们的往事,他全都知道了。

104 "自然,你也不能在这里了,"他听了我托他在别处觅事之后,冷冷地说,"但那里去呢?很难。——你那,什么呢,你的朋友罢,子君,你可知道,她死了。"

105 我惊得没有话。

106 "真的?"我终于不自觉地问。

107 "哈哈。自然真的。我家的王升的家,就和她家同村。"

108 "但是,——不知道是怎么死的?"

109 "谁知道呢。总之是死了就是了。"

110 我已经忘却了怎样辞别他,回到自己的寓所。我知道他是不说谎话的;子君总不会再来的了,像去年那样。她虽是想在严威和冷眼中负着虚空的重担来走所谓人生的路,也已经不能。她的命运,已经决定她在我所给与的真实——无爱的人间死灭了!

111 自然,我不能在这里了。但是,"那里去呢?"

112 四围是广大的空虚,还有死的寂静。死于无爱的人们的眼前的黑暗,我仿佛一一看见,还听得一切苦闷和绝望的挣扎的声音。

113　我还期待着新的东西到来,无名的,意外的。但一天一天,无非是死的寂静。

114　我比先前已经不大出门,只坐卧在广大的空虚里,一任这死的寂静侵蚀着我的灵魂。死的寂静有时也自己战栗,自己退藏,于是在这绝续之交,便闪出无名的,意外的,新的期待。

115　一天是阴沉的上午,太阳还不能从云里面挣扎出来;连空气都疲乏着。耳中听到细碎的步声和咻咻的鼻息,使我睁开眼。大致一看,屋子里还是空虚;但偶然看到地面,却盘旋着一匹小小的动物,瘦弱的,半死的,满身灰土的……

116　我一细看,我的心就一停,接着便直跳起来。

117　那是阿随。它回来了。

118　我的离开吉兆胡同,也不单是为了房主人们和他家女工的冷眼,大半就为着这阿随。但是,"那里去呢?"新的生路自然还很多,我约略知道,也间或依稀看见,觉得就在我面前,然而我还没有知道跨进那里去的第一步的方法。

119　经过许多回的思量和比较,也还只有会馆是还能相容的地方。依然是这样的破屋,这样的板床,这样的半枯的槐树和紫藤,但那时使我希望,欢欣,爱,生活的,却全都逝去了,只有一个虚空,我用真实去换来的虚空存在。

120　新的生路还很多,我必须跨进去,因为我还活着。但我还不知道怎样跨出那第一步。有时,仿佛看见那生路就像一条灰白的长蛇,自己蜿蜒地向我奔来,我等着,等着,看看临近,但忽然便消失在黑暗里了。

121 初春的夜,还是那么长。长久的枯坐中记起上午在街头所见的葬式,前面是纸人纸马,后面是唱歌一般的哭声。我现在已经知道他们的聪明了,这是多么轻松简截的事。

122 然而子君的葬式却又在我的眼前,是独自负着虚空的重担,在灰白的长路上前行,而又即刻消失在周围的严威和冷眼里了。

123 我愿意真有所谓鬼魂,真有所谓地狱,那么,即使在孽风怒吼之中,我也将寻觅子君,当面说出我的悔恨和悲哀,祈求她的饶恕;否则,地狱的毒焰将围绕我,猛烈地烧尽我的悔恨和悲哀。

124 我将在孽风和毒焰中拥抱子君,乞她宽容,或者使她快意……

125 但是,这却更虚空于新的生路;现在所有的只是初春的夜,竟还是那么长。我活着,我总得向着新的生路跨出去,那第一步,——却不过是写下我的悔恨和悲哀。为子君,为自己。

126 我仍然只有唱歌一般的哭声,给子君送葬,葬在遗忘中。

127 我要遗忘;我为自己,并且要不再想到这用了遗忘给子君送葬。

128 我要向着新的生路跨进第一步去,我要将真实深深地藏在心的创伤中,默默地前行,用遗忘和说谎做我的前导……

(1925年10月21日,选自《彷徨》)

【解说】

作者用恋爱作题材的作品只有这一篇。由这篇文章,可以窥见作者的恋爱观。恋爱是人生的全部,抑是人生的一部分,这是一个值得注目的问题。在本篇的作者看来,恋爱是人生的一部分,恋爱是附丽于生活的,不能只因为爱,而将别的人生的要义全盘疏忽了。作者在本篇里,用第一人称的直叙法,所以小题目是"涓生的手记"。结构单纯。至于插写方面仍取冷静客观的观点。

1 "手记"的目的,使阅者知道全篇的重心所住。

2—3 写环境和子君的外貌,暗示过去的生活。

4 与 1 照应。

5—7 写爱的心理。

8 从正面写子君的性格。

9—12 写爱的藤葛。

13—17 写二人的纯真热烈的爱,也是写二人过去的幸福。

18—24 写到实际生活的开始了,但这时还是幸福的。

25—32 实际生活使二人的"爱"微有创伤。

33—39 因为"毋庸到局办事",涓生的生活起了变化,想另辟别的新生活的路。

40 涓生为了"爱"和"人生",想要扇动自己的翅膀。

41—45 涓生自己开辟的新生活,依然是"此路不通"。

46—56 因为生活的痛苦,子君的态度改变了。把叭儿狗阿随带到西郊去放掉,这是极冷峭的暗示。

57—64 这里毕竟写到"爱的巢"将近倾颓,涓生逃到通俗图书馆里去了。注意第60节的描写,"人必生活着,爱才有所附丽",这许是作者的恋爱哲学吧。

65—80 这里写到子君对于"生活"没有了解,不懂得"人的生活的第一着是求生,向着这求生的道路,是必须携手同行,或奋身孤往的了,倘使只知道捏着一个人的衣角,那便是虽战士也难于战斗,只得一同灭亡"。作者发挥他的"恋爱与生活"的理论,可谓透彻。在37节里,涓生用了十分的决心,说出"我已经不爱你了",已感到爱的虚空,但是涓生的希望还没有断绝。

81—83 涓生的新生活不能实现,饱尝人间的苦味。

84—94 爱的破灭。注意92、93两节里作者描写的技巧。

95—100 写破灭以后的心理。这几节的描写颇为庄严。

101—112 "生活"的狂风雨颠覆了"爱之巢",没落的知识分子终于没有出路。从世交的口中,得了子君死去的消息,所以有111、112两节的描写。

113—117 写涓生的绝望中的挣扎。写阿随回来,为作者擅长的笔法。

118—119 破灭以后的虚空,与前面第2、3两节对照。

120—124 对于子君的依恋。

125—128 涓生仍然向着新的生路走去。在俗庸的作家写来,也许要写涓生同归于尽了。

狂人日记

某君昆仲,今隐其名,皆余昔日在中学校时良友;分隔多年,消息渐阙。日前偶闻其一大病;适归故乡,迂道往访,则仅晤一人,言病者其弟也。"劳君远道来视,然已早愈,赴某地候补矣。"因大笑,出示日记二册,谓可见当日病状,不妨献诸旧友。持归阅一过,知所患盖"迫害狂"[注1]之类。语颇错杂无伦次,又多荒唐之言;亦不著月日,惟墨色字体不一,知非一时所书。间亦有略具联络者,今撮录一篇,以供医家研究,记中语误,一字不易;惟人名虽皆村人,不为世间所知,无关大体,然亦悉易去。至于书名,则本人愈后所题,不复改也。七年四月二日识。

一

1 今天晚上,很好的月光。

2 我不见他,已是三十多年;今天见了,精神分外爽快。才知道以前的三十多年,全是发昏;然而须十分小心。不然,那赵家的狗,何以看我两眼呢?

3　我怕得有理。

二

4　今天全没月光,我知道不妙。早上小心出门,赵贵翁的眼色便怪:似乎怕我,似乎想害我。还有七八个人,交头接耳的议论我;又怕我看见。一路上的人,都是如此。其中最凶的一个人,张着嘴,对我笑了一笑;我便从头直冷到脚根,晓得他们布置,都已妥当了。

5　我可不怕,仍旧走我的路。前面一伙小孩子,也在那里议论我;眼色也同赵贵翁一样,脸色也都铁青。我想我同小孩子有什么仇,他也这样。忍不住大声说,"你告诉我!"他们可就跑了。

6　我想:我同赵贵翁有什么仇,同路上的人又有什么仇;只有廿年以前,把古久先生的陈年流水簿子,踹了一脚,古久先生很不高兴。赵贵翁虽然不认识他,一定也听到风声,代抱不平;约定路上的人,同我作冤对。但是小孩子呢?那时候,他们还没有出世,何以今天也睁着怪眼睛,似乎怕我,似乎想害我。这真教我怕,教我纳罕而且伤心。

7　我明白了。这是他们娘老子教的!

三

8　晚上总是睡不着。凡事须得研究,才会明白。

9　他们——也有给知县打枷过的,也有给绅士掌过嘴的,也有衙役占了他妻子的,也有老子娘被债主逼死的;他们那时候的脸色,全没有昨天这么怕,也没有这么凶。

10 最奇怪的是昨天街上的那个女人,打他儿子,嘴里说道,"老子呀!我要咬你几口才出气!"他眼睛却看着我。我出了一惊,遮掩不住;那青面獠牙的一伙人,便都哄笑起来。陈老五赶上前,硬把我拖回家中了。

11 拖我回家。家里的人都装作不认识我;他们的脸色,也全同别人一样。进了书房,便反扣上门,宛然是关了一只鸡鸭。这一件事,越教我猜不出底细。

12 前几天,狼子村的佃户来告荒,对我大哥说,他们村里的一个大恶人,给大家打死了;几个人便挖出他的心肝来,用油煎炒了吃,可以壮壮胆子。我插了一句嘴,佃户和大哥便都看我几眼。今天才晓得他们的眼光,全同外面的那伙人一模一样。

13 想起来,我从顶上直冷到脚跟。

14 他们会吃人,就未必不会吃我。

15 你看那女人"咬你几口"的话,和一伙青面獠牙人的笑,和前天佃户的话,明明是暗号。我看出他话中全是毒,笑中全是刀。他们的牙齿,全是白厉厉的排着,这就是吃人的家伙。

16 照我自己想,虽然不是恶人,自从踹了古家的簿子,可就难说了。他们似乎别有心思,我全猜不出。况且他们一翻脸,便说人是恶人。我还记得大哥教我做论,无论怎样好人,翻他几句,他便打上几个圈;原谅坏人几句,他便说"翻天妙手,与众不同"。我那里猜得到他们的心思,究竟怎样;况且是要吃的时候。

17　凡事总须研究,才会明白。古来时常吃人,我也还记得,可是不甚清楚。我翻开历史一查,这历史没有年代,歪歪斜斜的每叶上都写着"仁义道德"几个字。我横竖睡不着,仔细看了半夜,才从字缝里看出字来,满本都写着两个字是"吃人"!

18　书上写着这许多字,佃户说了这许多话,却都笑吟吟的睁怪眼睛看我。

19　我也是人,他们想要吃我了!

四

20　早上,我静坐了一会儿。陈老五送进饭来,一碗菜,一碗蒸鱼;这鱼的眼睛,白而且硬,张着嘴,同那一伙想吃人的人一样。吃了几筷,滑溜溜的不知是鱼是人,便把他兜肚连肠的吐出。

21　我说"老五,对大哥说,我闷得慌,想到园里走走。"老五不答应,走了,停一会,可就来开了门。

22　我也不动,研究他们如何摆布我;知道他们一定不肯放松。果然!我大哥引了一个老头子,慢慢走来;他满眼凶光,怕我看出,只是低头向着地,从眼镜横边暗暗看我。大哥说,"今天你仿佛很好。"我说"是的。"大哥说,"今天请何先生来,给你诊一诊。"我说"可以!"其实我岂不知道这老头子是刽子手扮的!无非借了看脉这名目,揣一揣肥瘠:因这功劳,也分一片肉吃。我也不怕;虽然不吃人,胆子却比他们还壮。伸出两个拳头,看他如何下手。老头子坐着,闭了眼睛,摸了好一会,呆了好一会;便张开他鬼眼睛说,"不要乱想。静静的养几天,就好了。"

23 不要乱想,静静的养!养肥了,他们是自然可以多吃;我有什么好处,怎么会"好了"?他们这群人,又想吃人,又是鬼鬼祟祟,想法子遮掩,不敢直捷下手,真要令我笑死。我忍不住,便放声大笑起来,十分快活。自己晓得这笑声里面,有的是义勇和正气。老头子和大哥,都失了色,被我这勇气正气镇压住了。

24 但是我有勇气,他们便越想吃我,沾光一点这勇气。老头子跨出门,走不多远,便低声对大哥说道,"赶紧吃罢!"大哥点点头。原来也有你!这一件大发见,虽似意外,也在意中:合伙吃我的人,便是我的哥哥!

25 吃人的是我哥哥!

26 我是吃人的人的兄弟!

27 我自己被人吃了,可仍然是吃人的人的兄弟!

五

28 这几天是退一步想:假使那老头子不是刽子手扮的,真是医生,也仍然是吃人的人。他们的祖师李时珍[注2]做的"本草什么"[注3]上,明明写着人肉可以煎吃;他还能说自己不吃人么?

29 至于我家大哥,也毫不冤枉他。他对我讲书的时候,亲口说过可以"易子而食";又一回偶然议论起一个不好的人,他便说不但该杀,还当"食肉寝皮"。我那时年纪还小,心跳了好半天。前天狼子村佃户来说吃心肝的事,他也毫不奇怪,不住的点头。可见心思是同从前一样狠。既然可以"易子而食",便什么都易得,什么人都吃得。我从前单听他讲道理,也糊涂过去;现在晓得他讲道理的时候,不但唇边还抹着人油,而且心里满装着吃人的意思。

六

30 黑漆漆的,不知是日是夜。赵家的狗又叫起来了。

31 狮子似的凶心,兔子的怯弱,狐狸的狡猾……

七

32 我晓得他们的方法,直捷杀了,是不肯的,而且也不敢,怕有祸祟。所以他们大家连络,布满了罗网,逼我自戕。试看前几天街上男女的样子,和这几天我大哥的作为,便足可悟出八九分了。最好是解下腰带,挂在梁上,自己紧紧勒死;他们没有杀人的罪名,又偿了心愿,自然都欢天喜地的发出一种呜呜咽咽的笑声。否则惊吓忧愁死了,虽则略瘦,也还可以首肯几下。

33 他们是只会吃死肉的!——记得什么书上说,有一种东西,叫"海乙那"的,眼光和样子都很难看;时常吃死肉,连极大的骨头,都细细嚼烂,咽下肚子去,想起来也教人害怕。"海乙那"是狼的亲眷,狼是狗的本家。前天赵家的狗,看我几眼,可见他也同谋,早已接洽。老头子眼看着地,岂能瞒得我过。

34 最可怜的是我的大哥,他也是人,何以毫不害怕;而且合伙吃我呢?还是历来惯了,不以为非呢?还是丧了良心,明知故犯呢?

35 我诅咒吃人的人,先从他起头;要劝转吃人的人,也先从他下手。

八

36 其实这种道理,到了现在,他们也该早已懂得,……

37 忽然来了一个人;年纪不过二十左右,相貌是不很看得清楚,满面笑容,对了我点头,他的笑也不像真笑。我便问他,"吃人的事,对么?"他仍然笑着说,"不是荒年,怎么会吃人。"我立刻就晓得,他也是一伙,喜欢吃人的;便自勇气百倍,偏要问他。

38 "对么?"

39 "这等事问他什么。你真会……说笑话。……今天天气很好。"

40 "天气是好,月色也很亮了。可是我要问你,对么?"

41 他不以为然了。含含胡胡的答道,"不……"

42 "不对?他们何以竟吃?!"

43 "没有的事……"

44 "没有的事?狼子村现吃;还有书上都写着,通红崭新!"

45 他便变了脸,铁一般青。睁着眼说,"有许有的,这是从来如此……"

46 "从来如此,便对么?"

47 "我不同你讲这些道理;总之你不该说,你说便是你错!"

48 我直跳起来,张开眼,这人便不见了。全身出了一大片汗。

他的年纪,比我大哥小得远,居然也是一伙;这一定是他娘老子先教的。还怕已经教给他儿子了;所以连小孩子,也都恶狠狠的看我。

九

49 自己想吃人,又怕被别人吃了,都用着疑心极深的眼光,面面相觑。……

50 去了这心思,放心做事走路吃饭睡觉,何等舒服。这只是一条门槛,一个关头。他们可是父子兄弟夫妇朋友师生仇敌和各不相识的人,都结成一伙,互相劝勉,互相牵掣,死也不肯跨过这一步。

十

51 大清早,去寻我大哥;他立在堂门外看天,我便走到他背后,拦住门,格外沉静,格外和气的对他说,

52 "大哥,我有话告诉你。"

53 "你说就是,"他赶紧回过脸来,点点头。

54 "我只有几句话,可是说不出来。大哥,大约当初野蛮的人,都吃过一点人。后来因为心思不同,有的不吃人了,一味要好,便变了人,变了真的人,有的却还吃,——也同虫子一样,有的变了鱼鸟猴子,一直变到人。有的不要好,至今还是虫子。这吃人的人比不吃人的人,何等惭愧。怕比虫子的惭愧猴子,还差得很远很远。

55 "易牙蒸了他儿子,给桀纣吃[注4],还是一直从前的事。谁晓得从盘古开辟天地以后,一直吃到易牙的儿子;从易牙的儿子,一直

吃到徐锡林[注5]；从徐锡林，又一直吃到狼子村捉住的人。去年城里杀了犯人，还有一个生痨病的人，用馒头蘸血舐。

56 "他们要吃我，你一个人，原也无法可想；然而又何必去入伙。吃人的人，什么事做不出；他们会吃我，也会吃你，一伙里面，也会自吃。但只要转一步，只要立刻改了，也就是人人太平。虽然从来如此，我们今天也可以格外要好，说是不能！大哥，我相信你能说，前天佃户要减租，你说过不能。"

57 当初，他还只是冷笑，随后眼光便凶狠起来，一到说破他们的隐情，那就满脸都变成青色了。大门外立着一伙人，赵贵翁和他的狗，也在里面，都探头探脑的挨进来。有的是看不出面貌，似乎用布蒙着；有的是仍旧青面獠牙，抿着嘴笑。我认识他们是一伙，都是吃人的人。可是也晓得他们心思很不一样，一种是以为从来如此，应该吃的；一种是知道不该吃，可是仍然要吃，又怕别人说破他，所以听了我的话，越发气愤不过，可是合着眼睛笑。

58 这时候，大哥也忽然显出凶相，高声喝道，

59 "都出去！疯子有什么好看！"

60 这时候，我又懂得一件他们的巧妙了。他们岂但不肯改，而且早已布置；豫备下一个疯子的名目罩上我。将来吃了，不但太平无事，怕还会有人见情。佃户说的大家吃了一个恶人，正是这方法。这是他们的老谱！

61 陈老五也气愤愤的直走进来。如何按得住我的口，我偏要对这伙人说，

62 "你们可以改了,从真心改起!要晓得将来容不得吃人的人,活在世上。"你们要不改,自己也会吃尽。即使生得多,也会给真的人除灭了,同猎人打完狼子一样!——同虫子一样!"

63 那一伙人,都被陈老五赶走了。大哥也不知那里去了。陈老五劝我回屋子里去。屋里面全是黑沉沉的。横梁和椽子都在头上发抖;抖了一会,就大起来。堆在我身上。

64 万分沉重,动弹不得;他的意思是要我死。我晓得他的沉重是假的,便挣扎出来,出了一身汗。可是偏要说,

65 "你们立刻改了,从真心改起!你们要晓得将来是容不得吃人的人,……"

十一

66 太阳也不出,门也不开,日日是两顿饭。

67 我捏起筷子,便想起我大哥;晓得妹子死掉的缘故,也全在他。那时我妹子才五岁,可爱可怜的样子,还在眼前。母亲哭个不住,他却劝母亲不要哭;大约因为自己吃了,哭起来不免有点过意不去。如果还能过意不去,……

68 妹子是被大哥吃了,母亲知道没有,我可不得而知。

69 母亲想也知道;不过哭的时候,却并没有说明,大约也以为应当的了。记得我四五岁时,坐在堂前乘凉,大哥说爷娘生病,做儿子的须割下一片肉来,煮熟了请他吃,才算好人;母亲也没有说不行。一片吃得,整个的自然也吃得。但是那天的哭法,现在想起来,实在

还教人伤心,这真是奇极的事!

十二

70 不能想了。四千年来时时吃人的地方,今天才明白,我也在其中混了多年,大哥正管着家务,妹子恰恰死了,他未必不和在饭菜里,暗暗给我们吃。

71 我未必无意之中,不吃了我妹子的几片肉,现在也轮到我自己,……

72 有了四千年吃人履历的我,当初虽然不知道,现在明白,难见真的人!

十三

73 没有吃过人的孩子,或者还有?
74 救救孩子……

(选自《呐喊》)

【解说】

这篇文章是作者的代表作之一,对于"吃人的礼教"加以冷嘲。作者是学医的,所以描写"狂人心理"能够逼真。诚如作者在文前的小序里所说,文中"语颇杂乱无伦次又多荒唐之言",解说起来是颇费力的,这虽是一篇日记体的文字,其实是一篇"吃人"的故事,作者从历史的事实,从医学的理论,从风俗的实情,说出"吃人礼教"的可怕。阐明"礼教"在中国,非使人患"迫害狂"

不可。文内纯以心理描写为主,代表作者的另一风格。

1—3 写狂人的恐怖心理。

4—7 患"迫害狂"的心理。"迫害狂"的来源,就是受了传统的灰色人生压迫之故。

8—19 中国社会里"吃人"的事实。

20—31 有勇气的,就不免被人合伙儿吃掉。写"医生"的吃人。

32—50 写"世俗"的吃人。

51—65 这几节里发挥吃人的理论。55节里历史上吃人的事实。56节里狂人的大哥吃佃户。

66—69 写吃人的风俗。

70—74 "救救孩子"是这篇日记的主要处,狂人虽狂,尚希望后代比前代好,不至于再去吃人或者被礼教吃掉。

[注1] "迫害狂",神经病之一种,病者常觉世人均欲迫害之。
[注2] 李时珍,明蕲州人。著有《本草纲目》《奇经八咏者》等书。
[注3] 指《本草纲目》。
[注4] 易牙为春秋时人,此为狂人联想的结合。
[注5] 此句为狂人记忆之误,即指清末刺安徽巡抚的徐锡麟。

参考资料

《呐喊》自序

我在年青时候也曾经做过许多梦,后来大半忘却了,但自己也并不以为可惜。所谓回忆者,虽说可以使人欢欣,有时也不免使人寂寞,使精神的丝缕还牵着已逝的寂寞的时光,又有什么意味呢,而我偏苦于不能全忘却,这不能全忘的一部分,到现在便成了《呐喊》的来由。

我有四年多,曾经常常,——几乎是每天,出入于质铺和药店里,年纪可是忘却了,总之是药店的柜台正和我一样高,质铺的是比我高一倍,我从一倍高的柜台外送上衣服或首饰去,在侮蔑里接了钱,再到一样高的柜台上给我久病的父亲去买药。回家之后,又须忙别的事了,因为开方的医生是最有名的,以此所用的药引也奇特:冬天的芦根,经霜三年的甘蔗,蟋蟀要原对的,结子的平地木,……多不是容易办到的东西。然而我的父亲终于日重一日的亡故了。

有谁从小康人家而坠入困顿的么,我以为在这路途中,大概可以看见世人的真面目;我要到 N 进 K 学堂去了,仿佛是想走异路,逃异地,去寻求别样的人们。我的母亲没有法,办了八元的川资,说是由我的自便;然而伊哭了,这正是情理中的事,因为那时读书应试是正路,所谓学洋务,社会上便以为是一种走投无路的人,只得将灵魂卖给鬼子,要加倍的奚落而且排斥的,而况伊又看不见自己的儿子了。然而我也顾不得这些事,终于到 N 去进了 K 学堂了,在这学堂里,我才知道世上还有所谓格致,算学,地理,历史,绘图和体操。生理学并不教,但我们却看到些木版的《全体新论》和《化学卫生论》之类了。我还记得先前的医生的议论和方药,和现在所知道的比较起来,便渐渐的悟得中医不过是一种有意的或无意的骗子,同时又很起了对于被骗的病人和他的家族的同情;而且从译出的历史上,又知道了日本维新是大半发端于西方医学的事实。

因为这些幼稚的知识,后来便使我的学籍列在日本一个乡间的医学专门学校里了。我的梦很美满,豫备卒业回来,救治像我父亲似的被误的病人的疾苦,战争时候便去当军医,一面又促进了国人对于维新的信仰。我已不知道教授微生物学的方法,现在又有了怎样的进步了,总之那时是用了电影,来显示微生物的形状的,因此有时讲义的一段落已完,而时间还没有到,教师便映些风景或时事的画片给学生看,以用去这多余的光阴。其时正当日俄战争的时候,关于战事的画片自然也就比较的多了,我在这一个讲堂中,便须常常随着我那同学们的拍手和喝采。有一回,我竟在画片上忽然会见我久违的许多中国人了,一个绑在中间,许多站在左右,一样是强壮的体格,而显出麻木的神情。据解说,则绑着的是替俄国做了军事上的侦探,正要被日军砍下头颅来示众,而围着的便是来赏鉴这示众的盛举的人们。

这一学年没有完毕,我已经到了东京了,因为从那一回以后,我便觉得医学并非一件紧要事,凡是愚弱的国民,即使体格如何健全,如何茁壮,也只能做毫无意义的示众的材料和看客,病死多少是不必以为不幸的。所以我们的第一要著,是在改变他们的精神,而善于改变精神的是,我那时以为当然要推文艺,于是想提倡文艺运动了。在东京的留学生很有学法政理化以至警察工业的,但没有人治文学和美术;可是在冷淡的空气中,也幸而寻到几个同志了,此外又邀集了必须的几个人,商量之后,第一步当然是出杂志,名目是取"新的生命"的意思,因为我们那时大抵带些复古的倾向,所以只谓之《新生》。

《新生》的出版之期接近了,但最先就隐去了若干担当文字的人,接着又逃走了资本,结果只剩下不名一钱的三个人。创始时候既已背时,失败时候当然无可告语,而其后却连这三个人也都为各自的运命所驱策,不能在一处纵谈将来的好梦了,这就是我们的并未产生的《新生》的结局。

我感到未尝经验的无聊,是自此以后的事。我当初是不知其所以然的;后来想,凡有一人的主张,得了赞和,是促其前进的,得了反对,是促其奋斗的,独有叫喊于生人中,而生人并无反应,既非赞同,也无反对,如置身毫无边际的荒原,无可措手的了,这是怎样的悲哀呵,我于是以我所感到者为寂寞。

这寂寞又一天一天的长大起来,如大毒蛇,缠住了我的灵魂了。

然而我虽然自有无端的悲哀,却也并不愤懑,因为这经验使我反省,看见自己了:就是我决不是一个振臂一呼应者云集的英雄。

只是我自己的寂寞是不可不驱除的,因为这于我太痛苦。我于是用了种种法,来麻醉自己的灵魂,使我沉入于国民中,使我回到古代去,后来也亲历或旁观过几样更寂寞更悲哀的事,都为我所不愿追怀,甘心使他们和我的脑一同消灭在泥土里的,但我的麻醉法却也似乎已经奏了功,再没有青年时候的慷慨激昂的意思了。

S会馆里有三间屋,相传是往昔曾在院子里的槐树上缢死过一个女人的,现在槐树已经高不可攀了,而这屋还没有人住;许多年,我便寓在这屋里钞古碑。客中少有人来,古碑中也遇不到什么问题和主义,而我的生命却居然暗暗的消去了,这也就是我惟一的愿望。夏夜,蚊子多了,便摇着蒲扇坐在槐树下,从密叶缝里看那一点一点的青天,晚出的槐蚕又每每冰冷的落在头颈上。

那时偶或来谈的是一个老朋友金心异,将手提的大皮夹放在破桌上,脱下长衫,对面坐下了,因为怕狗,似乎心房还在怦怦的跳动。

"你钞了这些有什么用?"有一夜,他翻着我那古碑的钞本,发了研究的质问了。

"没有什么用。"

"那么,你钞他是什么意思呢?"

"没有什么意思。"

"我想,你可以做点文章……"

我懂得他的意思了,他们正办《新青年》,然而那时仿佛不特没有人来赞同,并且也还没有人来反对,我想,他们许是感到寂寞了,但是说：

"假如一间铁屋子，是绝无窗户而万难破毁的，里面有许多熟睡的人们，不久都要闷死了，然而是从昏睡入死灭，并不感到就死的悲哀。现在你大嚷起来，惊起了较为清醒的几个人，使这不幸的少数者来受无可挽救的临终的苦楚，你倒以为对得起他们么？"

"然而几个人既然起来，你不能说决没有毁坏这铁屋的希望。"

是的，我虽然自有我的确信，然而说到希望，却是不能抹杀的，因为希望是在于将来，决不能以我之必无的证明，来折服了他之所谓可有，于是我终于答应他也做文章了，这便是最初的一篇《狂人日记》。从此以后，便一发而不可收，每写些小说模样的文章，以敷衍朋友们的嘱托，积久就有了十余篇。

在我自己，本以为现在是已经并非一个切迫而不能已于言的人了，但或者也还未能忘怀于当日自己的寂寞的悲哀罢，所以有时候仍不免呐喊几声，聊以慰藉那在寂寞里奔驰的猛士，使他不惮于前驱。至于我的喊声是勇猛或是悲哀，是可憎或是可笑，那倒是不暇顾及的；但既然是呐喊，则当然须听将令的了，所以我往往不恤用了曲笔，在《药》的瑜儿的坟上平空添上一个花环，在《明天》里也不叙单四嫂子竟没有做到看见儿子的梦，因为那时的主将是不主张消极的。至于自己，却也并不愿将自以为苦的寂寞，再来传染给也如我那年青时候似的正做着好梦的青年。

这样说来，我的小说和艺术的距离之远，也就可想而知了，然而到今日还能蒙着小说的名，甚而至于且有成集的机会，无论如何总不能不说是一件侥幸的事,但侥幸虽使我不安于心,而悬揣人间暂时还有读者,则究竟也仍然是高兴的。

所以我竟将我的短篇小说结集起来,而且付印了,又因为上面所说的缘由,便称之为《呐喊》。

(1922年12月3日,鲁迅记于北京,选自《呐喊》)

鲁迅论

方　璧

一

几年来,常在各种杂志报章上,看到鲁迅的文章。我和他没甚关系,从不曾见过面,然而很喜欢看他的文章,并且赞美他。只因我一向居无定处,又所居之地,在最近二三年来,是交通不便,难得看见外界书报的地方,所以并未完全看过鲁迅的著作。近来看见一本《关于鲁迅及其著作》,——这是去年出版的,可是我到今年才看得到,——方知世间对于鲁迅这人及其著作,有如此这般不同的论调。又从此书,知道鲁迅的著作,大部已有单行本,要窥全豹,亦非难事,这就刺戟我去买了他的已出版的全部著作来看。两月前,在一个山里养病,竟把他的著作全体看了一遍,颇有些感想,拉杂写下来,遂成此篇。如果题名曰《我所见于鲁迅者》,或是《关于鲁迅的我见》,那自然更漂亮,不幸我不喜这等扭扭捏捏的长题目,便率直的套了从前做史论的老调子名曰《鲁迅论》了。

二

鲁迅是怎样的一个人呢？看见过他的人们描写他们的印象道：

> 一个瘦瘦的人，脸也不漂亮，不是分头，也不是平头。穿了一件灰青长衫，一双破皮鞋；又老又呆板，并不同小孩一样。他手里老拿着烟卷，好像脑筋里时时刻刻在那儿想什么似的。（《关于鲁迅及其著作》中的《初次见鲁迅先生》，马珏）

这是一个小学生的印象。

又一位女士描写她的印象道：

> 我开始知道鲁迅先生是爱说笑话了。……然而鲁迅先生说笑话时他自己并不笑。……我只深刻地记得鲁迅先生的话很多令人发笑的。然而鲁迅先生并不笑。可惜我不能将鲁迅先生的笑话写了出来。（曙天女士，《访鲁迅先生》）

> 说起画像，忽然想起了本月二十三日《京报副刊》里林玉堂先生画的《鲁迅先生打叭儿狗图》。要是你没有看见过鲁迅先生，我劝你弄一份看看。你看他面上八字胡子，头上皮帽，身上厚厚的一件大氅，很可以表出一个官僚的神情

来。(《致志摩》,陈源)

这又是一位大学教授的描写。

《关于鲁迅及其著作》前面就有一张鲁迅最近画像,八字胡子,瘦瘦的脸儿,果然不漂亮;如果在冬天,这个人儿该也会戴皮帽子,穿厚厚的大氅罢。可惜瘦了一点,不然,岂但是"很可以表出",简直是"生就成的官僚"罢。

上举三篇,是值得未见鲁迅的人们读一遍的。在小学生看来,鲁迅是意外地不漂亮、不活泼,又老又呆板;在一位女士看来,鲁迅是意外地并不"沉闷而勇猛",爱说笑话,然而自己不笑;在一位大学教授看来,鲁迅"很可以表出一个官僚的神情来",——官僚,不是久已成为可厌的代名词么?

好了,既然人各有所见,而所见又一定不同;我们从鲁迅自己的著作上找找我的印象罢。

三

张定璜在他的《鲁迅先生》(亦见《关于鲁迅及其著作》)里告诉我们说:

> 鲁迅先生站在路旁边,看见我们男男女女在大街上来去,高的矮的,老的小的,肥的瘦的,笑的哭的,一大群在那里蠢动。从我们的眼睛、面貌、举动上,从我们的全身上,他

看出我们的冥顽、卑劣、丑恶和饥饿。饥饿！在他面前经过的有一个不是饿得慌的人么？任凭你拉着他的手,给他说你正在救国,或正在向民众去,或正在鼓吹男女平权,或正在提倡人道主义,或正在作这样作那样,你就说了半天也白费。他不信你。他至少是不理你,至多,从他那枝小烟卷儿的后面他冷静地朝着你的左腹部望你一眼,也懒得告诉你他是学过医的,而且知道你的也是和一般人的一样,胃病。……我们知道他有三个特色,那也是老于手术富于经验的医生的特色,第一个,冷静,第二个,还是冷静,第三个,还是冷静。你别想去恐吓他,蒙蔽他。不等到你开嘴说话,他的尖锐的眼光已经教你明白了,他知道你也许比你自己知道的还更清楚。他知道怎么样去抹杀那表面的细微的,怎么样去检查那根本的扼要的。你穿的是什么衣服,摆的是哪一种架子,说的是什么口腔,这些他都管不着,他只要看你这个赤裸裸的人,他要看,他于是乎看了,虽然你会打扮的漂亮时新的,包扎的紧紧贴贴的,虽然你主张绅士的体面或女性的尊严。这样,用这种大胆的强硬的甚至于残忍的态度,他在我们里面看见赵家的狗,赵贵翁的眼色,看见说"咬你几口"的女人,看见青面獠牙的笑,看见孔乙己的偷窃,看见老栓买红馒头给小栓治病,看见红鼻子老拱和蓝皮阿五,看见九斤老太,七斤嫂,六斤等的一家,看见阿Q的枪毙——一句话,看见一群在饥饿里逃生的中国人。曾经有过这样老实不客气的剥脱么？曾经存在过这样沉默的旁观者么？……鲁迅先生告诉我们，偏是这些极其普通，极其平凡的人事里含有一切的永久的悲哀。鲁迅先生并没有把这个明明白白地写出来告诉我们，他不是那种人。但这个悲哀毕竟在那里，我们都感觉到他。我们无法拒绝他。他已经不是那可歌可泣的青年时代的感伤的奔放，乃是舟子在人生的航海里饱尝了忧患之后的叹息，发出来非常之微，同时发出来地方非常之深。

这是好文章，竟整大段的抄了来了。"老实不客气的剥脱"、"沉默的旁观"，鲁迅之为鲁迅，尽于此二语罢。然而我们也不要忘记，鲁迅站在路旁边，老实不客气的剥脱我们男男女女，同时他也老实不客气的剥脱自己。他不是一个站在云端的"超人"，嘴角上挂着庄严的冷笑，来指斥世人的愚笨卑劣的；他不是这种样的"圣哲"！他是实实地生根在我们这愚笨卑劣的人间世，忍住了悲悯的热泪，用冷讽的微笑，一遍一遍不惮烦地向我们解释人类是如何脆弱，世事是多么矛盾！他决不忘记自己也分有这本性上的脆弱和潜伏的矛盾。《一件小事》(《呐喊》六三页)和《端午节》(《呐喊》一八九页)便是很深刻的自己分析和自己批评。《一件小事》里的意义是极明显的，这里，没有颂扬劳工神圣的老调子，也没有呼喊无产阶级最革命的口号，但是我们却看见鸠首囚形的愚笨卑劣的代表的人形下面，却有一颗质朴的心，热而且跳的心。在这面前，鲁迅感觉得自己的"小"来。他沉痛地自白道：

> 这事到了现在，还是时时记起。我因此也时时熬了苦痛，努力的要想到我自己。几年来的文治武力，在我早如幼小时候所读过的"子曰诗云"一般，背不上半句了。独有这一件小事，却总是浮在我眼前，有时反更分明，教我惭愧，催我自新，并且增长我的勇气和希望。

所以我对于这篇"并且即称为随笔都很拙劣的《一件小事》"，——如一位批评者所说，却感到深厚的趣味和强烈的感动。对于《端午节》，我的看法亦自不同。这位批评者说：

> 我读了这篇《端午节》才觉得我们的作者已再向我们归来，他是复活了，而且充满了更新的生命。而最使我觉得可以注意的，便是《端午节》的表现的方法恰与我的几个朋友的作风相同。我们的高明的作者当然不必是受了我们的影响；然而有一件事是无可多疑的，那便是我们的作者原来与我的几个朋友是一样的境遇之下，受着大约相同的影响，根本上有相同之可能的。无论如何，我们的作者由他那想表现自我的努力，与我们接近了。他是复活了，而且充满了更新的生命。在这一点，《端午节》这篇小说对于我们的作者实在有重大的意义，欣赏这篇作品的人，也不可忘记了这一

点。(《关于鲁迅及其著作》八〇页,成仿吾《呐喊》的评论)

这一段话,虽然反复咏叹,似乎并未说明所谓"自我表现"是指《端午节》所蕴含的何方面(在我看来,《端午节》还是一篇剥露人的弱点的作品,正和《故乡》相仿佛。所以其中蕴含的意思,方面很多),但是寻绎之后,我以为——当然只是我以为——或者是暗指"愤世嫉俗,怀才不遇"等情调是作成了《端午节》的"自我表现"的"努力"。如果我这寻绎的结论不错,我却不能不说我从原文所得的印象,竟与这个大不相同了。我以为《端午节》的表面虽颇似作者借此发泄牢骚,但是内在的主要意义却还是剥露人性的弱点,而以"差不多说"为表现的手段。在这里,作者很巧妙地刻画出"易地则皆然"的人类的自利心来;并且很坦白地告诉我们,他自己也不是怎样例外的圣人。《端午节》内写方玄绰向金永生借钱而被拒后,有着这样的一段话:

> 方玄绰低下头去了,觉得这也无怪其然的。况且自己和金永生本来很疏远。他接着就记起去年年关的事来,那时有一个同乡来借十块钱,他其时明明已经收到了衙门的领款凭单的了。因为恐怕这人将来未必会还钱,便装了一副为难的神色,说道衙门里既然领不到俸钱,学校里又不发薪水,实在"爱莫能助",将他空手送走了。他虽然自己并不看见装了怎样的脸,但此时却觉得很局促,嘴唇微微一动,

又摇一摇头。

并且《端午节》的末了,还有一段话:

> 这时候,他忽而又记起被金永生支使出来以后的事了。那时他惘惘然的走过"稻香村",看见店门口竖着许多斗大的字的广告道:"头彩几万元",仿佛记得心里也一动,或者也许放慢了脚步的罢,但似乎因为舍不得皮夹里仅存的六角钱,所以竟还毅然决然的走远了。

这又是深刻的坦白的自己批评了。

我觉得这两段话比慷慨激昂痛哭流涕的义声,更使我感动;使我也"努力的要想到我自己,教我惭愧,催我自新"。人类原是十分不完全的东西,全璧的圣人是没有的。但是赤裸裸地把自己剥露了给世人看,在现在这世间,可惜竟不多了。鲁迅板着脸,专剥露别人的虚伪的外套,然而我们并不以为可厌,就因为他也严格地自己批评自己分析呵!绅士们讨厌他多嘴;把他看作老鸦,一开口就是"不祥"。并且把他看作"火老鸦",他所到的地方就要火着。然而鲁迅不馁怯,不妥协。在《这样的战士》(《野草》七七页)里,他高声叫道:

> 要有这样的一种战士!
> 已不是蒙昧如非洲土人而背着雪亮的毛瑟枪的,也并

不疲惫如中国绿营兵而却佩着盒子炮。他毫无乞灵于牛皮和废铁的甲胄；他只有自己，但拿着蛮人所用的，脱手一掷的投枪。他走进无物之阵，所遇见的都对他一式点头。他知道这点头就是敌人的武器，是杀人不见血的武器，许多战士都在此灭亡，正如炮弹一般，使猛士无所用其力。

那些头上有各种旗帜，绣出各样好名称：慈善家，学者，文士，长者，青年，雅人，君子……头下有各样外套，绣出各式好花样：学问，道德，国粹，民意，逻辑，公义，东方文明。但他举起了投枪。

他微笑，偏侧一掷，却正中了他们的心窝。

一切都颓然倒地——然而只有一件外套，其中无物。无物之物已经脱走，得了胜利，因为他这时成了戕害慈善家等类的罪人。

但他举起了投枪。

他在无物之阵中大踏步走，再见一式的点头，各种的旗帜，各样的外套……

但他举起了投枪。

他终于在无物之阵中老衰，寿终。他终于不是战士，但无物之物则是胜者。

在这样的境地里，谁也不闻战叫：太平。

太平……

但他举起了投枪！

看了这一篇短文,我就想到鲁迅是怎样辛辣倔强的老头儿呀!然而还不可不看看《坟》的后记中的几句话:

> 至于对别人……还有愿使憎恶我的文字的东西得到一点呕吐——我自己知道,我并不大度,那些东西因我的文字而呕吐,我也很高兴的。……我的确时时解剖别人,然而更多的是更无情面地解剖我自己,发表一点,酷爱温暖的人物已经觉得冷酷了,如果全露出我的血肉来,末路正不知要到怎样。我有时也想就此驱除旁人,到那时还不唾弃我的,即使是枭蛇鬼怪,也是我的朋友,这总真是我的朋友。倘使并这个也没有,则就是我一个人也行。但现在我并不。因为,我还没有这样勇敢。那原因就是我还想生活,在这社会里。还有一种小缘故,先前也曾屡次声明,就是偏要使所谓正人君子也者之流多不舒服几天,所以自己便特地留几片铁甲在身上,站着,给他们的世界上多有一点缺陷,到我自己厌倦了,要脱掉了的时候为止。(《写在〈坟〉后面》,《坟》三〇〇页)

看!这个老孩子的口吻何等妩媚!

四

如果你把鲁迅的杂感集三种仔细读过了一遍,你大概不会反对我称他为"老孩子",张定璜说鲁迅。

已经不是那可歌可泣的青年时代的感伤的奔放,乃是舟子在人生的航海里饱尝了忧患之后的叹息,发出来非常之微,同时发出来的地方非常之深。

这话自是确论;我们翻开《呐喊》《彷徨》《华盖集》,随时随处可以取证。但是我们也不可忘记,这个在"人生的航海里饱尝了忧患"的舟子,虽然一则曰:

> 本以为现在是已经并非一个切迫而不能于言的人了。(《呐喊·自序》)

再则曰:

> 但我并无喷泉一般的思想,伟大华美的文章,既没有主义要宣传,也不想发起一种什么运动。(《写在〈坟〉后面》)

然而他的胸中燃着少年之火,精神上,他是一个"老孩子"!他没有主义要宣传,也不想发起一种什么运动,然而他的著作里,也没有"人生无常"的叹息,也没有暮年的暂得宁静的歆羡与自慰(像许多作家常有的),反之,他的著作里却充满了反抗的呼声和无情的剥露。反抗一切的压迫,剥露一切的虚伪!老中国的毒疮太多了,他忍不住孥着刀一遍一遍地不懂世故地尽自刺。我们翻开鲁迅的杂感集三种来看,则杂感集第一的《热风》大部分是剜剔中华民族的"国疮",在杂感集第二《华盖集》中,我们看见鲁迅除奋勇剜剔毒疮而外,又是有"岁月已非,毒疮依旧"的新愤慨。《忽然想到》的一、三、四、七等篇(见《华盖集》),《这个与那个》(《华盖集》一四二页至一五三页),《无花的蔷薇之三》(《华盖集续编》一一八页),《春末闲谭》(《坟》一二三页),《再论雷峰塔的倒掉》(《坟》二〇一页),《看镜有感》(《坟》二〇七页)等,都充满着这种色彩。鲁迅愤然说:

> 难道所谓国民性者,真是这样地难于改变的么?倘如此,将来的命运大略可想了,也还是一句烂熟的话:古已有之。(《华盖集》十一页)

他又说:

> 看看报章上的论坛,"反改革"的空气浓厚透顶了,满车的"祖传","老例","国粹"等等,都想来堆在道路上,将所有的人家完全活埋下去。……我想,现在的办法,首先还得用那几年以前《新青年》上已经说过的"思想革命"。还是这一句话,虽然未免可悲,但我以为除此没有别的法。(《华盖集》一五页)

《热风》中所收,是一九一八年至一九二四年所作的杂感。这六年中，我们看见"思想革命"运动的爆发，看见它的横厉不可一世的刹那，看见它终于渐渐软下去，被利用、被误解下去，到一九二四年，盖几已销声匿迹。是不是老中国的毒疮已经剜去？不是！鲁迅在一篇杂感《长城》里说：

> 我总觉得周围有长城围绕。这长城的构成材料，是旧有的古砖和补添的新砖。两种东西联为一气造成了城壁，将人们包围。何时才不给长城添新砖呢？（《华盖集》五五页）

旧有的和新补添的联为一气又造成了束缚人心的坚固的长城，正是一九二四年以后的情状。在另一处，鲁迅有极妙的讽刺道：

> 在报章的角落里常看见青年们的谆谆的教诫：敬惜字纸咧；留心国学咧；伊卜生这样，罗曼罗兰那样咧。时候和文字是两样了，但含义却使我觉得很耳熟：正如我年幼时所听过的耆宿的教诫一般。（《华盖集续编》一一九页）

然而攻击老中国的国疮的声音，几乎只剩下鲁迅一个人的了。他在一九二五年内所做的杂感，现收在《华盖集》内的，分量竟比一九一八年至一九二四年这六年中为多。一九二六年做的，似乎更多些。"寂寞"中间这老头儿的精神，和大部分青年的"阑珊"，成了很触目的对照。

鲁迅不肯自认为"战士"或青年的"导师"。他在《写在〈坟〉的后面》说：

> 倘说为别人引路,那就更不容易了,因为连我自己还不明白应当怎么走。中国大概很有些青年的"前辈"和"导师"罢,但那不是我,我也不相信他们。我只很确切地知道一个终点,就是:坟。然而这是大家都知道的,无须谁指引。问题是在从此到那的道路。那当然不止一条,我可正不知那一条好,虽然至今有时也还在寻求。在寻求中,我就怕我未熟的果实偏偏毒死了偏爱我的果实的人;而憎恨我的东西如所谓正人君子也者偏偏都矍铄,所以我说话常不免含胡,中止,心里想:对于偏爱我的读者的赠献,或者最好倒不如是一个"无所有"。我的译著的印本,最初,印一次是一千,后来加五百,近时是二千至四千,每一增加,我自然是愿意的,因为能赚钱;但也伴着哀愁,怕于读者有害,因此作文就时常更谨慎,更踌躇。有人以为我信笔写来,直抒胸臆,其实是不尽然的,我的顾忌并不少。我自己早知道毕竟不是什么战士了,而且也不能称前驱,就有这么多的顾忌和回忆。还记得三四年前,有一个学生来买我的书,从衣袋里掏出钱来放在我手里,那钱上还带着体温。这体温便烙印了我的心,至今要写文字时,还常使我怕毒害了这类的青年,

迟疑不敢下笔。我毫无顾忌地说话的日子,恐怕要未必有了罢。但也偶尔想,其实倒还是毫无顾忌地说话,对得起这样的青年。但至今也还没有决心这样做。

但是我们不可上鲁迅的当,以为他真个没有指引路;他确没有主义要宣传,也不想发起什么运动,他从不摆出"我是青年导师"的面孔,然而他确指引青年们一个大方针:怎样生活着,怎样动作着的大方针。鲁迅决不肯提出来呼号于青年之前,或板起了脸教训他们,然而他的著作里有许多是指引青年应当如何生活如何行动的。在他的创作小说里有反面的解释,在他的杂文和杂感里就有正面的说明。单读了鲁迅的创作小说,未必能够完全明白他的用意,必须也读了他的杂感集。

鲁迅曾对现代的青年说过些什么话呢?我们来找找看:

世上如果还有真要活下去的人们,就先该敢说,敢笑,敢哭,敢怒,敢骂,敢打,在这可诅咒的地方击退了可诅咒的时代。(《华盖集》四〇页)

我们目下的当务之急,是:一要生存,二要温饱,三要发展。苟有阻碍这前途者,无论是古是今,是人是鬼,是《三坟五典》,百宋千元,天球河图,金人玉佛,祖传丸散,秘制膏丹,全都踏倒他。(《华盖集》四三页)

在别一地方,我们看见鲁迅又加以说明道:

>　……但倘若一定要问我,青年应当向怎样的目标,那么,我只可以说出我为别人设计的话,就是,一要生存,二要温饱,三要发展。有敢来阻碍这三事者,无论是谁,我们都反抗他,扑灭他!可是还得附加几何话以免误解,就是:我之所谓生存,并不是苟活;所谓温饱,并不是奢侈;所谓发展,也不是放纵。……中国人虽然想了各种苟活的理想乡,可惜终于没有实现。但我却替他们发现了,你们大概知道的罢,就是北京的第一监狱。这监狱在宣武门外的空地里,不怕邻家的火灾;每日两餐,不虑冻馁;起居有定,不会伤生;构造坚固,不会倒塌;禁卒管着,不会再犯罪;强盗是决不会来抢的。住在里面,何等安全,真真是"千金之子坐不垂堂"了。但缺少的就有一件事:自由。古训所教的就是这样的生活法,教人不要动。……我以为人类为向上,即发展起见,应该活动,活动而有若干失错,也不要紧。惟独半死半生的苟活,是全盘失错的。因为他挂了生活的招牌,其实却引人到死路上去!(《华盖集》四九页至五○页)

这些话,似乎都是平淡无奇的,然而正是这些平淡无奇的话是青年们所最需,而也是他们所最忽略的。鲁迅又说过:

青年又何须寻那挂着金字招牌的导师呢？不如寻朋友，联合起来，同向着似乎可以生存的方向走。你们所多的是生力，遇见深林，可以辟成平地的，遇见旷野，可以栽种树木的，遇见沙漠，可以开掘井泉的。（《华盖集》五四页）

大概有人对于这些话又要高喊道："这也平淡无奇!"不错！确是平淡无奇，然而连平淡无奇的事竟也不能实现，其原因还在于"不做"。鲁迅更分析地说道：

第一需要记性。记性不佳，是有益于己而有害于子孙的。人们因为能忘却，所以自己能渐渐地脱离了受过的苦痛，但也因为能忘却，所以往往照样地再犯前人的错误。（《坟》一六七页）

其次需要"韧性"。鲁迅有一个很有趣的比喻道：

我有时也偶尔去看看学校的运动会……竞争的时候，大抵是最快的三四个人一到决胜点，其余的便松懈了，有几个还至于失了跑完豫定的圈数的勇气，中途挤入看客的群集中；或者佯为跌倒，使红十字队用担架将他抬走。假若偶有虽然落后，却尽跑的人，大家就嗤笑他。大概是因为他太不聪明，"不耻最后"的缘故罢。所以中国一向就少有失败的英雄,少有韧性的反抗。少有敢单身鏖战的武人,少有敢抚哭叛徒的吊客;见胜利则纷纷聚集,见败兆则纷纷逃亡。(《华盖集》一五〇页)

鲁迅鼓励青年们去活动去除旧革新,说:

我独不解中国人何以于旧状况那么心平气和,于较新的机运就这么疾首蹙额;于已成之局那么委曲求全,于初兴之事就这么求全责备!

智识高超而眼光远大的先生们开导我们:生下来的倘不是圣贤,豪杰,天才,就不要生;写出来的倘不是不朽之作,就不要写;改革的事倘不是一下子就变成极乐世界,或者,至少能给我(!)有更多的好处,就万万不要动!……

那么,他是保守派么?据说:并不然的。他正是革命家。惟独他有公平,正当,稳健,圆满,平和,毫无流弊的改革法;现下正在研究室里研究着哩,——只是还没有研究好。

什么时候研究好呢?答曰:没有准儿。

孩子初学步的第一步,在成人看来,的确是幼稚,危险,不成样子,或者简直是可笑的。但无论怎样的愚妇人,却总以恳切的希望的心,看他跨出这第一步去,决不会因为他的走法幼稚,怕要阻碍阔人的路线而"逼死"他;也决不至于将他禁在床上,使他躺着研究到能够飞跑时再下地。因为她

知道：假如这么办，即使长到一百岁也还是不会走路的。(《华盖集》一五二页)

他对于现在文艺界的意见，也是鼓励青年努力大胆去创作，不要怕幼稚。(见《坟》一七一页《未有天才之前》)

对于所谓正人君子学者之流的欺骗青年，他在《一点比喻》内说：

……这样的山羊我只见过一回，确是走在一群胡羊的前面，脖子上还挂着一个小铃铎，作为智识阶级的徽章。……人群中也很有这样的山羊，能领了群众稳妥平静地走去，直到他们应该走到的所在。袁世凯明白一点这种事，可惜用得不大巧。……然而"经一事，长一智"，二十世纪已过了四分之一，脖子上挂着小铃铎的聪明人是总要交到红运的，虽然现在表面上还不免有些小挫折。

那时候，人们，尤其是青年，就都循规蹈矩，既不嚣张，也不浮动，一心向着"正路"前进了，只要没有人问——

"往那里去？"

君子若曰："羊总是羊，不成了一长串顺从地走，还有什么别的法子呢？君不见夫猪乎？拖延着，逃着，喊着，奔突着，终于也还是被捉到非去不可的地方去，那些暴动，不过是空费力气而已矣。"

这是说:虽死也应该如羊,使天下太平,彼此省力。

这计划当然是很妥帖,大可佩服的。然而,君不见夫野猪乎? 它以两个牙,使老猎人也不免于退避。这牙,只要猪脱出了牧豕奴所造的猪圈,走入山野,不久就会长出来。(《华盖集续编》三二至三三页)

然而鲁迅也不赞成无谓的牺牲,如"请愿"之类。北京"三一八"惨案发生了后,鲁迅有好几篇杂感写到这件事,在《死地》内,他说:

但我却恳切地希望:"请愿"的事,从此可以停止了。倘用了这许多血,竟换得一个这样的觉悟和决心,而且永远纪念着,则似乎还不算是很大的折本。(《华盖集续编》九一页)

在《空谈》内,鲁迅更详细地说道:

请愿的事,我一向就不以为然的,但并非因为怕有三月十八日那样的惨杀。那样的惨杀,我实在没有梦想到,虽然我向来常以"刀笔吏"的意思来窥测我们中国人。我只知道他们麻木,没有良心,不足与言,而况是请愿,而况又是徒手,却没有料到有这么阴毒与凶残。……有些东西——我称之为什么呢,我想不出——说:群众领袖应负道义上的责任。这些东西仿佛就承认了对徒手群众应该开枪,执政府前原是"死地",死者就如自投罗网一般。……

改革自然常不免于流血,但流血非即等于改革。血的应用,正如金钱一般,吝啬固然是不行的,浪费也大大的失算。我对于这回的牺牲者,非常觉得哀伤。

但愿这样的请愿,从此停止就好。……

这回死者的遗给后来的功德,是在撕去了许多东西的人相,露出那出于意料之外阴毒的心,教给继续战斗者以别种方法的战斗。(《华盖集续编》一〇九至一一一页)

在《无花的蔷薇之二》第八节内,鲁迅又有这样几句话:

如果中国还不至于灭亡,则已往的史实示教过我们,将来的事便要大出于屠杀者的意料之外——这不是一件事的结束,是一件事的开头。

墨写的谎说,决掩不住血写的事实。

血债必须用同物偿还,拖欠得愈久,就要付更大的利息。(《华盖集续编》八八页)

五

离开鲁迅的杂感,看鲁迅的创作小说罢。前面说过,喜欢读鲁迅的创作小说的人们,不应该不看鲁迅的杂感;杂感能帮助你更加明白小说的意义,至少,在我自己,确有这种经验。

《呐喊》所收十五篇,《彷徨》所收十一篇,除几篇例外的,如《不周山》《兔和猫》《幸福的家庭》《伤逝》等,大都是描写"老中国的儿女"的思想和生活。我说是"老中国",并不含有"已经过"的意思。照理这是应该被剩留在后面而成为"过去的"了,可是"理"在中国很难讲,所以《呐喊》和《彷徨》中的"老中国的儿女",我们在今日依然随时随处遇见,并且以后一定还会常常遇见。我们读了这许多小说,接触了那些思想生活和我们完全不同的人物,而有极亲切的同情;我们跟着单四嫂子悲哀,我们爱那个懒散苟活的孔乙己,我们忘记不了那负着生活的重担而麻木着的闰土,我们的心为祥林嫂而沉重,我们以紧张的心情追随着爱姑的冒险,我们鄙夷然而又怜悯又爱那阿Q……总之,这一切人物的思想生活所激起于我们的情绪上的反映,是憎是爱是怜,都混为一片,分不明白。我们只觉得这是中国的,这正是中国现在百分之九十九的人们的思想和生活,这正是围绕在我们的"小世界"外的大中国的人生!而我们之所以深切地感到一种寂寞的悲哀,其原因亦即在此。这些"老中国的儿女"的灵魂上,负着几千年的传统的重担子。他们的面目是可憎的,他们的生活是可以咒诅的,然而你不能不承认他们的存在,并且不能不懔懔地反省自己的灵魂究竟已否完全脱卸了几千年传统的重担。我以为《呐喊》和《彷徨》所以值得并且逼迫我们一遍一遍地翻读而不厌倦,根本原因便在这一点。

人们的见解是难得一律的,并且常有十分相反的见解;所以上述云云只是"我以为"而已。但是以下的一段文字却不可不抄来看看:

……共计十五篇的作品之中,我以为前面的九篇与后面的六篇,不论内容与作风,都不是一样。编者不知是有意还是无意,恰依我的分法把目录分为两面了。如果我们用简单的文字来把这不同的两部标明,那么,前九篇是"再现的",后六篇是"表现的"。

严格地说起来,前九篇中之《故乡》一篇应该归入后期作品之内,然而下面的《阿Q正传》又是前期的作品,而且是前期中很重要的一篇,所以便宜上不妨与前期诸作并置。

前期的作品有一种共通的颜色,那便是再现的记述。不仅《狂人日记》《孔乙己》《头发的故事》《阿Q正传》是如此,即别的几种也不外是一些记述(description)。这些记述的目的,差不多全部在筑成(build up)各种典型的性格(typical character);作者的努力似乎不在他所记述的世界,而在这世界的住民的典型。所以这一个个的典型筑成了,而他们所住居的世界反是很模胡的。世人盛称作者的成功的原因,是因为他的典型筑成了,然而不知作者的失败,也便是在此处。作者太急了,太急于再现他的典型了。我以为作者若能不这样急于追求"典型的",他总可以寻到一点"普遍的"(allgemein)出来。

> 我们看这些典型在他们的世界不住地盲动,犹如我们跑到了一个未曾到过的国家,看见了各样奇形怪状的人在无意识地行动,没有与我们相同的地方可以使我们猜出他们的心理的状态。而作者偏偏好像非如是不足以再现他的典型的样子。关于这一点,作者所急于筑成的这些典型本身固然应该负责,然而作者所取的再现的方法也是不能不负责任的。(《〈呐喊〉的评论》:成仿吾,见《关于鲁迅及其著作》七四至七六页)

我和这位批评者的眼光有些不同,在我看来,《呐喊》中间的人物并不是什么外国人,也不觉得"跑到了一个未曾到过的国家,看见了各样奇形怪状的人在无意识地行动"。所以那"里面最可爱的小东西《孔乙己》"以及那引起多人惊异的《阿Q正传》,我也不以为"浅薄的纪实的传记","劳而无功的作品,与一般庸俗之徒无异"。

这位批评者又说:

> 文艺的作用总离不了是一种暗示,能以小的暗示大的,能以部分暗示全部,方可谓发挥了文艺的效果,若以全部来示全部,这便是劳而无功了。只顾描写的人,他所表现的不出他所描写的以外,便是劳而无功的人。作者前期中的《孔乙己》《药》《明天》等作,都是劳而无功的作品,与一般庸俗之徒无异。这样的作品便再凑千百篇拢来,也暗示全部不

出。艺术家的努力要在捕住全部——一个时代或一种生活的——而表现出来,像庸俗之徒那样死写出来的东西是没有价值的。(引同上)

这意思若曰:《孔乙己》《药》《明天》等作,所以称其为劳而无功的庸俗作品,即因它并不能以部分暗示全部。又若曰:孔乙己、单四嫂子、老栓、小栓,仅《呐喊》的小说中有此类人,其于全中国则成为硕果,初无其匹,故只是部分的。不错,我也承认,孔乙己、单四嫂子,老栓等,只是《呐喊》集中间的一个人物,但是他们的形相闪出在我的心前时,我总不能叫他们为孔乙己、单四嫂子等,我觉得他们虽然顶了孔乙己等名姓,他们该是一些别的什么,他们不但在《呐喊》的纸上出现,他们是"老中国的儿女",到处有的是!在上海的静安寺路,霞飞路,或者不会看见这类人,但如果你离开了"洋场",走到去年上海市民所要求的"永不驻兵"区域以外,你所遇见的,满是这一类的人。然而他们究竟是部分的呢?抑是暗示全部的?我们可以再抄别一个人的意见在这里:

>……鲁镇只是中国乡间,随便我们走到哪里去都遇得见的一个镇,镇上的生活也是我们从乡间来的人儿时所习见的生活。……他(鲁迅)嫌恶中国人,咒骂中国人,然而他自己是一个纯粹的中国人,他的作品满熏着中国的土气。……(张定璜《鲁迅先生》)

现代烦闷的青年,如果想在《呐喊》里找一点刺激,(他们所需要的刺激),得一点慰安,求一条引他脱离"烦闷"的大路:那是十之九要失望的!因为《呐喊》所能给你的,不过是你平日所唾弃——像一个外国人对于中国人的唾弃一般的——老中国的儿女们的灰色人生。说不定,你还在这里面看见了自己的影子!在《彷徨》内亦复如此——虽然有几篇是例外。或者你一定不肯承认那里面也有你自己的影子,那最好是读一读《阿Q正传》。这篇内的冷静宛妙的讽刺,或者会使人忘记了——忽略了篇中的精要的意义,而认为只有"滑稽",但如你读到两遍以上,你总也要承认那中间有你的影子。你没有你的"精神胜利的法宝"么?你没曾善于忘记受过的痛苦像阿Q么?你潦倒半世的深夜里有没有发过"我的儿子会阔得多啦"的阿Q式的自负?算了,不用多问了。总之,阿Q是"乏"的中国人的结晶;阿Q虽然不会吃大菜,不会说洋话,也不知道欧罗巴、阿美利加,不知道……然而会吃大菜,说洋话……的"乏"的"老中国的新儿女",他们的精神上思想上不免是一个或半个阿Q罢了。不但现在如此,将来——我希望这将来不会太久——也还是如此。所以《阿Q正传》的诙谐,即使最初使你笑,但立刻我们失却了笑的勇气,转而为惴惴的不自安了。况且那中间的唯一大事,阿Q去革命,"文童"的"咸与维新",再多说一点:把总也做了革命党,不上二十天,抢案就是十几件,举人老爷也帮办民政,然而不在把总眼里。……这些自然是十六年前的陈事了,然而现在钻到我们眼里,还是怎样的新鲜,似乎历史又在重演了。

他拿着往事,来说明今事,来预言未来的事。(尚钺《鲁迅先生》,见《关于鲁迅及其著作》三一页)

鲁迅只是一个凡人,安能预言;但是他能够抓住一时代的全部,所以他的著作在将来便成了预言。

《彷徨》中的十一篇,《幸福的家庭》和《伤逝》是鲁迅所不常做的现代青年的生活的描写。恋爱,是这两篇的主题。但当书中人出场在小说的时候,他们都已过了恋爱的狂热期,只剩下幻灭的悲哀了。《伤逝》的悲剧的结果,是已经明写了出来的,《幸福的家庭》虽未明写,然而全篇的空气已经向死路走,主人公的悲剧的结果大概是终于难免的罢。主人公的幻想的终于破灭,幸运的恶化,主要原因都是经济压迫,但是我们听到的,不是被压迫者的引吭的绝叫,而是疲茶的宛转的呻吟;这呻吟直刺入你的骨髓,像冬夜窗缝里的冷风,不由你不毛骨悚然。虽则这两篇的主人公似乎有遭遇上的类似,但《幸福的家庭》的主人公只是麻木地负荷那"恋爱的重担";他有他的感慨,比如作者给我们的一段精彩的描写:

"……莫哭了呵,好孩子。爹爹做'猫洗脸'给你看。"他同时伸长颈子,伸出舌头,远远的对着手掌舔了两舔,就用这手掌向了自己的脸上画圆圈。

"呵呵呵,花儿。"她就笑起来了。

"是的是的,花儿。"他又连画上几个圆圈,这才歇了手,只见她还是笑迷迷地挂着眼泪对他看。他忽而觉得,她那可爱的天真的脸,正像五年前的她的母亲,通红的嘴唇尤其像,不过缩小了轮廓。那时也是晴朗的冬天,她听得他说决计反抗一切阻碍,为她牺牲的时候,也就这样笑迷迷的挂着眼泪对他看。他惘然的坐着,仿佛有些醉了。

"呵呵,可爱的嘴唇……"他想。

门幕忽然挂起,劈柴运进来了。

他也忽然惊醒,一定睛,只见孩子还是挂着眼泪,而且张开了通红的嘴唇对他看。"嘴唇……"他向旁边一瞥,劈柴正在进来,"……恐怕将来也就是五五二十五,九九八十一!……而且两只眼睛阴凄凄……"他想着,随即粗暴的抓起那写着一行题目和一堆算草的绿格纸来,揉了几揉,又展开来给她拭去了眼泪和鼻涕。"好孩子,自己玩去罢。"他一面推开她说;一面就将纸团用力的掷在纸篓里。(《彷徨》六五页)

这一段是全篇中最明耀的一点,好像是阴霾中突然的阳光的一闪,然而随即过去,阴暗继续统治着。从现在的通红的嘴唇,笑迷迷的眼睛,反映出五年前可爱的母亲来;又从现在两只眼睛阴凄凄的母亲,预言这孩子的将来:鲁迅只用了极简单的几笔,便很强烈的刻画出一个永久的悲哀。我以为在这里,作者奏了"艺术上的凯旋"。

我们再看《伤逝》,就知道《伤逝》的主人公不像《幸福的家庭》内的主人公似的，只是麻木地负担那"恋爱的重担"。《伤逝》的主人公涓生是一个神经质的狷介冷僻的青年，而他的对手子君也似乎是一个忧悒性的女子。比起涓生来，我觉得子君尤其可爱。她的温婉，她的女性的忍耐、勇敢，和坚决，使你觉得她更可爱。她的沉默多愁善感的性格，使她没有女友，当涓生到局办事去后，她该是如何的寂寞呵。所以她爱动物，油鸡和叭儿狗便成了她白天寂寞时的良伴。然而这种委宛的悲哀的女性的心理，似乎涓生并不能了解。所以当经济的压迫终于到来时，这一对人儿的心理状态起了变化，走到了分离的结局了。我们引一段在下面：

> 子君有怨色，在早晨，极冷的早晨，这是从未见过的，但也许是从我看来的怨色。我那时冷冷地气愤和暗笑了；她所磨练的思想和豁达无畏的言论，到底也还是一个空虚，而对于这空虚却并未自觉。她早已什么书也不看，已不知道人的生活的第一着是求生，向着这求生的道路，是必须携手同行，或奋身孤往的了，倘使只知道捶着一个人的衣角，那便是虽战士也难于战斗，只得一同灭亡。
>
> 我觉得新的希望就只在我们的分离；她应该决然舍去，——我也突然想到她的死，然而立刻自责、忏悔了。幸而是早晨，时间正多，我可以说我的真实。我们的新的道路的开辟，便在这一遭。（《彷徨》二〇〇页）

涓生觉得"分离"是二人唯一的办法,所以他在通俗图书馆取暖时的冥想中:

> 往往瞥见一闪的光明,新的生路横在前面。她勇猛地觉悟了,毅然走出这冰冷的家,而且,——毫无怨恨的神色。我便轻如行云,漂浮空际,上有蔚蓝的天,下是深山大海,广厦高楼,战场,摩托车,洋场,公馆,晴明的闹市,黑暗的夜……
>
> 觉得要来的事却终于来到了。(《彷徨》二○三页)

子君并没通知涓生,回到家庭,并且死了——怎样死的,不明白。——涓生要向着新的生活跨进第一步去,我要将真实深深地藏在心的创伤中,默默地前行,用遗忘和说谎做我的前导……(《彷徨》二一三页)

涓生怎样跨进新生活的第一步,我们不知道——作者并没有告诉我们。可是我以为这个神经质的青年大概不会有什么新的生活的。因为他是"一个卑怯者,应该被摈于强有力的人们,无论是真实者,虚伪者"。(《彷徨》二○八页)

《幸福的家庭》所指给我们看的是:现实怎样地嘲弄理想。《伤逝》的意义,我不大看得明白;或者是在说明一个脆弱的灵魂(子君)于苦闷和绝望的挣扎之后死于无爱的人们的面前。

《彷徨》中还有两篇值得对看的小说,就是《在酒楼上》和《孤独者》。这两篇的主人公都是先曾抱着满腔的"大志"想有一番作为的,然而环境——数千年传统的灰色人生——压迫他们,使他们成了失败者。《在酒楼上》的主人公吕纬甫于失败之后变成了一个"敷敷衍衍,随随便便"的悲观者,不愿抉起旧日的梦,以重增自己的悲哀,宁愿在寂寞中寂寞地走到他的终点——坟。他并且也不肯去抉破别人的美满的梦。所以他在奉了母亲之命改葬小兄弟的遗骸时,虽然圹穴内只剩下一堆木丝和小木片,本已可以不必再迁,但他"仍然铺好被褥,用棉花裹了些他小兄弟先前身体所在的地方的泥土,包起来,装在新棺材里,运到我父亲埋着的坟地上,在他坟旁埋掉了。……这样总算完了一件事,足够去骗骗我的母亲,使她安心些。"(《彷徨》四二页)

《孤独者》的主人公魏连殳却另是一个结局。他是寂寞抚养大的,他有一颗赤热的心。但是外形很孤僻冷静。他在嘲笑咒骂排挤中活着,甚至几于求乞地活着,因为他虽然已经灰却了"壮志",但还有一个人愿意他活几天。后来,连信也没有了,于是他改变了。他说:

>……然而我还有所为,我愿意为此求乞,为此冻馁,为此寂寞,为此辛苦。但灭亡是不愿意。你看,有一个愿意我活几天的,那力量就这么大。然而现在是没有了,连这一个也没有了。同时,我自己也觉得不配活下去;别人呢?也不配的。同时。我自己又觉得偏要为不愿意我活下去的人们

而活下去;好在愿意我好好地活下去的已经没有了,再没有谁痛心。使这样的人痛心,我是不愿意。然而现在没有了,连这一个也没有了。快活极了;舒服极了;我已经躬行我先前所憎恶,所反对的一切,拒斥我先前的崇拜,所主张的一切了。我已经真的失败,——然而我胜利了。(《彷徨》一六四页)

愿意他活几天的,是什么人,爱人呢,还是什么亲人?我们可以不管,总之这不是中心问题。总之,他因此改变了,他以毁灭自己来"复仇"了。他做了杜师长的顾问。他这环境的突然改变,性格的突然改变,剥露了许多人的丑相。他胜利了!然而他也照他预定地毁灭了自己,这里有一段写出他的"报复"来:

你可知道魏大人自从交运之后,人就和先前两样了,脸也抬高起来,气昂昂的。对人也不再先前那么迂。你知道,他先前不是像一个哑子,见我是叫老太太的么?后来就叫"老家伙"。唉唉,真是有趣。人送他仙居术,他自己是不吃的,就摔在院子里——就是这地方,——叫道:"老家伙,你吃去罢"……

"可是魏大人的脾气也太古怪!"她忽然低声说:"他就不肯积蓄一点,水似的化钱。……他就冤里冤枉胡里胡涂地化掉了。譬如买东西,今天买进,明天又卖出,弄破,真不

知道是怎么一回事。"(《彷徨》一七二至一七四页)

作者在篇末很明白地告诉我们:

> 隐约是长嗥,像一匹受伤的狼,当深夜在旷野中叫嗥,惨伤里夹杂着愤怒和悲哀。(《彷徨》一七六页)

六

上述《幸福的家庭》等四篇,以我看来,是《彷徨》中间风格独异的四篇。说他们独异,因为不是"老中国的儿女"的灰色人生的写照。

鲁迅的小说对于我的印象,拉杂地写下来,就是如此。我当然不是文艺批评家,所以"批评"我是不在行的,我只顾写我的印象感想。惭愧的是太会抄书,未免见笑于大雅,并且我自以为感想者,当然也是"舐皮论骨"而已。

然而不敢谬托知己,或借为广告,却是我敢自信的了。完了。

(1927 年 10 月 30 日,选自《小说月报》)

模范小说选

茅盾

豹子头林冲

1　这一夜,豹子头林冲在床上翻来覆去,直过了三更,兀自一点儿睡意都没有。

2　日间那个杨志——那个因为失陷了花石纲丢官,现在却又打点些钱财想去钻门路再图个"出身"的青面兽杨志的一番话,不知怎地只在林冲心窝里打滚。

3　他林冲,一年多前何尝不曾安着现在杨志那样的心思;便是日间听着杨志那样气概昂藏的表白时,他林冲也曾心里一动,猛可地自觉得脸颊上有些热烘烘。但是在这月白霜浓的夜半,那青面兽的几句话便只能像油煎冷粽子似的格在林冲胸口,咽又咽不下去,呕又呕不出来,真比前番第一次听说自己的老婆被高衙内拦在岳神庙楼上调戏还难受。

4　虽说是会带了宝刀莽莽撞撞地闯进白虎节堂——是那样粗拙的林冲,有时候却也粗中有细;当他把一桩事情放在心上颠来倒去估量着的时候,他也会想到远远的过去,也会想到茫茫的将来,那时,他的朴野粗直的心,便好像被朴刀尖撩了一下,虽然有些疼,可是反倒松朗些,似乎从那伤处漏出了一些些的光亮,使他对于人,我,此世界,此人生,都仿佛更加懂得明白些。

5 现在是月光冷冷地落在床前,林冲睁圆了大眼睛看着发愣。

6 自家幼年时代的生活朦朦胧胧地被唤回来了。本是农家子的他,什么野心是素来没有的;像老牛一般辛苦了一世的父亲把浑身血汗都浇在几亩稻田里,还不够供应官家的征发;道君皇帝建造什么万寿山的那一年,父亲是连一副老骨头都赔上;这样的庄稼人的生活在林冲是受得够了,这才他投拜了张教头学习武艺,"想在边庭上一刀一枪,也不枉父母生他一场。"

7 林冲,他从没到过所谓"边庭"。据他从乡村父老那里听来的传说,那就是一片无边无垠的水草肥沃的地方,夕阳下时,成群的牛羊缓缓攒集到炊烟四起的茅屋的村落,然而远远地胡笳声动了,骑着悍马的毡笠子的怪样的"胡儿"会像旋风似的扫过这些村落,于是牛羊没有了,只剩下呼爷觅儿的汉人和烧残的茅屋;每逢这样的"边庭"的图画,在林冲想象中展开来的时候,他林冲的朴忠的农民意识便朦胧地觉到自己的学习武艺就不但是仅仅养活自己一张嘴,却有更加了不起的意义了。

8 "边庭"哪!这不熟识的"边庭"曾使豹子头林冲怎样的激昂呵!

9 但是在"八十万禁军教头"任上的第二年,他林冲看见了许多新的把戏;他毫无疑惑地断定那些口口声声说是要雪国耻要赶走胡儿的当朝的权贵暗底里却是怎样地献媚胡儿怎样地干那卖国的勾当!

10 林冲拿起拳头来在床沿猛捶一下,两只眼睛更睁得大了:

11 "咄!边庭上一刀一枪!——哈!"

12 眼前那个青面兽杨志不是还在做这样的梦么?他,这个"三代将门之后,五侯杨令公之孙",应过武举,做过"殿司制使"的青面兽杨志,从前是不明不白落掉了官职,现在却又在那里想到高俅那厮手里不明不白地弄回个官儿来;他,这青面兽,一身好武艺,清白姓字,三代受了朝廷的厚恩,贵族的后裔的杨志,就会还有这样的幻想,可是他,豹子头林冲,自来不曾受过"赵官儿"半点好处的农家子的林冲,现在是再也不信那些鸟话了!

13 这样想着,林冲倒觉得杨志有点可怜。这位"三代将门之后"清白姓字的青面汉子,虽然还是竭力不让身体点污,还是想到边庭上一刀一枪替朝廷出力,虽然他的小小的欲望只不过封妻荫子,但是他这一片耿耿的孤忠大概终于要被他的主子们所辜负的罢。什么朝廷,还不是一伙比豺狼还凶的混账东西!还不是一伙吮哑老百姓血液的魔鬼!

14 对于杨志的还打算向当道豺狼献媚妥协的那种行径,林冲只觉得太卑劣。自己是个农家子,具有农民的忍耐安分的性格,然而也有农民所有的原始的反抗性。他从没得罪过什么人,从来不想占便宜;可是他亦不肯忍受别人的欺侮。那时候,他要报复;要用仇人的血来洗涤他的耻辱!那时,他不管是高太尉呢,或是高衙内,或是什么陆虞侯,他简截地要他们的命!对于仇恨,他有好记性。自从那天冤屈地被做成了发配沧州道的罪案以后,他是除了报仇便什么幻想都没有。尽管他的丈人张教头怎样宽慰他,怎样说是"年灾月晦",他到底要立下一纸"休书"给老婆,"放下一条心,免得两相耽误"。他已是下了决心,无论怎样将来只要报仇!再忍着气儿,守着老婆,过太平日子那样的想头,他早已绝对没有了!

15 流血,他不怕。但无缘无故杀人,他亦不肯。因此前天那个什么白衣秀才王伦不肯收留他入伙,要他交纳什么"投名状"的时候,他从心底里直感得这个泼皮的秀才原也是高俅一类,不过居住在水泊罢了。完全为了自己个人的利害去杀一个平素无仇无怨的什么人,那不是豹子头林冲的性情!可是吃逼住了,他只好应承。他打算杀一个看来不是善良之辈的过路人。也是为此他守了三天还是交纳不出"投名状"。

16 不料最后却又碰到了这倒霉的青面兽杨志!

17 暴躁突在林冲胸头爆炸开来,他皱着眉毛向墙上的朴刀望了一眼,翻身离床,拿了那朴刀,便开了房门出来。

18 前几天的宿雪还没消融,映着月光,白皑皑的照得聚义厅前那片广场如同白昼一般;夜来的朔风又把这满地的残雪吹冻了,踏上去只是簌簌地作响。林冲低着头,倒提了朴刀,只顾往前走。左边大柏树上一群睡鸟忽然扑扑地惊飞起来,绕着树顶飞了一个圈子,便又一个一个落进巢里去了。林冲猛可地曳住了脚步,抬头看天。半轮冷月在几片稀松的冻云中间浮动,像是大相国寺的鲁智深手下的破落户泼皮涎着半边脸笑人。几点疏星远远地躲在天角,也在对林冲映眼睛。

19　站着看过一会儿,林冲剔起眉毛,再往前走。然而一个"转念"——那是像他那样粗中有细的人儿常常会发生的"转念",清清楚楚地落到他意识上来了。

20　"到底要结果那一个?"

21　经这么自己一问,林冲倒弄糊涂了。昨天在山坡下和青面兽厮杀的时候,他是一刀紧一刀地向敌人的要害处砍去的。虽然和这位"面皮上老大一搭青记,腮边微露些少赤须"的汉子,原来亦是无仇亦无怨,但作为一个不是无抵抗的善良安分的老百姓而言,林冲那时候却觉得在"刀枪无情"的理由下伤害了那汉子的生命,原是冠冕堂皇,问心无愧的。可是现在?现在呢!尽管这青面汉子在他豹子头林冲眼前已经剥露出更卑污的本相,然而好像是将他从卧房中赶出来,乘他睡眼朦胧就一刀砍了那样的事,也不是豹子头林冲做的。这须吃江湖上好汉们耻笑哪!

22　愣着眼睛遥望那聚义厅前的两排戈矛剑戟,林冲的杀心便移到了下意识中的第二个对象。是那王伦!那白衣秀才王伦!顶了江湖上好汉的招牌却在这里把持地盘,妒贤嫉能,卑污懦怯的王伦!在豹子头林冲的记忆中,"秀才"这一类人始终是农民的对头,他姓林的一家门从"秀才"身上不知吃过多少亏。他豹子头自己却又落到这个做了强盗的秀才的手里!做了强盗的秀才也还是要不得的狗贼!

23　林冲睁圆了怒目向四下里眺望。好一个雄伟的去处呀!方圆八百余里,港汊环抱,四面高山,中间里镜面也似一片三五百丈见方的平地,是一个好去处,进可以攻,退可以守的根据地! 争不成便给王伦那厮把持了一世,却叫普天下落魄的好汉,被压迫的老百姓,受尽了腌臜气!

24 像从新下了决心似的,林冲挺起朴刀,托开左手,飞步抢过聚义厅前,便转向右首耳房奔去。

25 "吓! 那厮来者是谁?"

26 望见前面十多步处有两个黑影,又听到了这一声吆喝,林冲便摆开步武,将朴刀抱在怀里,定睛朝前面瞅。

27 "呀,林教头,是你!"

28 "呀,林头领!

29 走近了时这么招呼着的两个巡夜的小喽啰都做出一付吃惊的脸相来。林冲把眼瞅着这两个,不说话,不是没了主意,却是在踌躇;他的不忍多杀不相干人的本性又兜头扑回来了。

30 "林教头,半夜三更,到这里,要什么?"

31 虽是这么一句平常的询问,在林冲心上却蓦地勾起前番误入"白虎节堂"那回事情,忍不住抬头望了一眼。明明白白是"聚义厅",不是"白虎堂"!

32 "林头领好武艺,这早晚也还在打熬力气!"

33 这话是提醒了林冲了,下意识地竟然点头,但是随即耳根上发热,心里惭愧这有生以来第一次的撒谎。

34 他,一身好武艺的豹子头林冲却没有一颗相称的头脑呢!

这周围八百里的梁山泊,这被压迫者的"圣地"的梁山泊,固然需要一双铁臂膊,却更需要一颗伟大的头脑。

35 看着他们两个巡夜小喽啰的走远了的背影,林冲倒提着朴刀,头微微下垂,踏着冻雪,又走回自己的卧房去。一种新的形势在他心里要求估量价值。腌臢畜生的王伦自然不配作山寨之主。但是谁配呢?要一位有胆略,有见识,江湖上众豪杰闻风拜服的人儿,才配哪!不乏自知之明的林冲本来是什么个人野心都没有的,而且也正惟其如此,现在他的想法是和先前提刀出房时颇不相同了。

36 "梁山泊又不是他的!我林冲在此又不是替他卖力!泼贼秀才算得什么?只是这地方可惜!"

37 他的农民根性的忍耐和期待,渐渐地又发生作用,使他平静起来。忍耐着一时罢,期待着,期待着什么大量大才的豪杰罢,这像"真命天子"一样,终于有一天会要来的呢!

38 这时清脆的画角声已经在寒冽的晨气中呜咽发响。

(选自《宿莽》)

【作者】

茅盾为沈雁冰的笔名,浙江湖州人,国内仅有的长篇作家。曾主编商务印书馆的《小说月报》,为文学研究会发起人之一。他在《我的小传》里说,"从一九二七年秋开始写小说以来,有收在《蚀》里头的《幻灭》等三部中篇及写了一半的长篇《虹》。此外有两部短篇集:《野蔷薇》和《宿莽》。另二个单行的中篇《三人行》和《路》,此刻将完成的,有长篇小说《子夜》。此后我大概还是继续写小说,很希望我能够写成更像样些的作品……"(见 1932 年 7 月 15 日出版的《文学月报》创刊号)关于他的思想和创作态度,可看他在《野蔷薇》的序文里头所说的话:

"我们,生在这光明和黑暗交替的现代的人,但使能奉 Verdandi(编者注:北欧神话中运命女神之一,盛年、活泼、勇敢、直视前途,象征现在)作为精神上的指导,或者不至于遗讥'落伍'罢? 人言亦有云:'信赖将来! 对于将来之确信,是必要的?'善哉言! 自从 Pandora(编者注:希腊神话里 Zeus 大神为人类造成的第一个女人。)开了那致命的黑檀木箱以来,人类原是生活在'希望'里的。宗教底地而且神秘底地对于将来之信赖,既已亘千余年之久成为人类活力的兴奋剂。现在是科学底地而且历史底地对将来之信赖,鼓舞着人们踏过了血泊而前进了! 善哉言:'信赖着将来呀!'

"知道信赖着将来的人,是有福的,是应该被赞美的。但是,慎勿以'历史的必然'当作自身幸福的预约券,且又将这预约券无限止地发卖。……

"不要感伤于既往,也不要空夸着未来,应该凝视现实,分析现实,揭破现实;不能明确地认识现实的人,还是很多着!

"抱着这样的心情,我写我的小说。……"

作者的艺术当以长篇三部曲(《幻灭》《动摇》《追求》,1927)为代表。原作以中国的革命时代为背景,描写小资产阶级的青年。短篇诸作,文笔流畅深刻,写青年男女的心理,为他人所不及。

【解说】

这篇是用旧小说里的人物作为"题材"的小说。豹子头林冲是《水浒》里头称为"八十万禁军教头"的一个有名人物。在《水浒》里从第六回直叙到第十一回,在十八回里才点出他火并那个白衣秀才王伦。作者用经济的手腕表现林冲的全人格。目的在把历史或传说里的人物赋予一种现代的意识,即所谓"旧瓶装新酒"。本篇的要点是描写林冲的农民意识,对于青面兽杨志和白衣秀士王伦的反抗,从林冲的心理方面着笔。作者写得这样的紧凑而有力,在技巧上也是成熟的作品,可视为新的历史小说的代表作。

1 开头就说明这是夜里的事。全篇用第三人称。

2—5 心理的描写。

6—13 作者要写林冲的心理,所以对于主人公的过去(生活与时代)都用暗示的方法追叙出来。作者又要表现《水浒》时代的氛围气,所以在语气方面,颇用苦心。

14—16 林冲的意识的显露。

17—23 全篇的紧张处,写主人公将去杀害杨志或王伦。注意18节里的环境的描写,生动有力。22、23节里为林冲的农民意识的显露。

24—33 事件的展开,注意"对话"的语气。

34—37 再写主人公的心理。

38 "结尾"仍然显着当时的氛围气。

【习题】

试将本篇所描写的林冲和《水浒》原书里头的林冲作比较的研究,注意下列各点:

1. "描写"与"记叙"的差异。

2.《水浒》原书里的语气和本篇的语气。

3.《水浒》里描写的林冲的性格。

4. 本篇里头作者所赋予林冲的意识。

创　造

一

1　靠着南窗的小书桌，铺了墨绿色的桌布，两朵半开的红玫瑰从书桌右角的淡青色小瓷瓶口边探出来，宛然是淘气的女郎的笑脸，带了几分"你奈我何"的神气，冷笑着对角的一叠正襟危坐的洋装书，它们那种道学先生的态度，简直使你以为一定不是脱不掉男女关系的小说。赛银墨水盒横躺在桌子的中上部，和整洁的吸墨纸版倒成了很合式的一对。纸版一只皮套角里含着一封旧信。那边西窗下也有个小书桌。几本卷皱了封面的什么杂志，乱丢在桌面，把一座茶绿色玻璃三棱形的小寒暑表也推倒了；金杆自来水笔的笔尖吻在一张美术明信片的女子的雪颊上。其处凝结了一大点墨水，像是它的黑泪，在悲伤它的笔帽的不知去向；一只刻镂得很精致的象牙的兔子，斜起了红眼睛，怨艾地瞅着旁边的展开一半的小纸扇，自然为的是纸扇太无礼，把它挤倒了，——现在它撒娇似的横躺着，露出白肚皮上的一行细绿字:"娴娴三八初度纪念。她的亲爱的丈夫君实赠"。然而"丈夫"二字像是用刀刮过的。

2 织金绸面的沙发榻蹲在东壁正中的一对窗下,左右各有同式的沙发椅做它的侍卫。更左,直挺挺贴着墙壁的,是一口两层的木橱,上半层较狭,有一对玻璃门,但仍旧在玻片后衬了紫色绸。和这木橱对立的,在右首的沙发椅之右,是一个衣架,擎着雨衣斗篷帽子之类。再过去,便是东壁的右窗;当窗的小方桌摆着茶壶茶杯香烟盒等什物。更过去,到了壁角,便是照例的梳妆台了。这里有一扇小门,似乎是通到浴室的。椭圆大镜门的衣橱,背倚北壁,映出西壁正中一对窗前的大柚木床,和那珠络纱帐子,和睡在床上的两个人。和衣橱成西斜角的,是房门,现在严密的关着。

3 沙发榻上乱堆着一些女衣。天蓝色沙丁绸的旗袍,玄色绸的旗马甲,白棉线织的胸褡还有绯色的裤管口和裤腰都用宽紧带的短裤:都卷作一团,极像是洗衣作内正待落漂白缸,想见主人脱下时的如何匆忙了。榻下露出镂花灰色细羊女皮鞋的发光的尖头;可是它的同伴却远远地躲在梳妆台的矮脚边,须得主人耐烦的去找。床右,近门处,是一个停火几,琥珀色绸罩的台灯庄严地坐着,旁边有的是:角上绣花的小手帕,香水纸,粉纸,小镜子,用过的电车票,小银元,百货公司的发票,寸半大的皮面金头怀中记事册,宝石别针,小名片,——凡是少妇手袋里找得出来的小物件,都在这里了。一本展开的杂志,靠了台灯的支撑,又牺牲了灯罩的正确的姿势,异样地直立着。台灯的古铜镜上,有一对小小的展翅作势的鸽子,侧着头,似乎在猜详杂志封面的一行题字:《妇女与政治》。

4　太阳光透过了东窗上的薄纱,洒射到桌上椅上床上。这些木器,本来是漆的奶油色,现在都镀上了太阳的斑剥的黄金了。突然一辆急驰的汽车的啵啵的声音——响得作怪,似乎就在楼下,——惊醒了床上人中间的一个。他睁开倦眼,身体微微一动。浓郁的发香,冲入他的鼻孔;他本能的转过头去,看见夫人还没醒,两颊绯红,像要喷出血来。身上的夹被,早已撩在一边,这位少妇现在是侧着身子;只穿了一件羊毛织的长及膝弯的贴身背心(vest),所以臂和腿都裸浴在晨气中了,珠络纱筛碎了的太阳光落在她的白腿上就像是些跳动的水珠。

5　——太阳光已经到了床里,大概是不早了呵。

6　君实想,又打了个呵欠。昨晚他睡得很早。夫人回来,他竟完全不知道;然而此时他还觉得很倦,无非因为今晨三点钟醒过来后,忽然不能再睡,直到看见窗上泛出鱼肚白色,才又矇矇的像是睡着了。而且就在这半睡状态中,他做了许多短短的不连续的梦;其中有一个,此时还记得个大概,似乎不是好兆。他重复闭了眼,回想那些梦,同时轻轻地握住了夫人的一只手。

7　梦,有人说是日间的焦虑的再现,又有人说是下意识的活动;但君实以为都不是。他自说,十五岁以后没有梦;他的夫人就不很相信这句话:

8　"梦是不会没有的,大概是醒后再睡时遗忘了。"她常常这样说。

9 "你是多梦的;不但睡时有梦,开了眼你还会做梦呵!"君实也常常这么反驳她。

10 现在君实居然有了梦,他自觉是意外;并且又证明了往常确是无梦,不是遗忘。所以他努力要回忆起那些梦来,以便对夫人讲。即使是这样的小事情,他也不肯轻轻放过;他不肯让夫人在心底里疑惑他的话是撒谎;他是要人时时刻刻信仰他看着他听着他,摊出全灵魂来受他的拥抱。

11 他轻快地吐了口气,再睁开眼来,凝视窗纱上跳舞的太阳光;然后,沙发榻上的那团衣服吸引了他的视线,然后,迅速的在满房间掠视一周,终于落在夫人的脸上。不知道为什么,这位熟睡的少妇,现在眉尖半蹙,小嘴唇也闭合得紧紧的,正是昨天和君实呕气时的那副面目了。近来他们俩常有意见上的不合;娴娴对于丈夫的议论常常提出反驳,而君实也更多的批评夫人的行动,有许多批评,在娴娴看来,简直是故意立异。娴娴的女友,李小姐,以为这是娴娴近来思想进步,而君实反倒退步之故。这个论断娴娴颇以为然;君实却绝对不承认,他心里暗恨李小姐,以为自己的一个好好的夫人完全被她教唆坏了,昨天便借端发泄,很犀利的把李小姐批评了一番,最使娴娴不快的,是这几句:

12 "……李小姐的行为,实在太像滑头的女政客了。她天天忙着所谓政治活动,究竟她明白什么是政治?娴娴,我并不反对女子留心政治,从前我是很热心劝诱你留心政治的,你现在总算是知道几分什么是政治了。但要做实际活动——吓!主观上能力不够,客观上条件未备。况且李小姐还不是把政治活动当作电影跳舞一样,只是新式少奶奶的时髦玩意罢了。又说女子要独立,要社会地位,咳,少说些门面话罢!李小姐独立在什么地方?有什么社会地位?我知道她有的地位是在卡尔登,在月宫跳舞场!现在又说不满于现状,要革命,咳,革命,这一向看厌了革命,却不道还有翻新花样的在影戏院跳舞场里叫革命!……"

13 君实说话时的那种神气——看定了别人是永远没出息的神气,比他的保守思想和指桑骂槐,更使娴娴难受;她那时的确动了真气。虽然君实随后又温语抚慰,可是娴娴整整有半天纳闷。

14 现在君实看见夫人睡中犹作此态,昨日的事便兜上心头;他觉得夫人是精神上一天一天的离开他,觉得自己再不能独占了夫人的全灵魂。这位长久拥抱在他思想内精神内的少妇,现在已经跳了出去,有自己的思想,自己的见解了。这在自负很深的君实,是难受的。他爱他的夫人,现在也还是爱,然而他最爱的是以他的思想为思想以他的行动为行动的夫人。不幸这样的黄金时代已成过去,娴娴非复两年前的娴娴了。

15 想到这里,君实忍不住微微喟了口气。他又闭了眼,瞑想夫人思想变迁的经过。他记得前年夏天在莫干山避暑的时候,娴娴曾就女子在社会中应尽的职务一点发表了独立的意见;难道这就是今日趋向各异的起点么?似乎不是的,那时娴娴还没认识李小姐;似乎又像是的,此后娴娴确是一天一天的不对了。最近的半年来,她不但思想变化,甚至举动也失去了优美细腻的常态,衣服什物都到处乱丢,居然是"成大事者不修边幅"的气派了。君实本能的开眼向房中一瞥,看见他自己的世界缩小到仅存南窗下的书桌;除了这一片"干净土",全房到处是杂乱的痕迹,是娴娴的世界了。

16 在沉郁的心绪中,君实又回忆起娴娴和他的一切琐屑的龃龉来。莫干山避暑是两心最融洽的时代,是幸福的顶点,但命运的黑丝,似乎也便在那时走进了他们的生活;似乎娴娴的态度,最初是在趣味方面发动的,她渐渐的厌倦了静的优雅的,要求强烈的刺戟,因此在起居服用上常常和君实意见相反了。买一件衣料,看一次影戏,上一回菜馆,都成为他们俩争执的题材;常常君实喜欢甲,娴娴偏喜欢乙,而又不肯各行其是,各人要求自己的主张完全胜利。结果总是牺牲了一方面。因为他们都觉得"各行其是"的办法徒然使两人都感不快,倒不如轮替着都有失败都有胜利,那时,胜利者固然很满意,失败者亦未始没有相当的报偿,事过后的求谅解的甜蜜的一吻便是失败者的愉快。这样的争执,当第一二次发生时,两人的确都曾认真的烦恼过,但后来发现了和解时的澈骨的美趣,他们又默认这也是爱的生活中不可少的波澜。所以在习惯了以后,君实常常对娴娴说:

17 "这回又是你得了胜利了。但是,漂亮的少奶奶,娇养的小姐,你不要以为你的胜利是合理的,是久长的。"

18 于是在软颤的笑声中,娴娴偎在君实的怀中,给他一个长时间的吻。这是她的胜利的代价,也是她对于丈夫为爱而让步的热忱的感谢。

19 但是不久这种爱的戏谑的神秘性也就磨钝了。当给与者方面成为机械的照例的动作时,受者方面便觉得嘴唇是冷的,笑是假的,而主张失败的隐痛却在心里跳动了,况且娴娴对于自己的主张渐渐更坚持,差不多每次非她胜利不可,于是本不愿意的"各行其是"也只好实行了。这便是现在君实在卧室中的势力范围只剩了一个书桌的原因之一。

20 思想上的不同,也慢慢的来了。这是个无声的痛苦的斗争。君实曾经用尽能力,企图恢复他在夫人心窝里的独占的优势,然而徒然。娴娴的心里已经有一道坚固的壁垒,顽抗他的攻击;并且娴娴心里的新势力又是一天一天扩张,驱逼旧有者出来。在最近一月中,君实几次感到了自己的失败。他承认自己在娴娴心中的统治快要推翻,可是他始终不很明白,为什么两年前他那样容易的取得了夫人的心,占有了她的全灵魂,而现在却失之于不知不觉,并且恢复又像是无望的。两年前夫人的心,好比是一块海绵,他的每一滴思想,碰上就被吸收了去,现在这同一的心,却不知怎的已经变成一块铁,虽然他用了热情的火来锻炼,也软化不了它。"神秘的女子的心呵!"君实纳闷时常常这样想。他现在唯一的办法是讽刺;希望讽刺的酸味或者可以溶解了娴娴心里的铁。于是李小姐成了讽刺的目标。君实认定夫人的心质的变化,完全是李小姐从中作怪。有时他也觉得讽刺不是正法,许会使娴娴更离他远些。但是,除了这条路更没有别的方法了。"呵,神秘的女子的心!"他只能叹着气这么想。

21 君实陡然烦躁起来了。他抖开了身上的羊毛毯,向床沿翻过身去;他竟忘记了自己的左手还握住了夫人的一只手。娴娴也惊醒了。她定了下神,把身子挪近丈夫身边,又轻轻的翘起头来,从丈夫的肩头瞧他的脸。

22 君实闭了眼不动。他觉得有一只柔软的臂膊放到胸口来了。他又觉得耳根边被毛茸茸的细发拂着作痒了。他还是闭着眼不动,却聚集了全身的注意力,在暗中伺察。俄而竟有暖烘烘的一个身体压上来,另一个心的跳声也清晰地听得。君实再忍不住了,睁开眼来,看见娴娴用两臂支起了上半身,面对面的瞧着他的脸,像一匹猫侦伺一只诈死的老鼠。君实不禁笑了出来。

23 "我知道你是假睡咧。"

24 娴娴微笑地说,同时两臂一松,全身落在君实的怀中了。女性的肉的活力,从长背心后透出来,沦浃了君实的肌骨;他委实有些摇摇不能自持了。但随即一个作痛的思想抓住了他的心:这温软的胸脯,这可爱的面庞,这善謩的长眉,这媚眼,这诱人的熟透樱桃似的嘴唇——一切,这迷人的一切,都是属于他的,确确实实属于他的,然而在这一切以内,隐藏得很深的,有一颗心,现在还感得它的跳动的心,却不能算是属于他的了!他能够接触这名为娴娴的美丽的形骸,但在这有形的娴娴之外,还有一个无形的娴娴——她的灵魂,已经不是他现在所能接触了!这便是所谓恋爱的悲剧么?在恋爱生活中,这也算是失恋么?

25 他无法排遣似的忍痛地想着,不理会娴娴的疑问的注视。突然一只手掩在他的眼上;细而长的手指映着阳光,仿佛是几枝通明的珊瑚梗。而在那柔腴的手腕上,细珍珠穿成的手串很熨贴的围绕着,凡三匝。这是他们在莫干山消夏的纪念品,前几天断了线,新近才换好的。君实轻轻的拉下了娴娴的手。细珍珠给他的手指一种冷而滑的感觉。他的心灵突然一震。呵,可纪念的珠串!可纪念的已失的莫干山的快乐!祝福这再不能回来的快乐!

26 君实的眼光惘惘然在这些细珠上徘徊了半晌,然后,像感触了什么似的,倏地移到娴娴的脸上。这位少妇的微带惺忪的眼睛却也正在有所思的对他看。

27 "我们过去的生活,那些日子你觉得顶快活?"

28 君实慢慢的说,像是每个字都经过深长的咀嚼的。

29 "我觉得现在顶快活。"

30 娴娴笑着回答,把她的身体更贴紧些。

31 "你不要随口乱说哟。娴娴,想一想罢——仔细的想一想。"

32 "那么,我们结婚的第一年——半年,正确的说,是第一个月,最快活。"

33 "为什么?"

34 娴娴又笑了。她觉得这样的考试太古怪。

35 "为什么?不为什么。只因为那时候我的经验全是新的。我以前的生活,好像是一页空白,到那时方才填上了色彩。以前的生活,现在回想起来,并不感到特别兴味,而且也很模糊了。只有结婚后的生活——唔,应该说是结婚后第一个月,即使是顶琐细的一衣一饭,我似乎都记得明明白白。"

36 君实微笑着点头,过去的事也再现在他眼前了。然而接踵来了感伤。难道过去的欢乐就这么永远过去,永远唤不回来么?

37 "那么,你呢? 你觉得——那些日子顶快活?"

38 娴娴反问了。她把左手抚摩君实前额的头发,让珍珠手串的短尾巴在君实眉间晃荡。

39 "我不反对你的话,但是也不能赞成。在我,新结婚的第一年——或照你说,第一月,只是快乐的起点不是顶点。我想把你造成为一个理想的女子,那时正是我实现我的理想的开端,有很大的希望鼓舞着,但并未达到真正的快乐。"

40 "我听你说过这些话好几次了。"

41 娴娴淡淡的插进来说;虽然从前听得了这些话,也是"有很大的希望鼓舞着",但现在却不乐意听说自己被按照了理想而创造。

42 "可是你从来没问过我的理想究竟是成功呢抑是失败。娴娴,我的理想是成功的,但是也失败了。莫干山避暑的时候,你的创造刚好成功。娴娴,你记得我们在银铃山瀑布旁边大光石头上的事么? 你本来是颇有些拘束的,但那时,我们坐在瀑布旁边,你只穿了件Vest,正和你现在一样。自然这是一件小事,但很可以证明你的创造是完成了,我的理想是实现了。"

43 君实突然停止,握住了娴娴的臂膊,定着眼睛对她瞧。这位少妇现在脸上热烘烘了;她想起了当时的情形,她转又自怪为什么那时对于此等新奇的刺戟并不感得十分的需要。如果在现今呀……

44 但是君实早又继续说下去了:

45 "我的理想是实现了,但又立即破碎了! 我已经引满了幸福之杯。以前，我们的生活路上，是一片光明，以后是光明和黑暗交织着了。莫干山成了我们生活上的分水岭。从山里回来，你就渐渐改变了。娴娴，你是从那时起，一点一点的改变了。你变成了你自己，不是我所按照理想创造成的你了。我引导你所读的书，在你心里形成了和我各别的见解；我真不知道是怎么一回事，我不相信书里的真理会有两个。娴娴，你是在书本子以外——在我所引导的思想以外，又受了别的影响，可是你破坏了你自己！也把我的理想破坏了！"

46　君实的脸色变了，又闭了眼；理想的破灭使他十分痛苦，如梦的往事又加重了他的悒闷。

二

47　君实在二十岁时，满脑子装着未来生活的憧憬。他常常自说，二十岁是他的大纪念日；父亲死在这一年，遗给他一份不算小的财产，和全部的生活的自由。虽然只有二十岁，却没有半点浪漫的气味；父亲在日的谆谆不倦的"庭训"，早把他的青春情绪剥完，成为有计划的实事求是的人。在父亲的灵床边，他就计划如何安排未来的生活；也含了哭父的眼泪，凝视未来的梦。像旅行者计划明日的行程似的，他详详细细的算定了如何实现未来的梦：他要研究各种学问，他要找一个理想的女子做生活中的伴侣，他要游历国内外考察风土人情，他要锻炼遗大投艰的气魄，他要动心忍性，他要在三十五六年富力强意志坚定的时候生一子一女，然后，过了四十岁为祖国为社会为人类服务。

48 这些理想,虽说是君实自己的,但也不能不感谢他父亲的启示。自从戊戌政变那年落职后,老人家就无意仕进,做了"海上寓公",专心整理产业,管教儿子。他把满肚子救国强种的经纶都传授了儿子,也把这大担子付托了儿子。他老了,少壮时奔走衣食,不曾定下安身立命的大方针,想起来是很后悔的,所以时常教儿子先须"立身"。他也计划好了儿子将来的路,他也要照自己的理想来创造他的儿子。他只创造了一半,就放手去了。

49 君实之禀有父亲的创造欲的遗传,也是显然的。当他选择终身的伴侣时,很费了些时间和精神;他本有个"理想的夫人"的图案,他将这图案去校对所有碰在他生活路上的具有候补夫人资格的女子,不知怎的,他总觉得不对——社会还没替他准备好了"理想的夫人"。蹉跎了五六年工夫,亲戚们为他焦虑,朋友们为他搜寻,但是他总不肯决定。后来他的"苛择"成了朋友间的谭助,他们见了君实时,总问他有没有选定,但答案总是摇头。一天,他的一个旧同学又和他谭起了这件事:

50 "君实,你选择夫人,总也有这么六七年了罢;单就我介绍给你的女子,少说也有两打以上了,难道竟没有一个中意么?"

51 "中意的是尽有,但合于理想的却没有一个。"

52 "中意不就是合于理想么?有分别么?倒要听听你的界说了。"

53 "自然有分别的。"君实微微笑的回答,"中意,不过是也还过得去而已,和理想的,差得很远哪!如果我仅求中意,何至七年而不成。"

54 "那么,你所谓理想的——不妨说出来给我听听罢?"

55 旧同学很有兴味的问;他燃着了一支烟卷,架起了腿,等待着君实的高论。

56 "我所谓理想的,是指她的性情见解在各方面都和我一样。"

57 君实还是微微笑的说。

58 "没有别的条件——咳,别的说明了么?"

59 "没有。就是这简单的一句话。"

60 旧同学很失望似的看着君实,想不到君实所谓"理想的",竟是如此简单而且很像不通的。但他转了话头又问:

61 "性情见解相同的,似乎也不至于竟没有罢;我看来,张女士就和你很配,王女士也不至于和你说不来。为什么你都拒绝了呢?"

62 "在学问方面讲,张女士很不错;在性情方面讲,王女士是好的。但即使她们俩合而为一,也还不是我的理想。她们都有若干的成见——是的,成见,在学问上在事物上都有的。"

63 旧同学不得要领似的睁大了惊异的眼。

64 "我所谓成见,是指她们的偏激的头脑。是的,新女子大都有这毛病。譬如说,行动解放些也是必要的,但她们就流于轻浮放浪了;心胸原要阔大些,但她们又成为专门骛外,不屑注意家庭中为妻为母的责任;旧传统思想自然要不得的:不幸她们大都又新到不知所云。"

65 "哦——这就难了;但是,也不至于竟没有罢?"

66 旧同学沉吟地说;他心里却想道:原来理想的,只是这么一个半新不旧的女子!

67 "可是你不要误会我是宁愿半新不旧的女子。"君实再加以说明,似乎他看见了旧同学的意思。"不是的。我是要全新的,但是不偏不激,不带危险性。"

68 "那就难了。混乱矛盾的社会,决产生不出这样的女子。"

69 君实同意地点着头。

70 "你不如娶一个外国女子罢。"旧同学像发见了新理论似的高声说,"英国女子,大都是合于你的想像的。得了,君实,你可以留意英国女子。你不是想游历欧洲么,就先到伦敦去找去。"

71 "这原是一条路,然而也不行。没有中国民族性做背景,没有中国五千年文化做遗传的外国女子,也不是我的理想的夫人。"

72 "呵!君实!你大概只好终身不娶了!或者是等到十年二十年后,那时中国社会或者会清明些,能够产生你的理想的夫人。"

73 旧同学慨叹似的作结论,意要收束了本问题的讨论;但君实却还收不住,他竖起大拇指霍地在空中画了个半圆形,郑重的说:

74 "也不然。我现在有了新计划了。我打算找一块璞玉——是的,一块璞玉,由我亲手雕琢而成器。是的,社会既然不替我准备好了理想的夫人,我就来创造一个!"

75 君实眼中闪着踌躇满志的光,但旧同学却微笑了;创造一个夫人?未免近于笑话罢?然而君实确是这么下了决心了。他早已盘算过:只要一个混沌未凿的女子,只要是生长在不新不旧的家庭中,即使不曾读过书,但得天资聪明,总该可以造就的,即使有些传统的性习,也该容易转化的罢。

76　又过了一年多,君实居然找得了想像中的璞玉了,就是娴娴,原是他的姨表妹;他的理想的第一步果然实现了。

77　娴娴是聪明而豪爽,像她的父亲;温和而精细,像她的母亲。她从父亲学通了中文,从母亲学会了管理家务。她有很大的学习能力;无论什么事,一上了手,立刻就学会了。她很能感受环境的影响。她实在是君实所见的一块上好的"璞玉"。在短短的两年内,她就读完了君实所指定的书,对于自然科学,历史,文学,哲学,现代思潮,都有了常识以上的了解。当她和君实游莫干山的时候,在那些避暑的"高等华人"的太太小姐队中,她是个出色的人儿;她的优雅的举止,有教育的谭吐,广阔的知识,清晰的头脑,活泼的性情,都证明她是君实的卓绝的创造品。

78　虽则如此,在创造的过程中,君实也煞费了苦心。

79　娴娴最初不喜欢政治,连报纸也不愿意看;自然因为她父亲是风流名士,以政治为浊物,所以娴娴是没有政治头脑的遗传的。君实却素来留心政治,相信人是政治的动物,以为不懂政治的女子便不是理想的完全无缺的女子。他自己读过各家的政治理论,从柏拉图以至浩布士,罗素,甚至于克鲁泡特金,马克思,列宁;然而他的政治观念是中正健全的,合法的。他要在娴娴的头脑里也创造出这么一个政治观念。他对于女子的政治运动的见解,是美国总统罗斯福的:"如果大多数女子自己来要求参政权,我就给她们。"英国的已颇激烈的"蓝袜子"的参政权运动,在君实看来是不足取的。

80 他抱了严父望子成名那样的热心,诱导娴娴读各家的政治理论;他要娴娴留心国际大势,用苦心去记人名地名年月日;他要娴娴每天批评国内的时事,而他加以纠正。过了三个月的奋斗,他果然把娴娴引上了政治的路。

81 第二件事使君实极感困难的,是娴娴的乐天达观的性格;不用说,这是名士的父亲的遗传了。并且也是君实所不及料的。娴娴这种性格,直到结婚半年后一个明媚的四月的下午,第一次被君实发见。那一天,他们夫妇俩游龙华,坐在泥路旁的一簇桃树下歇息。娴娴仰起了面孔,接受那些悠悠然飘下来的桃花瓣。那浅红的小圆片落在她的眉间,她的嘴唇旁,她的颈际,——又从衣领的微开处直滑下去,粘在她的乳峰的上端。娴娴觉得这些花瓣的每一个轻妙的接触,都像初夜时君实的抚摸,使她心灵震撼,感着甜美的奇趣,似乎大自然的春气已经电化了她身上的每一个细胞,每一条神经纤维,每一枝极细极细的血管,以至于她能够感到最轻的拂触,最弱的声浪,使她记忆起尘封在脑角的每一件最琐屑的事。同时一种神秘的活力在她脑海里翻腾了;有无数的感想滔滔滚滚的涌上来,有一种似甜又似酸的味儿灌满了她的心;她觉得有无数的话要说,但一个字也没有。她只抓住了君实的手,紧紧地握着,似乎这便是她的无声的话语。

82 从路那边,来了个衣衫褴褛的醉汉,映着酡红的酒脸,耳槽里横捎着一小枝桃花,他踉跄地高歌而来,他楞起了血红的眼睛,对娴娴他们瞥了一眼,然后更提高了嗓子唱着,转向路的西头去了。

83 "哈,哈,哈哈!"

84 醉汉狂笑着睨视路角的木偶似的挺立着的哨兵。似乎他说了几句什么话。然后,他的簸荡的身形没入桃林里不见了。

85 "哈哈,哈,哈,哈……"

86 远远的还传来了渐曳渐细的笑声,像扯细了的糖丝,袅袅地在空中回旋。娴娴松了口气,把遥瞩的目光从泥路的转角收回来,注在君实的脸上。她的嘴角上浮出一个神秘的忘我的笑形。

87 "醉汉!神游乎六合之外的醉汉!"娴娴赞颂似的说,"这就是庄子所说的刖足的王骀,没有脚指头的叔山无趾,生大瘤的瓮大瘿那一类的人罢!……君实,你看见他的眼光么?他的对于一切都感得满足的眼光呀!在他眼前,一切我们所崇拜的,富贵,名誉,威权,美丽,都失了光彩呢。因为他是藐视这一切的,因为他是把贫富,贵贱,智愚,贤不肖,是非,小大,都一律等量齐观的,所以他对于一切都感得那样的满足罢!爸爸常说:醉中始有'全人',始有'真人',今天我才深切的体认出来了。我们,自以为聪明美丽,真是井蛙之见,我们的精神真是可笑的贫乏而且破碎呵!"

88 君实惊讶地看着他的夫人,没有回答。

89 "记得十八岁的时候,爸爸给我讲《庄子》,我听到'藐姑射仙子'那一段,我神往了;我想起人家称赞我的美丽聪明那些话,我惭愧得什么似的;我是个不堪的浊物罢哩。后来爸爸说,藐姑射仙子不过是庄生的比喻,大概是指'超乎物外'的元神;可是我仍旧觉得我自己是不堪的浊物。我常常设想,我们对于一切事物的看法,应该像是站在云端里俯瞩下面的景物,一切都是平的,分不出高下来。我曾经试着要持续这个心情,有时竟觉得我确已超出了人间世,夷然忘了我的存在,也忘了人的存在。"

90 娴娴凝眸望着天空,似乎她看见那象征的藐姑射仙子泠泠然御风而行就在天的那一头。

91 君实此时正也忙乱地思索着,他此时方才知道娴娴的思想里竟隐伏着乐天达观出世主义的毒。他回想不久以前,娴娴看了西洋哲学上的一元二元的辩论,曾在书眉上写了这么几句:"自其异者视之,肝胆楚越也。自其同者视之,万物皆一也。万物毕同毕异"。这不是庄子的话么?他又记得娴娴看了各派政论家对于"国家机能"的驳难时,曾经笑着对他说:"此一是非,彼亦一是非;都是的,也都不是的。"当时以为她是说笑,现在看来,她是有庄子思想作了底子的;她是以站在云端看"蛮,触之争"的心情来看世界的哲学问题政治争论的。君实认定非先扫除娴娴的达观思想不可了。

92 从那一天起,君实就苦心的诱导娴娴看进化论,看尼采,看唯物派各大家的理论。他鉴于从前把两方面的学说给她看所得的不好的结果,所以只把一方面给她了。虽然唯物主义应用在社会学上是君实自己所反对的,可是为的要医治娴娴的唯心的虚无主义的病,他竟不顾一切的投了唯物论的猛剂了。

93 这一度改造,君实终于又奏了凯旋。

94 然而还有一点小节须得君实去完工。不知道为什么,娴娴虽则落落有名士气,然而羞于流露热情。当他们第一次在街上走,娴娴总是离开君实的身体有半尺光景。当在许多人前她的手被君实握着,她总是一阵面红,于是在几分钟之后便借故洒脱了君实的手。她这种旧式女子的娇羞的态度,常常为君实所笑。经过了多方的陶冶,后来娴娴胆大些了,然而君实总还嫌她的举动不甚活泼。并且在闺房之内,她常常是被动的,也使君实感到平淡无味。他是信仰遗传学的,他深恐娴娴的腼腆的性格将来会在子女身上种下了怯弱的根性,所以也用了十二分的热心在娴娴身上做功夫。自然也是有志者事竟成呵,当他们游莫干山时,娴娴已经出落得又活泼又大方,知道了如何在人前对丈夫表示细腻的昵爱了。

95　现在娴娴是"青出于蓝"。有时反使君实不好意思,以为未免太肉感些,以为她太需要强烈的刺戟了。

三

96　这么着在刹那间追溯了两年来的往事,君实懒懒地倚在床栏上,闷闷的赶不去那两句可悲的话:"你破坏了你自己,也把我的理想破坏了!"二十岁时的美妙的憧憬,现在是隔了浓雾似的愈看愈模糊了。娴娴却先已起身,像小雀儿似的在满房间跳来跳去,嘴里哼着一些什么歌曲。

97　太阳光已经退到沙发榻的靠背上。和风送来了远远的市嚣声,说明此时至少有九点钟了。两杯牛奶静静的候在方桌上,幽幽然喷出微笑似的热汽。衣橱门的大镜子,精神饱满地照出女主人的活泼的情影。梳妆台的三连镜却似乎有妒意;它以为照映女主人的雪肤应该是属于它的职权范围的。

98 房内的一切什物,浸浴在五月的晨气中,都是活力弥满的一排一排的肃静地站着,等候主人的命令。它们似乎也暗暗纳罕着今天男主人的例外的晏起。

99 床发出低低的叹声,抱怨它的服务时间已经太长久。

100 然而坠入了幻灭的君实却依旧惘惘然望着帐顶,毫无起身的表示。

101 "君实,你很倦罢？你想什么？"

102 娴娴很温柔的问;此时她已经坐在靠左的一只沙发椅里拉一只长统丝袜到她腿上;羊毛的贴身长背心的下端微微张开,荡漾出肉的热香。

103 君实苦笑着摇头,没有回答。

104 "你还在咀嚼我刚才说的话么？是不是我的一句'是你自己的手破坏了你的理想'使你不高兴么？是不是我的一句'你召来了魔鬼,但是不能降服他',使你伤心么？我只随便说了这两句话,想不到更使你烦闷了。喂,傻孩子,不用胡思乱想了！你原来是成功的。我并没走到你的反对方向。我现在走的方向,不就是你所引导的么？也许我确是比你走先了一步了,但我们还是同一方向。"

105 没有回答。

106 "我是驯顺的依着你的指示做的。我的思想行动,全受了你的影响。然而你说我又受了别的影响。我自然知道你是指着李小姐。但是,君实,你何必把一切成绩都推在别人身上;你应该骄傲你自己的引导是不错的呀！你剥落了我的乐天达观思想,你引起了我的政治热,我成了现在的我了,但是你倒自己又看出不对来了。哈,君实,傻孩子,你真真的玩了黄道士召鬼的把戏了。黄道士烧符念咒的时候,惟恐鬼不来,等到鬼当真来了,他又怕得什么似的,心里抱怨那鬼太狞恶,不是他的理想的鬼了。"

107 娴娴扑嗤地笑了;虽然看见君实皱起了眉头,已经像是很生气,但她只顾格格地笑着。她把第二只丝袜的长统也拉上了大腿,随即走到床前,捧住了君实的面孔,很妩媚的说:

108 "那些话都不用再提了。谁知道明天又会变出什么来呀!君实,明天——不,我应该说下一点钟,下一分钟,下一刹那,也许你变了思想,也许我变了思想,也许你和我都变了;也许我们更离远些,但也许我们倒又接近了。谁知道呢!昨天是那么一会事,今天是另一会事,明天又是一会事,后天怎样?自己还不曾梦到;这就是现在光荣的流行病了。只有,君实,你,还抱住了二十岁时的理想,以为推之四海而皆准,俟之百世而不惑;君实,你简直的有些傻气。好了,再不要呆头呆脑的痴想罢。过去的,让它过去,永远不要回顾;未来的,等来了时再说,不要空想;我们只抓住了现在,用我们现在的理解,做我们所应该做。君实,好孩子,娴娴和你亲热,和你玩玩罢!"

109 用了紧急处置的手腕,娴娴又压在君实的身上了。她的绵软而壮健的肉体在他身上揉砑,笑声从她的喉间汩汩地泛出来,散在满房,似乎南窗前书桌角的那一叠正襟危坐的书籍也忍不住有些心跳了。

110 君实却觉得那笑声里含着勉强——含着隐痛,是噤,是叹,是咒诅。可不是么？一对泪珠忽然从娴娴的美目里迸出来，落在君实的鼻凹边，又顺势淌下，钻进他的口吻。君实像触电似的全身一震，紧紧的抱住了娴娴的腰肢，把嘴巴埋在刚刚侧过去的娴娴的颈脖里了。他感得了又甜又酸又辣的奇味，又爱又恨又怜惜的混合的心情，那只有严父看见败子回头来投到他脚下时的心情，有些相像。

111 然而这个情绪只现了一刹那，随即另一感想抓住了君实的心：

112 ——这便是女子的所以为神秘么？这便是女子的灵魂所以毕竟成其为脆弱的么？这便是女子之所以成其为 Sentimentaliste 么？这便是女子的所以不能发展中正健全的思想而往往流于过或不及么？这便是近代思想给与的所谓兴奋紧张和彷徨苦闷么？这便是现代人的迷乱和矛盾么？这便是动的热的刺戟的现代人生下面所隐伏的疲倦，惊悸和沉闷么？

113 于是君实更加确信自己的思想是健全正确，而娴娴毁坏了她自己了！为了爱护自己的理想，为了爱娴娴，他必须继续奋斗，在娴娴心灵中奋斗，和那些危险思想，那些徒然给社会以骚动给个人以苦闷的思想争最后之胜利。希望的火花，突又在幻灭的冷灰里爆出来。君实又觉得勇气百倍，如同十年前站在父亲灵床前的时候了。

114 他本能的斜过眼去看娴娴的脸，娴娴也正在偷偷的看他。

115 "嘻，嘻……嘻！"

116 娴娴又软声的笑起来了。她的颊上泛出淡淡的红晕，她的半闭的眼皮边的淡而细，媚而含嗔的笑纹，就如摄魂的符箓，她的肉感的热力简直要使君实软化。呵,魅人的怪东西!近代主义的象征!即使是君实,也不免摇摇的有些把握不定了。可是理性逼迫他离开这个娇冶的诱惑,经验又告诉他这是娴娴躲避他的唠叨的惯技。要这样容易的就蒙过了他是不可能的。他在那喷红的嫩颊上印了个吻,就镇定地说:

117 "娴娴,你的话,正像你的思想和行动:只知其一,未知其二。我们鼓励小孩子活泼,但并不希望他们爬到大人的头发梢。小孩子玩着一件事,非到哭散场不休;他们是没有忖量的,不知道什么叫做适可而止。娴娴,可是你的性格近来愈加小孩子化了。我引导你留心政治,但并不以为当即可以钻进实际政治——而况又是不健全不合法的政治运动。比如现在大家都说'全民政治',但何尝当真想把政治立即全民化呢,无非使大家先知道有这么一句话而已。听的人如果认真就要起来,那便是胡闹了。娴娴,可是你近来就有点近于那样的胡闹。你不知道你是多么的幼稚,你不知道你已经身临险地了。今天早上我就做了一个可怕的梦——关于你的梦……"

118 君实不得不停止了;娴娴的忍俊不住的连续的小声的笑,使他说不下去,他疑问地又有几分不快地,看着娴娴的眼睛。

119 "你讲下去哪。"

120 娴娴忍住了笑说;但从她的乳房的细微的颤动,可以知道她还在无声的笑着。

121 "我先要晓得你为什么笑?"

122 "没有什么哟!关于小孩子的——既然你认真要听,说说也不妨。我听了你的话,就连想到满足小孩子的欲望的方法了。对八岁大的孩子说'好孩子,等你到了十岁,一定买那东西来给你。'可是对十岁大的孩子又说是须得到十一岁了。永久是预约,永久是明年,直到孩子大了,不再要了,也就没有事了。君实——对不对?"

123　君实不很愿意似的点了点头。他仿佛觉得夫人的话里有刺。

124　"你的梦一定是很好听的,但一定也是很长的,和你的生活一般长。留着罢,今晚上细细讲罢。你看,钟上已经是九点二十分。我还没洗脸呢。十点钟又有事。"

125　不等君实开口,像一阵风似的,这位活泼的少妇从君实的拥抱中滑了出来;她的长背心也倒卷上去了,露出神秘的肉红色,恰和霍地坐起来的君实打了个照面。娴娴来不及扯平衣服,就同影子一般引了开去。君实看见她跑进了梳妆台侧的小门,砰的一声将门碰上。

126　君实嗒然走到娴娴的书桌前坐下,随手翻弄那些纵横斜乱的杂志。娴娴的兀突的举动,使他十分难受。他猜不透娴娴究竟存了什么心。说她是不顾一切的要实行她目前的主张罢,似乎不很像,她还不能摆脱旧习惯,她究竟还是奢侈娇贵的少奶奶;说她是心安理得的乐于她的所谓活动罢,也似乎不像,她在动定后的刹那间时常流露了心中的彷徨和焦灼,例如刚才她虽则很洒脱的说:"过去的,让它过去罢;未来的,不要空想;我们只抓住了现在,用我们现在的理解,做我们所应该做。"然而她狂笑时有隐痛,并且无端的滴了眼泪了。

他更猜不透娴娴对于他的态度。说她是有些异样罢,她仍旧和他很亲热很温婉;说她是没有异样罢,她至少是已经不愿意君实去过问她的事,并且不耐烦听君实的批评了。甚至于刚才不愿意听君实讲关于她的梦。

127　——啊。神秘的女子的心!君实不自觉地又这么想。

128　神秘?他想来是不错的,女子是神秘的,而娴娴尤甚:她的构成,本来是复杂的。他于是细细分析现在的娴娴,再考察娴娴被创造的过程。

129　久被尘封的记忆,一件一件浮现出来;散乱的不连续的观念,一点一点凝结起来;他终于不得不承认,他的所谓创造,只是破坏。并且他所用以破坏的手段却就在娴娴的脑子里生了根。他破坏了娴娴的乐天达观思想,可是唯物主义代替着进去了;他破坏了娴娴的厌恶政治的名士气味,可是偏激的政治思想又立即盘踞着不肯出来;他破坏了娴娴的娇羞娴静的习惯,可是肉感的,要求强烈刺戟的习惯又同时养成了。至于他自己的思想却似乎始终不曾和娴娴的脑筋发生过关系。娴娴的确善于感受外来的影响,但是他自己的思想对于娴娴却是一丝一毫的影响都没有。往常他自以为创造成功,原来只骗了自己!他自始就失败了,何曾有过成功的一瞬。他还以为莫干山避暑时代是创造娴娴的成功期,咳,简直是梦话而已!几年来他的劳力都是白费的!

130　他又想起刚才娴娴说的"你自己的手破坏了自己的理想"那句话来了。他不得不承认这句话是对的。他觉得实在错怪了李小姐。

131　他恨自己为什么那样糊涂！他,自以为有计划去实现他的憧憬的,而今却发现出来他实在是有计划去破坏自己的憧憬;他煞费苦心自以为按照了自己的理想而创造的,而今却发现出来完全不是那么一回事！

132　——迷乱矛盾的社会,断乎产生不出那样的人。

133　旧同学的这句话闪上他的心头了。他恨这社会！就是这迷乱矛盾的社会破坏了他的理想的！可不是么？在迷乱矛盾的空气中,什么事都做不好的。他真真的绝望了！

134　霍浪霍浪的水声从梳妆台侧的小门后传出来,说明那漂亮聪明的少妇正在那里洗浴了。

135　君实下意识地转过脸去望着那个小门,水声暂时打断了他的思绪。忽然衣橱门的大镜子里探出一个人头来。君实急转眼看房门时,见那门推开了一条缝,王妈的头正退出一半;她看见房里只有君实不衫不履呆呆地坐着,心下明白现在还不是她进来的时候。

136　突然一个新理想撞上君实的心了。

137　为什么他要绝望呢？虽说是迷乱矛盾的社会产生不出中正健全思想的人,但是他自己,岂不是也住在这社会么？他为什么竟产生了呢？可知社会对于个人的势力,不是绝对的。

138　为什么他要丧失自信心呢！虽说是两年来他的苦心是白费,但反过来看,岂不是因为他一向只在娴娴身上做破坏工作,却忽略了把自己的思想灌输给她,所以娴娴成其为现在的娴娴么？只要他从此以后专力于介绍自己所认为健全的思想,难道不能第二次改变娴娴,把她赢回来么? 一定的! 从前为要扫除娴娴的乐天达观名士气派的积滞,所以冒险用了破坏性极强的大黄巴豆,弄成了娴娴现在的昏瞀邪乱的神气,目下正好用温和健全的思想来扶养她的元气。希望呀! 人生是到处充满着希望的哪! 只要能够认明已往的过误,"希望"是不骗人的!

139 现在君实的乐观,是最近半个月来少有的了;而且这乐观的心绪,也使他能够平心静气地检查自己近来对于娴娴的态度,他觉得自己的冷讽办法很不对,徒然增加娴娴的反感;他又觉得自己近来似乎有激而然的过于保守的思想也不大好,徒然使娴娴认为丈夫是当真一天一天退步;他又觉得一向因为负气,故意拒绝参加娴娴所去的地方,也是错误的,他应该和她同去,然后冷静公正地下批评,促起娴娴的反省。

140 愈想愈觉得有把握似的,君实不时望着浴室的小门;新计划已经审慎周详,只待娴娴出来,立即可以开始实验了。他像考生等候题纸似的,很焦灼,但又很鼓舞。

141 房门又轻轻的被推开了。王妈慢慢的探进头来,乌溜溜的眼睛在房里打了个圈子。然后,她轻轻地走进来,抱了沙发榻上的一团女衣,又轻轻的去了。

142 君实还在继续他的有味的沉思。娴娴刚才说过的话,也被他唤起来从新估定价值了。当时被忽略的两句,现在跳出来要求注意:

143 ——我现在走的方向,不就是你所引导的么? 也许是我先走了一步,但我们还是同一方向。

144 君实推敲那句"走先了一步"。他以为从这一句看来,似乎娴娴自己倒承认确是受过他的影响,跟着他走,仅仅是现在轶出他的范围罢了。他猛然又记起谁——大概是李小姐罢——也说过同样意义的话,仿佛说他本是娴娴的引导,但现在他觉得乏了,在半路上停息下来,而被引导的娴娴便自己上前了。当真是这般的么?自信很深的君实不肯承认。他绝对自信他不是中道而废的软背脊的人儿。他想:如果自己的思想而确可以算作执中之道呢,那也无非因为他曾经到过道的极端,看着觉得有点不对,所以又回来了;然而无论如何,娴娴的受过他的影响,却又像是可信了,她自己和她的密友都承认了。可是他方才的推论,反倒以为全然没有呢,反倒以为从前是用了别人的虎狼之药来破坏了固有的娴娴,而现在须得他从头做起了。

145 他实实在在迷住了:他觉得自己的推论很对,但也没有理由推翻娴娴的自白。虽则刚才的乐观心绪尚在支撑他,但不免有点彷徨了。他自己策励自己说:"这个谜,总得先揭破;不然,以后的工作,无从下手。"然而他的苦思已久的发胀的头脑已不能给他一些新的烟士披里纯了。

146 房门又开了。王妈第二次进来,怪模怪样的在房里张望了一会;后来走到梳妆台边,抽开一个小抽屉。拿了娴娴的一双黄皮鞋出去了。

147 君实下意识的看着王妈进来,又看着她出去;他的眼光定定地落在房门上半晌,然后又收回来。在娴娴的书桌上徘徊。终于那象牙小兔子邀住了君实的眼光。他随手拿起那兔子来,发现了"丈夫"二字被刀刮过的秘密了。但是他倒也不以为奇。他记得娴娴发过议论,以为"丈夫"二字太富于传统思想的臭味,提到"丈夫",总不免令人联想到"夫者天也"等等话头,所以应该改称"爱人"——却不料这里的两个字也在避讳之列!他不禁微笑了,以为娴娴太稚气。于是他想起娴娴为什么还不出来。他觉得已经过了不少时候,并且似乎好久不听得霍浪霍浪的水声了。他注意听,果然没有;异常寂静。竟像是娴娴已经睡着在浴室里了。

148 君实走到梳妆台旁的时候,愈加确定娴娴准是睡着在浴盆里了。他刚要旋转那小门的瓷柄,门忽然自己开了。一个人捧了一大堆毛巾浴衣走出来。

149 不是娴娴,却是王妈!

150 "是你……呀!"

151 君实惊呼了出来。但他立即明白了:浴室通到外房的门也开得直荡荡,娴娴从这里下楼去了。咳,夫人——就是爱人也罢,却像暴徒逃避了侦探的尾随一般,竟通过内室躲开了!他这才明白王妈两次进来取娴娴的衣服和皮鞋的背景了。他觉得娴娴太会和他开玩笑!

152 "少奶奶早已洗好了。叫我收拾浴盆。"

153 王妈看着君实的不快意的面……,加以说明。

154 君实只觉得耳朵里的血管轰轰地跳。王妈的话,他是听而不闻。他想起早晨不祥之梦里的情形。他嗅得了恶运的气味。他的泛泡沫的情热,突然冷了;他的尊严的自许,受伤了;而他的跳得更快的心,在敲着警钟。

155 "少奶奶在楼下么!"

156 便是王妈也听得出这问句的不自然的音调了。

157 "出去了。她叫我对少爷说:她先走了一步了,请少爷赶上去罢。——少奶奶还说,倘使少爷不赶上去,她也不等候了。"

158 "哦——"

159 这是一分多钟后,君实喉间发出来的滞涩的声浪。小小的象牙兔子又闯入他的意识界,一点一点放大了,直到成为人形,傲慢地斜起了红眼睛对他瞧。他恍惚以为就是娴娴。终于连红眼睛也没有了,只有白肚皮上"丈夫"的刀刮痕更清晰地在他面前摇晃。

(1928年2月23日,选自《野蔷薇》)

【解说】

这篇《创造》是代表作者的创作理论的小说。主人公娴娴的性格和她的思想,就是表现作者所说的盛年、活泼和直视前途的。作者的态度是不感伤于既往也不憬慕未来,只是凝视现实、分析现实、揭开现实。这篇描写娴娴的性格,可谓细腻熨帖,活跃纸面,为作者短篇中的白眉。

1—4 这几节完全是客观的描写。至3写室内的陈设,用感觉的表现法,不嫌絮聒,意在要衬托主人公的性格。第4节里,隐约地写到主人公娴娴。

5—10 写到娴娴的丈夫君实,借"做梦"来暗示君实的过去。

11—15 这里描写君实和娴娴在精神上的隔膜。

16—20 写二人在爱的生活中的波澜,同时分析二人的性格。

21—46 写二人的过去生活的回忆。君实原想把娴娴"创造"成为他的理想的女性,不料这个理想破灭了,使他痛苦。现在君实所能够接触的,不过是娴娴的肉体。在技巧方面,这几节里的对话和娴娴的动作,是颇圆熟的。

47—75 君实追溯往事的开始。由君实和旧同学的对话,描写君实在青春时代,想"创造"合于自己的理想的夫人。这是君实对于未来的憧憬。

76—95 这里从正面描写娴娴的个性和思想。君实"创造"的方法就是叫她读"政治理论",留心"国际大势"。"奋斗"了"三个月",他果然将她引上了政治的路。然而娴娴的性格是乐天达观的,并且中了出世主义的毒。81节里的技巧,值得阅者的玩味。82节里的"醉汉",87以后诸节里的庄子的说教都是借来描写娴娴的性格的。同时又写君实的继续"创造",君实的"追溯往事"至此终结。

96—125 这里又补写娴娴和君实在思想上的隔膜。君实的"创造"女性的理想终于难于实现,几乎屈服于女性的神秘和伤感。君实口中的"全民政治",在娴娴看去是一张不会兑现的预约券,注意108节娴娴的对话,这里说明娴娴的整个性格。

126—133 写君实的理想失败,但归罪于社会。

134—135 在心理描写之后的环境描写,使阅者吸一口新鲜空气。

136—140 写君实绝望以后的"希望"。

141 与134、135同一作用。

142—145 为136至140的补叙。

146 与141同一作用。

147—157 写到这里,作者不能不借娴娴出门来结束他的"理想"了。作者能善用他的技巧。

158—159 使本篇的"结尾"和"冒头"互相照应。"丈夫"二字是用刀刮过的,该是象征君实的理想的破灭。

参考资料

创作的前途

沈雁冰

如果我们假定文学是时代的反映,社会背景的图画,那么,在中国现在社会情形底下,怎样的创作是我们应当有而又必然要有的?

再如果假定文学虽是时代的反映,社会背景的图画,然而或隐或显必然含有对于当时代罪恶反抗的意思和对于未来光明的信仰;那么,在中国现在社会情形之下,怎样的创作是我们应当有而又必需有的?

中国现在社会的背景是什么? 从表面上看来,像经济困难、内政窳败、兵祸、天灾等,大概都可以用"痛苦"两个字来包括。再揭开表面去看,觉得"混乱"与"烦闷"也大概可以包括了现社会之内的生活。现社会中的人,似乎可分为三流:(A)丝毫不曾受着西方文化影响的纯粹中国式的老百姓,是一流;(B)受着西方文化影响,主张勇敢进取的,又是一流;(C)介乎两者之间的,不主张反古而又不主张激烈的新主义的,又是一流;这三条对角线的伸缩就形成了现在中国社会思想之外壳。中国社会情形将来要变成什么式子,也全恃乎这三条对角线伸缩的程度谁强谁弱而定。粗说一句，一方面描写这三条对角线的现象，一方面又隐隐指出未来的希望，把新理想新信仰灌到人心中，这便是当今创作家最重大的职务。细说起来，创作家很应该把上述形成社会的三流人们的思想行事，细细描写，在各方面都创出伟大的著作来。例如(A)流的人，就应流有几部大著作来描写他们，因为他们的思想很可以代表一部分的中国式的思想。他们是完全不触着西方文化的，所以他们有他们自己的信仰，有他们自己的理想；一言以蔽之，有他们自己的人生观和宇宙观。他们的心志是稳定的，他们的欲望是简短的，他们的心是洁白而良善的。他们好"旧"，因为他们觉得在他们周围的"旧"，并不见得不好。他们是退让的，无抵抗；如果现代的世界不是现在那么样的，却是"葛天""无怀"的时代，则他们那样的生活路子和思想型式，原是极好的。不幸不是，所以他们是比较的不适宜于环境的了。中国描写此流人的生活和思想的小说，本来有过不少，只可惜都描写坏了！把忠厚善良的老百姓，都描写成愚骏可厌的蠢物，令人诽笑，不令人起同情。严格起来，简直没有一部描写中国式老百姓的小说，配得上称为真的文学作品。如果这些本来的中国式的思想，是对于人类内全体的精神生活毫无关系的，而且对于中国民族精神将来的发展也是毫无关系，那自然没有伟大的文学著作来描写他也罢；如果不然，而且觉得借此可以促进人类情感相互间之了解的，那么这一流小说的发生，真是不容缓了。

新旧思想的冲突，确是现在重大而耐人焦虑的问题。现在创作中描写新旧思想冲突的作品，虽都是短篇的，却也已经不少。尤其是描写新旧人物对于婚姻问题、女子求学问题的小说,居其多数,但尚没有一本小说把新旧思想不同的要点,及其冲突的根本原因,用极警人的文字,赤裸裸地描写出来,像屠格涅甫的《父与子》一般,这似乎也是个缺点。其次,现在青年的烦闷已到了极点。烦闷的原因:一方是因为旧势力的迫压太重,社会的惰性太深,使人觉得前途绝少光明,因而悲观;一方是因为他们自己的思想迷乱。思想迷乱的原因:一是因为对于新思想不很彻底了解,以为新思想中颇多自相冲突的理论,因而怀疑,信仰不坚;二呢,或因信仰过甚,欲举一切问题都请新思想来解决,因而对于新思想的"能力"怀疑——这二者都使人思想迷乱。既迷乱了,未有不烦闷的,由烦闷产生的恶果,一是厌世主义,一是享乐主义——这是两个极端。介乎两极端之中的,便是平凡的麻木生活。厌世是反常的,享乐是本能的;我们青年烦闷的结果,到底是趋于厌世呢,或趋于享乐呢?现在谁也不敢预断。照现在表面上的现象看来,似乎厌世享乐已经都有一点,但我敢说将来恐怕还是趋向于享乐的方面多。享乐主义的潜势力正在一天一天增加;我们试看主张自由结婚者的言论都以自由能得快乐为第一义,而毫不讲到人格独立问题,似乎觉得青年的见解已经不能深远,而能引起他们的活动力的,也只有快乐罢了。

青年的烦闷,烦闷后的趋势,趋向的先兆……都是现在重大的问题,应该在文学作品中表现出来的;而且不仅是表现罢了,应该把光明的路,指导给烦闷者,使新信仰与新理想重复在他们心中震荡起来。现时真应该有一部小说描写出在"水深火热"之下的青年,不惟不因受了挫折而致颓丧,反把他的意志愈炼愈坚,信仰愈磨愈固,拿不求近功信托真理的精神,去和黑暗奋斗;有如俄国现代文学家犹希克维基(S. Yushkevitch)所做的《饿者》与《镇中》(皆剧本)写饿到要死的人还是竭力要保持他的奋斗精神,不露一丝倦态,一毫失望!这样的著作,真是黑暗中的一道光明,我们所渴望的呵!

我们觉得文学的使命是声诉现代人的烦闷,帮助人们摆脱几千年来历史遗传的人类共有的偏心与弱点,使那无形中还受着历史束缚的现代人的情感能够互相沟通,使人与人中间的无形的界线渐渐泯灭;文学的背景是全人类的背景,所诉的情感自是全人类共通的情感。只因现在世界的人们还不能是纯然世界的人,多少总带着一点祖国的气味,所以文学创作品中难免都要带一点本国的情调,反映的背景也难免要多偏在本国了。但一方面总要使作品中的情感,总是世界之人大家能理会得的,这怕也是现在创作家要注意的了。

我觉得现在对于创作界上个积极的条陈,无论如何总有点参考,所以就把我一时的感想写下来了。

(录自《创作讨论》)

模范小说选

叶绍钧

潘先生在难中

一

1 车站里挤满了人,各有各的心事,都现出异样的神色。脚夫的两手插在号衣的袋里,睡着一般地站着;他们知道可以得到特别收入的时间离得还远,也犯不着老早放出精神来。空气沉闷得很,人们略微感到呼吸受压迫,大概快要下雨了。电灯亮了一歇了,仿佛比平时昏黄一点,望去好像一切的人物都在雾里梦里。

2 揭示处的黑漆板上标明西来的快车须迟到四点钟。这个报告在几点钟以前早就教人家看熟了,现在便同风化了的戏单一样,没有一个人再望牠一眼。像这种报告,在这一个礼拜里,几乎每天每趟的行车都有;所以本来是难得的事情,大家也习以为当然了。

3 不知几多人心系着的来车居然到了,闷闷的一个车站就一变而为扰扰的境界。来客的安心,候客者的快意,以及脚夫的小小发财，我们且都不提。单讲一位从让里来的潘先生。他当火车没有驶进站场之先，早已调排得十分周妥：他领头，右手提着黑漆皮包，左手牵着个七岁的孩子；七岁的孩子牵着他的哥哥（今年九岁），哥哥又牵着他的母亲潘师母。潘先生说人多照顾不齐，这么牵着，首尾一气，犹如一条蛇，什么地方都好钻了。他又屡次叮嘱，教大家握得紧紧，切勿放手；尚恐大家万一忘了，又屡次摇荡他的左手，意思是教把这警告打电报一般一站站递过去。

4 首尾一气诚然不错，可是也不能全乎没有弊端。火车将停时，所有的客人和东西都要涌向车门，潘先生一家的一条蛇是有点尾大不掉了。他用黑漆皮包做前锋，胸腹部用力向前抵，居然进展到距车门只两个窗洞的地位。但是他七岁的孩子还在距车门的四个窗洞的地方，被挤在好些客人和座椅中间，一动也不能动；两臂一前一后，伸得很长，前后的牵引力，都很大，似乎快要把臂膊拉了去的样子。他急得直喊："阿！我的臂膊！我的臂膊！"

5 一些客人听见了带哭的喊声，方才知道腰下挤着个孩子；留心一看，见他们四个人一串，手联手牵着。一个客人呵斥道："赶快放手；要不然，把孩子拉做两半了！"

6 "怎么弄的，孩子不抱在手里！"又一个客人鄙夷的声气自语，他一方面仍注意在攫得向前进行的机会。

7 "不。"潘先生心想他们的话不对，牵着自有牵着的妙用；再转一念，妙用岂是人人能够了解的，向他们辩白，也不过徒劳唇舌，不如省些精神罢：就把以下的话咽了下去。而七岁的孩子还是"臂膊！臂膊!"喊着。潘先生前进后退都没有希望,只得自己失约,先放了手,随即惊惶地发命令道:"你们看着我!你们看着我!"

8 车轮一顿,在轨道上立定了;车门里弹出去似地跳下许多的人。潘先生觉得前头松动了些;但是后面的力量突然增加,他的脚作不得一点主,只得向前推移;要回转头来招呼自己的队伍,也不得自由,于是对着前头的人的后脑叫喊:"你们跟我!你们跟着我!"

9 他居然从车门里被弹出来了。旋转身子看,后面没有他的儿子同夫人。心知他们还挤在车中,守住车门老等总是稳当的办法。又下来了百多人,方才看见脚踏上人丛中现出七岁的孩子的上半身,承着电灯光,面目作哭泣的形相。他走前去,几次被跳下来的客人冲回,才用左臂把孩子抱了下来。再等了一歇,潘师母同九岁的孩子也下来了;她吁吁地呼着气,连喊"呵唷,呵唷",凄然的眼光相着潘先生的脸,似乎乞求抚慰的孩子。

10 潘先生到底镇定,看见自己的队伍全下来了,重又发命令道,"我们仍旧同刚才这样联起来。你们看月台上的人这么多,收票处又挤得厉害,不是联着,就要走散了!"

11 七岁的孩子觉得害怕,拦住他的膝头说:"爸爸,抱。"

12 "没用的东西!"潘先生颇有点愤怒,但随即耐住,趋下身子把孩子抱起来。同时关照大的孩子拉着他的长衫的后幅,一手要紧紧牵着母亲,因为他自己一只手也没得空了。

13 潘师母向来不曾受过这样的困累,好容易下了车,却还有可怕的拥挤在前头,不禁发怨道:"早知道这样子,宁可死在家里,再也不要逃难的了!"

14 "悔什么!"潘先生一半发气,一半又觉得怜惜。"到了这里,懊悔也是没用。并且,性命到底安全了。走罢,当心脚下。"于是四个一串向人丛中蹒跚地移过去。

15 一阵的拥挤,潘先生如在梦里似的,出了收票处的隘口。他仿佛急流里的一滴水滴,没有回旋侧向的余地,只有顺着大众的势,脚不点地地走。一会儿,已经出了车站的铁栅栏,跨过了电车轨道,来到水门汀的旁路上。慌忙地回转身来,只见数不清的给电灯光耀得发白的面孔以及数不清的提箱与包裹,一齐向自己这边涌来,忽然觉得长衫后幅上的小手没有了,不知什么时候放了的;心头惆怅到不可说,只无意识地把身子乱转,转了几回,一丝踪影也没有。家破人亡之感立时袭进他的心门,禁不住渗出两点眼泪来,望出去电灯人形都有点模糊了。

16 幸而抱着的孩子眼光敏锐,他瞥见母亲的疏疏的额发,便认识了,举起手来指点道:"妈妈,那边。"

17 潘先生一喜,但是还有点不大相信,眼睛凑近孩子的衣衫擦了擦,然后望去。搜寻了一歇,果然看见他的夫人呆鼠一般在人丛中瞎撞,前面护着那大的孩子,他们还没跨过电车轨道呢。他便向前迎上去,连喊着"阿大",把他们引到刚才站定的旁路上。于是放下手中的孩子,舒畅地吐一口气,一手抹着脸上的汗说:"现在好了!"的确好了,只要在跨出那一道铁栅栏,就有人保着险,什么兵火焚掠都遭逢不到;而已经散失的一妻一子,又幸福得很,一寻即着:岂不是四条性命,一个皮包,都从毁灭和危难的当中捡了回来么?岂不是"现在好了"?

18 "黄包车!"潘先生很入调地喊着。

19 车夫们听见了,一齐拉着车围拢来,问他到什么地方。

20 他昂起一点头,似乎增加好几分威严,伸出两个指头扬着说:"只消两辆!两辆!"他想了一想,续说:"十个铜子,四马路,去的就去!"这分明表示他是个"老上海"。

21 辩论了好一会,终于讲定十二个铜子一辆。潘师母带着大的孩子坐一辆,潘先生带着小孩子同黑漆皮包坐一辆。

22 车夫刚欲拔脚前奔,一个背枪的印度巡捕一臂在前面一横,只得缩住了。小的孩子看这个的形相可怕,不由得回过脸来,贴着父亲的胸襟。

23 潘先生领悟了,连忙解释道,"不要害怕,那就是印度巡捕,你看他的红包头。我们因为本地没有他,所以要逃到这里来;他背着枪保护我们。他的胡子很好玩的,你可以看一看,同罗汉的胡子一个样子。"

24 孩子总觉得怕,便是同罗汉一样的胡子也不想看。直到听见当当的声音,才从侧旁斜睨过去,只见很亮很亮的一个房间一闪就过去了;那个一家家都是花花烁烁的,都点得亮亮,他于是不再贴着父亲的胸襟。

25 到了四马路,一连问了八九家旅馆,都大大的写着"客满"的牌子;而且一望而知情商也没有用,因为客堂里都搭起床铺,可知的确是住满了。最后到了一家也标着"客满",但是一个伙计懒懒地开口道:"找房间么?"

26 "是找房间,这里还有么?"一缕安慰的心直透潘先生的周身,仿佛到了家的样子。

27 "有是有一间,客人刚刚搬走,他自己租了房子了。你先生若是迟来一刻,说不定就没有了。"

28 "那一间就是我们住好了。"他放了小的孩子,回身去扶下夫人同大的孩子来,说:"我们总算运气好,居然有房间住了!"随即付车钱,慷慨地照原价加上一个铜子;他相信运气好的时候多给人一些好处,以后好的运气会续续而来的。但是车夫偏不知足,说跟着他们回来回去走了这多时,非加上五个铜子不可。结果旅馆里的伙计出来调停,潘先生又多破费了四个铜子。

29 这房间就在楼下,有一个床、一盏电灯、一桌、两椅,此外就只有烟雾一般的一间的空气了。潘先生一家跟着茶房进去时,立刻闻到刺鼻的油腥味,中间又混着阵阵的尿臭。潘先生不快地自语道:"讨厌的气味!"随听见隔壁有食料投下油锅的声音,才知道原是一个厨房。再一思想,气味虽讨厌,究比吃枪子睡露天好多了。也就觉得没有什么,舒舒泰泰在一张椅子上坐下。

30 "用晚饭吧?"茶房摆下皮包回头问。

31 "我们吃火腿汤淘饭。"小孩子咬着指头说。

32 潘师母马上对他看个白眼,凛然说:"火腿汤淘饭!是逃难呢,有得吃就好了,还要这样那样点戏!"

33 大的孩子也不懂看看风色,央着潘先生说:"今天到上海了,你可给我吃大菜。"

34 潘师母竟然发怒了,她回头呵斥道:"你们都是没有心肝的,只配什么也没有得吃,活活地饿……"

35 潘先生有点儿窘,却作没事的样子说:"小孩子懂得什么。"便吩咐茶房道:"我们在路上吃了东西了,现在只消来两客蛋炒饭。"

36 茶房似答非答地一点头就走,刚出房门,潘先生又把他喊回来道:"带一斤绍兴酒,一毛钱熏鱼来。"

37 茶房的脚声听不见了,潘先生舒快地对着潘师母道:"这一刻得乐一乐,喝一杯了。你想,从凶险的地方,来到这绝无其事的境界,第一件可乐。刚才你们忽然离开了我,找了半天找不见,真把我急得要死了;倒是阿二乖觉(他说着,把阿二拖近身边,一手轻轻地拍着),他一眼便看见了你,于是我迎上来,这是第二件可乐。乐哉乐哉,陶陶酌一杯。"他作举杯就口的样子,迷迷地笑着。

38 潘师母不响,她正想着家里呢。细软的虽然已经带在皮包里以及寄到教堂里去了,但是留下的东西究竟还不少。不知王妈到底可靠不可靠;又不知隔壁那家穷人家会不会知道他们一家统出来了,只剩个王妈在家里看守;又不知王妈睡觉时,要不要忘记关上一扇门或是一扇窗。她又想起院子里的三只母鸡,没有做完的阿二的裤子,厨房里的一碗白煨鸭……真同通了电一般,一刻之间,种种的事情都涌上心头,觉得异样地不舒服;便叹口气道:"不知弄到怎样呢!"

39 两个孩子都怀着失望的心情,茫昧地觉得这样的上海没有平时父母嘴里的上海来得好玩而有味。

40 疏疏的雨点从窗外洒进来,潘先生站起来说:"果真下雨了,幸亏在这一刻下。"就把窗关上。突然看见本来给窗子掩没的旅客须知单,他便想起一件顶紧要的事情,一眼不眨地直注着那单子看。

41 "不折不扣,两块!"他惊讶地喊。回转头时,眼珠瞪视着潘师母,一段舌头从嘴里伸了出来。

二

42 明天早上,走廊中茶房们正蜷在几条长凳上熟睡,狭得止有一条的天井上面很少有晨光透下来,几许房间里的电灯还是昏黄地亮着。但是潘先生夫妇两个已经在那里谈话了;两个孩子希望今天的上海或许比昨晚好点,也醒了一歇了,只因父母教他们再睡一会,所以还躺在床上,彼此呵痒为戏。

43 "我说你一定不要回去,"潘师母焦心地说,"这报上的话,知道它靠得住靠不住的。既然千难万难地逃了出来,那有立刻又回去的道理!"

44 "料是我早也料到的。顾局长的脾气就是一点不肯马虎。'地方上又没有战事,学自然照常要开的,'这句话确然是他的声口。这个通信员我也认识,就是教育局里的职员,又那里会靠不住?回去是一定要回去的。"

45 "你要晓得,回去危险呢!"潘师母悽然地说,"说不定三天两天他们就会打到我们那地方去,你就是回去开学,有什么学生来念书?就是不打到我们那地方,将来教育局长怪你为什么不开学时,你也有话回答。你只要问他,到底性命要紧还是学堂要紧?他也是一条性命,想来决不会对你过不去。"

46 "你懂得什么!"潘先生颇怀着鄙薄的意思。"这种话只配躲在家里,伏在床角里,由你这种女人去说;你道我们也说得出口的么!你切不要拦阻我(这时候他已转为抚慰的声调),回去是一定要回去的;但是决定没有一点危险,我自有保全自己的法子。而且(他自喜心思的灵捷,微微笑着),你不是很不放心家里的东西么?我回去了,就可以自己照看,你也得定心定意住在这里了。等到时局平定了,我马上来接你们回去。"

47 潘师母知道丈夫的回去是万无挽回的了。回去能得照看东西固然很好;但是风声这样地紧,一去之后,犹如珠子抛在海里,谁保得定必能捞回来呢!生离死别的哀感涌上她的心头,再不敢正眼看她的丈夫,眼泪早在眼角边偷偷地想跑出来了。她又立刻想起这不大吉利,现在并没有什么不好的事情,怎能凄惨地流起泪来。于是勉强忍住,聊作自慰的请求道:"那么你去看看情形,假使教育局长并没有照常开学这句话,如还来得及,你就趁了今天下午的车来,不然,趁了明天的早车来。你要知道(她到底忍不住,一滴眼泪落在手背,立刻在长衫子上擦去了),我不放心呢!"

48 潘先生心里也着实有点烦乱,局长的意思照常开学,自己万无主张暂缓开学之理,回去当然是天经地义,但是又怎么放得下这里！看他夫人这样的依依之情，决计一走，未免太没有恩义。又况一个女人两个孩子都是很懦弱的，一无依傍，寄住在外边，怎能断言决没有意外？他这样思时，不禁深深地发恨：恨这人那人调兵遣将，预备作战，恨教育局长主张照常开课，又恨自己没有个已经成年、可以帮助一臂的儿子。

49　但是他究竟不比女人，他更从利害远近种种方面着想，觉得回去终于是天经地义。便把恼恨搁在一旁，脸上也不露一毫形色，顺着夫人的口气点头道："假若打听明白局长并没有意思，依你的话，就趁了下午的车来。"

50　两个孩子约略听得回去和再来的话，小的就伏在床沿作娇道："我也要回去。"

51　"我同爸爸妈妈回去，剩下你独个住在这里。"大的孩子扮着鬼脸说。

52　小的听着，便迫紧喉咙喊呼啼哭的腔调，小手擦着眉眼的部分，但眼睛里实在没有眼泪。

53　"你们都跟着妈妈留在这里，"潘先生提高了声音说，"再不许胡闹了，好好儿起来待吃早饭罢。"说罢，又嘱咐了潘师母几句，径出雇车，赶往车站。

54　模糊地听得行人在那里说铁路已断火车不开的话，潘先生想："火车如果不开，倒死了我的心，就是立刻免职也只得由他了。"同时又觉得这消息很使他失望；因想他若是运气好，未必会逢到这等失望的事，那么行人的话也未必可靠。欲决此疑，只希望车夫三步并作一步跑。

55 他的运气诚然不坏,赶到车站一看,并没有火车不开的通告;揭示处只标明夜车要迟四点钟才到,这一刻没有到呢。买票处绝不拥挤,时时有一两个人前去买票。聚在站中的人却不少,一半是候客的,一半是为看看来的,也有带着照相器具的,专等到夜车到时摄取车站拥挤的情形,好作将来《风云变幻史》的一页。行李房满满地堆着箱子铺盖,各色各样,几乎碰到铅皮的屋面。

56 他心中似乎很安慰,又似乎有点儿怅惘,顿了一顿,终于前去买了一张三等票,就走入车厢里坐着。晴明的阳光照得一车通亮,温温地不嫌燠热;坐位很宽舒,就是勉强要躺躺也可以。他想,"那是难得逢到的。倘若心里没有事,真是趟愉快的旅行呢。"

57 这趟车一路耽搁,听候军人的命令,等候兵车的驶过。直到抵达让里,已是下午三点过了。潘先生下了车,急忙赶到家,看见大门紧关着,心便一定,原来昨天再四叮嘱王妈的就是这一件。

58 扣了十几下,王妈方才把门开了。一见潘先生,出惊地说:"怎么,先生回来了!不用逃难了么?"

59 潘先生含糊回答了她;奔进里面四周一看,便开了房门的锁,闯进去上下左右打量着。没有变更,一点没有变更,什么都同昨天一样。于是他吊起的一半心放下来了。还有一半心没放下,又锁上房门,回身出门。吩咐王妈道:"你照旧好好把门关上了。"

60 王妈摸不清头绪,关了门进去只是思索。她想主人们一定就住在本地,恐怕她也要跟了去,所以骗她说逃到上海去。"不然,怎么先生又回来了？奶奶同两个孩子不一同来，又躲在什么地方呢？但是，他们为什么不让我跟了去？这自然嫌得人多了不好。——他们一定就住在那洋人的红房子里，那些兵都讲通的，打起仗来不打那红房子。——其实就是老实告诉我，要我跟了去，我也不高兴呢。我在这里一点也不怕；如果打仗打到这里来，横竖我的老衣早做好了。"她随即想起甥女儿送她的一双绣花鞋真好看，穿了这鞋子上西方，阎王一定另眼相看；于是她感到一种微妙的舒快，不复想那主人究竟在那里的问题。

61 潘先生出门，就去访那当通信员的教育局职员，问他局长究竟有没有照常开学的意思。那人回答道："怎么没有？他还说有一些教员只顾逃难，不顾职务，这就是表示教育的事业，不配他们干的；乘此淘汰一下也是好处。"潘先生听了，仿佛觉得一凛；但又赞赏自己的有主意，决定回来到底是不错的。一口气奔到自己的学校里，提起笔来就起草送给学生家属的通告。意思是说兵乱虽然可虑，子弟的教育犹如布帛菽粟，是一天一刻不可废离的，现在暑假期满，我校照常开学。从前欧洲大战的时候，他们天空里布着御防炸弹的网，下面学校里却依然在那里上课。这种非常的精神，我们应当不让他们专美于前。希望家长们能够体谅这一层意思，如无其事地依旧把子弟送来：这不但是家庭和学校的益处，实也是地方和国家的荣誉。

62 他起完这草，往复看了三遍，觉得再没有可以增损，局长看见了，至少也得说一声"先得我心"。便得意地誊上蜡纸，又自己动手印刷了百多张，命校役向一个个学生家里送去。公事算是完毕了，开始想到私事：既要开学，上海是去不成了，他们母子三个住在旅馆里，怎样弄得下去！但也没有办法，惟有教他们一切留意，安心住着。于是蘸着刚才的残墨写寄与夫人的信。

63 明天，他从茶馆里得到确实的信息，铁路真个不通了！他心头突然一沉，似乎觉得最亲热的一妻两儿忽然乘风飘去，飘得很远，几至于渺茫。没精没采地踱到学校里，校役回报昨天的使命道："昨天出去派通告，有二十多家是关上大门的，也打不开，只好从门缝里插了进去。有三十多家只有佣人在家里，主人逃到上海去了，孩子当然跟着去，不一定几时才能回来念书。其余的都说知道了；有的又说性命还保不定安全，读书的事情再说罢。"

64 "哦，知道了。"潘先生并不留心在这些上边，更深的忧虑正萦绕于心曲。抽完了一支香烟以后，应走的路途决定了，便赶到红十字会分会的办事处。

65 他缴纳会费愿做会员；又宣言自己的学校房屋还宽阔，也愿意作为妇女收容所，到万一的时候收容妇女。这是慈善的举措，当然受热诚的欢迎，更兼潘先生本来是体面的大家知道的人物。办事处就给他红十字的旗子，好在学校门前张起来；又给他红十字的徽章，标明这是红十字会的一员。

66 潘先生接旗子和徽章在手，如捧着救命的神符，心头起一种神秘的快慰："现在什么都安全了！但是……"想到这里，便笑向办事处的职员道："多给我一面旗，和几个徽章罢。"他的理由是学校还有几个侧门，也得张一面旗，而徽章这东西不很大，恐怕偶尔遗失了，不如多拿几个备在那里。

67 办事员同他说笑话,这些东西又不好吃的,拿着玩也没有什么意思,多拿几份仍旧只作一个会员,不如不要多拿罢。但是终于依他的话给了他。

68 两面红十字旗立刻在新秋的轻风中招展着,可是学校的侧门上并没有,原来移到潘先生家的大门上去了。一枚红十字徽章早已跳上潘先生的衣襟,闪耀着慈善庄严的光,给予潘先生一种新的勇气。其余几枚呢,潘先生重重的包裹着,藏在贴身的小衫的一个口袋里。他想,"一个是她的,一个是阿大的,一个是阿二的。"虽然他们离处在那渺茫难接的上海,但是仿佛给他们加了一重稳当可靠的险,他们也就各各的增加一种新的勇气。

三

69 碧庄地方两军开火了!

70 让里的人家很少有开门的,店铺自然更不用说,路上时时有兵士经过。他们快要开拔到前方去,觉得做高的权威附灵在自己的身上,什么东西都不在眼里,只要高兴提起脚来踏,总可踏做泥团踏做粉。这就来了拉夫的事情:恐怕被拉的人乘隙逃脱;便用了绳一个联一个缚着臂膊,几个弟兄在前,几个弟兄在后,一串一串牵着走。因此,大家对于出门这件事都觉得危惧,万不得已时,也只是从小巷僻路走,甚至配有红十字徽章如潘先生之辈,也不免怀着戒心,不敢大模大样地踱来踱去。于是让里的街道见得清静且宽阔起来了。

71　上海的报纸好几天没有来。本地的军事机关却常常有前方的战报公布出来，无非是些"敌军大败，我军进若干里"的话。街头巷口贴出一张新鲜的来时，慢慢聚集，也有好些人注目看着。但大家看罢以后依然不能定心，好似这布告的背后还伏着许多的话，于是怅怅地各自散了，眉头照旧皱。

72　这几天潘先生无聊极了。最难堪的，自然是妻儿的远离，而且不通消息，而且似乎有永远难通的朕兆。次之便是自身的问题，"碧庄冲过来只一百多里路，这徽章虽说有用处，可是没有人写过笔据，万一没有用，又向谁去说话？——枪子炮弹，劫掠放火，都是真家伙，不是耍的，到底要多打听多走门路才行"。他于是这里那里探听前方的消息，只要这消息与外间传说的不同，便觉得真实的分数越多，即根据着盘算对于自身的利害。街上如其有一个人神色仓皇急忙行走时，他便突地一惊，以为这个人一定探得确实而又可怕的消息了；只因与他不相识，"什么！"一声就在喉际咽住了。

73　红十字会派人在前方办理救护的事情，常有人附着兵车回来，要打听消息自然最可靠了。潘先生虽然是个会员，却不常到办事处去探听，以为这样就是对公众表示胆怯，很不好意思。然而红十字会究竟是可以得到真消息的机关，舍此他求未免有点傻，于是每天傍晚到姓吴的办事员家里打听去。姓吴的告诉他没有什么，或者说前方抵住在那里，他才透了口气回家。

74　这一天傍晚，潘先生又到姓吴的家里，等了好久，姓吴的才从外面走进来。

75 "没有什么罢?"潘先生急切地问,"照布告上说,昨天正向对方总攻击呢。"

76 "不行。"姓吴的忧愁地说,但随即咽住了,捻着唇边仅有的几根二三分长的髭须。

77 "什么!"潘先生心头突地跳起来,周身有种拘牵不自由的感觉。

78 姓吴的悄悄地回答,似乎防着人家偷听了去的样子,"确实的消息,正安(距碧庄八里的一个镇)今天早上失守了!"

79 "啊!"潘先生发狂似地喊出来。顿了一顿,回身就走,一壁说道,"我回去了!"

80 路上的电灯似乎特别昏暗,背后又仿佛有人追赶着的样子,惴惴地、歪斜地急步赶到了家,叮嘱王妈道,"你关着门就可安睡,我今夜有事,不回来住了。"他看见衣橱里有绉纱的旧棉袍,当时没有收拾在寄出去的箱子里,丢了也可惜;又有孩子的几件布夹衫,仔细看实在还可以穿穿;又有潘师母的一条旧绸裙,她不一定舍得便不要它,便胡乱包在一起,提着出门。

81 "车!车!福星街红房子,一毛钱。"

82 "哪里有一毛钱的?"车夫懒懒地说,"你看这几天路上有几辆车?不是拼死寻饭吃的,早就躲起来了。随你要不要,三毛钱。"

83 "就是三毛钱,"潘先生迎上去,跨上脚踏坐稳了,"你也得依着我,跑得快一点!"

84 "潘先生,你到哪里去?"一个姓黄的同业在途中,瞥见了他,

85 "哦,先生,到那边……"潘先生失措地回答,也不辨这是谁的声音;忽然想起回答他实是多事——车轮滚得绝快,那个人决不至于赶上来再问,——便缩住了。

86 红房子里早已住满了人,大部分是十天以前就搬来的,儿啼人语,灯火这边那边亮着,颇有点热闹的气象。主人翁相见之后,说,"这里实在没有余屋了。但是先生的东西都寄在这里,却也不好拒绝。刚才有几位匆忙地赶来,也因不好拒绝,权且把一间做饭吃的厢房给他们安顿。现在去同他们商量,总可以多插你先生一个。"

87 "商量商量总可以,"潘先生到了家一般地安慰,"况且在这么的时候,我也不预备睡觉,随便坐坐就得了。"

88 他提着包裹跨进厢房的当儿,疑惑自己受惊太厉害了,眼睛生了翳,因而引起错觉。但是闭了一闭张开来时,所见依然如前,这靠窗坐着,在那里同对面的人谈话,上唇翘起两笔浓须的,不就是教育局长么?

89 他顿时踌躇起来,已跨进去的一只脚想要缩出来,又似乎不大好。那局长也望见了他,尴尬的脸上故作笑容说:"潘先生,你来了,进来坐坐。"主人翁听了,知道他们是相识的,转身自去。

90 "局长先生在这里了。还方便罢,再容一个人?"

91 "我们只三个人,当然还可以容你。我们带着席子,好在天气不很凉,可以轮流躺着歇歇。"

92 潘先生觉得今晚的局长特别可亲,全不同平日那副庄严的神态,便忘形地直跨进去说,"那么不客气,就要陪三位先生过一夜了。"

93 这厢房不很宽阔。地上铺着一张席,一个戴眼镜的中年人坐在上面,略微有疲倦的神色,但绝无欲睡的意思。锅灶等东西贴着一壁。靠窗一排摆着三只凳子,局长坐一只,头发梳得很光的二十多岁的人、局长的表弟坐一只,一只空着。那边的墙角有只柳条箱,三个衣包,大概就是三位先生带来的。仅仅这些,房里已没有空地了。电灯的光本来很弱,又蒙上了一层灰尘,照得房里的人物都昏暗模糊。

94 潘先生也把衣包摆在那边的墙角,与三位的东西合伙。回过来谦逊地坐上那只空凳子。局长给他介绍了自己的同伴,随说,"你也听到了正安的消息么?"

95 "是呀,正安。正安失守,碧庄未必靠得住呢。"

96 "大概这方面对于南路很疏忽,正安失守,便是明证。那方面从正安袭取碧庄是最便当的,说不定此刻已被他们得手了。要是这样,不堪设想!"

97 "要是这样,这里非糜烂不可!"

98 "但是,这方面的杜统帅不是庸碌无能的人,他是著名善于用兵的,大约见得到这一层,总有方法抵挡得住。也许就此反守为攻,势如破竹,直捣那方面的巢穴呢。"

99 "但得这样,战事便收场了,那就好了!——我们办学的就可以开起学来,照常进行。"

100 局长一听到办学,立刻感得自己的尊严,捻着浓须叹道,"别的不要讲,这一场战争,大大小小的学生吃亏不小呢!"他把坐在这间小厢房里的局促不舒的感觉遗忘了,仿佛堂皇地坐在教育局的办公室里。

101 坐在席上的中年人仰起头来含恨似地说,"那方面的朱统帅实在可恶!这方面打过去,他抵抗些什么,——他没有不终于吃败仗的。他若肯漂亮点儿让了,战事早就没有了。"

102 "他是傻子,"局长的表弟顺着说,"不到尽头不肯死心的。只是连累了我们,这当儿坐在这又暗又窄的房间里。"他带着玩笑的神气。

103 潘先生却想念起远在上海的妻儿来了。他不知他们可安好,不知他们出了什么乱子没有,不知他们此刻已经睡了不曾,抓既抓不到,想象也极模糊;因想自己的被累要算最深重了,凄然望着窗外的小院子默不作声。

104 "不知到底怎样呢!"他又转想到那个可怕的消息以及意料所及的危险,不自主地吐露了这一句。

105 "难说,"局长表示富有经验的样子说,"用兵全在趁一个机,机是刻刻变化的,也许竟不被我们所料,此刻已……所以我们……"他对着中年人一笑。

106 中年人、局长的表弟同潘先生三个已经领会这一笑的意味,大家想坐在这地方总不至于有什么,也各安慰地一笑。

107 小院子里长满了草,是蚊虫同各种小虫的安适的国土。厢房里灯光亮着，它们齐向那里飞去。四位怀着惊恐的先生就够受用了，扑头扑面的全是那些小东西，蚊虫突然一针，痛得直跳起来。又时时停语侧耳，惶惶地听外边有没有枪声或人众的喧哗。睡眠当然是无望了，只实做了局长所说的轮流躺着歇歇。

108　明天清晨，潘先生的眼珠上添了几缕红丝；风吹过来，觉得身上很冷。他急欲知道外面的情形，独自闪出红房子的大门。路上同平时的早晨一样，街犬竖起了尾巴高兴地这头那头望，偶尔走过一两个睡眼惺忪的人。他走过去，转入又一条街，也不听见什么特别的风声。回想昨夜的匆忙情形，不禁心里好笑。但是再转一念，又觉得实在并无可笑，小心一点总比冒险好。

四

109　二十余天之后，战事停止了。大众点头自慰道，"这就好了！只要不打仗，什么都平安了！"但是潘先生还不大满意，铁路还没有通，不能就把避居上海的妻儿接回来。信是来过两封了，但简略得很，比较不看更教他想念。他又恨自己到底没有先见之明，不然，这一笔冤枉的逃难费可以省下，又免得几十天的孤单。

110　他知道教育局里一定要提到开学的事情了，便前去打听，跨进招待室，看见局里的几个职员在那里裁纸磨墨，像是办喜事的样子。

111　一个职员喊出来道，"巧得很，潘先生来了！你写得一手好颜字，这个差就请你当了罢。"

112 "这么大的字,非得潘先生写不可。"其余几个人附和着。

113 "写什么东西?我完全茫然。"

114 "我们这里正筹备欢迎杜统帅凯旋的事务。车站的两头要搭起对对的四个彩牌坊,让统帅的花车在中间通过。现在要写的就是牌坊上的几个字。"

115 "我那里配写这上边的字?"

116 "当仁不让!""一致推举!"几个人一哄地说,笔杆便送到潘先生的手里。

117 潘先生觉得这当儿很有点滋味,接了笔便在墨盆里蘸墨汁。凝想一下,提起笔来在蜡笺上一并排写"功高岳牧"四个大字。第二张写的是"威镇东南"。又写第三张,是"德隆恩溥"。——他写到"溥"字,仿佛觉得许多的影片,拉夫,开炮,烧房屋,菜色的男女,腐烂的死尸在眼前一闪。

118 旁边看写字的一个人赞叹说:"这一句更见恳切,字也越来越好了。"

119 "看他对上一句什么。"又一个说。

【作者】

叶绍钧,字圣陶,常用郢生的笔名。江苏吴县人。学历仅至中学毕业。曾任小学教员多年,故对于小学教员的体验与观察,蕴蓄甚深。短篇诸作,多用小学教师与知识分子为描写的对象。作风为写实的,正如钱杏村所说,"他站在写实主义的立场上写,他站在教育家的立场上考察的写"。所著短篇收在《隔膜》《火灾》《线下》《未厌》诸集内。氏又长于童话的写作,有《稻草人》《古代英雄的石像》行世。

【解说】

　　这篇为作者的代表作品,亦为我国文坛的一篇杰作。潘先生是一个小资产阶级知识派分子的代表。这一阶级的人,要享乐则条件不够,要革命,提枪杆儿,又舍不得相依为命的妻子和小孩,甚至于家中的有限的资财。因此悬在空中,像拳术家练习所用的假皮人一样,被人轻蔑歧视。过着患难来时,像一对老鸡带着一群小鸡到处喔喔地乱跑乱窜,苟且偷安,自私自利,更不必说。作者虽只写一个潘先生,实在是暴露自身阶级的弱点。

　　1—2　表现车站的氛围气,并未明白说出有战事发生时的车站,但阅者已知这时的车站非同平时。

　　3—14　这里直叙潘先生一家大小,在危难中的不安。从车未停时写起,写到"车停""下车",阅者所受的印象是火车站的混乱,潘先生的张惶。就技巧方面说,把小资产阶级逃难时的动作、心理表现得极透彻。

　　13—14　这两节的表现颇为重要,潘师母自己说宁可死在家里,潘先生则说性命到底安全了。这并非无用的对话,阅者细玩自知。

　　15—17　这三节的描写,其用意在补足3—14节的不足,使阅者受更深的印象。同时表现"逃","逃到什么地方""潘先生的提心吊胆,手足无措"等复杂的心理和动作。注意第17节里写到的"铁栅栏""有人保着险"等句子,极富暗示的力量。

　　20—21　和黄包车夫的讲价,"辩论了好一会",也许就是小资产阶级要被资产阶级瞧不起,同时也被无产阶级轻蔑的原因吧。作者处处没有闲笔。

　　22—24　由孩子的口里眼里,写出安全地带之所以安全的缘故,如直接由潘先生或潘师母方面去描写,太无聊。

　　25—29　借栈房满住着旅客,表现战时的氛围气。

　　30—31　这几节的重心,是潘先生夫妇二人。作者写潘师母的身份、口吻、心理，极熨帖之能事。写潘先生叫茶房"带一斤绍兴酒和一毛钱熏鱼来"，以及34节里对潘师母说的话，用意深远，把小资产阶级的有限的享乐生活和得过且过的心理，写得微细极了。

42—58 这里写小资产阶级对于薪俸生活的留恋，小学教师不能不仰承教育局长鼻息。一方面潘先生又须顾念到妻和子在客栈里，无人照应，若不回去又怕地位饭碗失落，一种烦恼困苦的情形，都被作者表现无余。

59—60 这里写到一个王妈，且写到王妈的人生观，妙极！

61—68 潘先生回到自己的学校里，地位是保全了。但又顾念到生命的不安全，所以要借红十字会旗子和徽章做护符。作者纯用客观的冷静的笔法，看不出他的冷嘲或讽刺。

69—71 逢着内战时所必有的空气，作者能握住要点。

72—108 又写潘先生的张惶恐怖，如热锅上的蚂蚁，听着正安失守以后便逃到"红房子"里去，这几节的描写，十足表现潘先生的身份和性格。在"红房子的厢房"里遇见了教育局长，这是作者的狡狯。

95—102 诸节的对话，作者简直拉了几个小资产阶级知识分子来陪潘先生，表现他一个痛快。

109 紧张后的松弛。作者的文笔同时也借此松弛一下。

110—119 全篇的终结，却写欢迎凯旋，反叫潘先生提笔写字。是作者对于内战的诅咒，又是作者对于知识分子的冷嘲。潘先生一般人的可怜无聊，令人啼笑全非。作者双管齐下，余味津津然。

遗腹子

1 "也得换一换口味,譬如咸的东西吃腻了,就该来一点甜的。"文卿先生这样回答他的夫人,因为夫人说他不该把女儿看轻,认她们的到临仿佛故意来捣乱的;她说女同男没有什么分别,一样是子息,一样地可爱。"你想,头一个哇的一声叫出来,说道是女,自然喜欢,她融和我们两个的血肉,她是我们两个亲手铸成的宝贝。"

2 他的夫人柔媚地看着他;他这话语使她回忆从前甜蜜的时光。

3 "第二个哇的一声,又是女,还没有什么,姊妹两个只差得两岁,将来她们打扮得齐齐整整,一对照眼的鲜花,会教人羡慕煞。而且,老年时也正要有一两个女儿在旁边才不至于寂寞;游花园去了,大小姐扶着你,二小姐伴着我;大冬天来了,大小姐拨着炉火,二小姐斟着好酒:那是舒服极了。"

4 她又仿佛看见自己是一位多福多寿的太太。

5 "但是,第三个还是女,"文卿先生的语音转得不大和润了。"这就有点厌烦了。我们又不是花儿匠,何用弄得这么花枝招展;就说老年时陪伴陪伴,也用不着这么许多。谁知道第四个还是个女!阿,还是个女!我禁不住对你的身体疑惑了,只会生女,生不出别的东西来!这样一个一个生下去有什么意思,总得换一换口味才好。你要知道专吃米饭也会吃出脚气病来的。"

6 "我想这一回要换一换口味了。"她咽了口唾沫热情地说,刚才自为辩解仿佛生一辈子的女也不在乎的那种强制的态度便消散了。"这一回同从前全然两样。从前肚皮突起得尖尖地,现在,你看,平平地,像个馒头。从前四回脸色总是很好的,现在却黄得这样子。外面两样,里面也应该两样。"说着,垂下带笑的眼看衣服遮裹着的鼓起的肚皮。

7 "这倒不错,胎象不同了。"文卿先生端相着她的腹部。"我就去买两坛陈绍两只火腿来,待你生下男的,同你畅快地吃这么一顿,也让你乐一乐。"

8 "真的么?"她的欢喜却在陈绍火腿之外。

9 "自然真的。你想,生儿子呢,是多么重大的事。"文卿先生宠爱地睨着他的夫人一笑。

10 两坛陈绍两只火腿买来了,就摆在卧房里,仿佛看作一种压胜的宝物,又像是定生男儿的预约券。

11 亲戚邻人都相信那胎象不同之说,一致主张这一回来的一定是男宝宝;这比较头二胎生男的更为名贵,分送红蛋须得双双倍。

12 "不见得会吧。"孕妇谦逊地望着那些祝贺的眼光说。但是心里却在盘算应该要预备多少红蛋。

13 文卿先生走进卧房,看见那彩画着戏文的绍酒坛,心头就笑起来了。有时还妩媚地拍着夫人的肩说,"你会争气,你一定会争气。你看,这是你的奖励品,明年三春,还要同你会游西湖呢。"

14 但是生下来的第五个还是个女。

15 产妇整整地哭了两昼夜,以致直到十天之后方才有稀薄的乳汁渗出来,在十天里头,婴儿是吃代乳粉果腹的。

16 文卿先生气极了,没处发泄,就把卧房里的两缸陈绍两只火腿搬出去,拉来几个朋友,分作几顿闷闷地吃掉了。

17 "只会生女,再也生不出别的东西!你可不能怪我,我不耐烦了,非讨个小不可。"在平时,文卿先生也曾提起这一层,但只是带着玩笑说的,从没有这样严正。

18 夫人知道他这一回不同平常,是下了决心的,自己的不争气又实在没有提出抗议的理由,只得恳求似地说:"讨个小,讨个小,我不反对你。但是,请你等我再生一个,说不定第六胎会是个男的。若仍是女,你就讨个小吧。"接着就滴滴地落泪。

19 文卿先生看了看她,带着厌恨的声气说,"既然这样说,等你再生一个就是了。"

20 婴儿吸的乳汁渐渐地干涸了,又得去仰赖那代乳粉。口味的变更使她感得不快,只圆张着小口时时号哭。不几天,小肥脸就消瘦不少,看去只包着一层黄而皱的皮。

21 这现象表示母亲又怀孕了。从前几回,从没有碰到同样的情形,断了乳的婴儿都不这么瘦,那么这一回真个改变了吧。母亲又想,五是个成数,从六开头换花样,是很讲得通的。后来看看肚皮突起比从前更平了,全没个顶峰,脸色也比从前更憔悴了,翻转眼皮来不见一毫的红意。因而想,上一回只是要改变的兆头,这一回可真要改变了。于是高兴地告诉丈夫,自信有七八分的把握。

22 "但愿你能有更多的把握,九分,十分,十一分,十二分。"文卿先生自然又迫切地希望着了。"我再去买绍酒火腿来。不过你总得争气,不辜负那奖励品。"

23 又是两坛陈绍两只火腿搬进卧房里来了。

24 但是,从舆论方面考察,前途却并不怎么乐观。亲戚邻人当着面固然肯定地说:"这一回一定是男宝宝了。"或者还提出几个坚强的理由来,然而背面时总是"还是一个女,还是一个女",这样相互地谈论着,而且都别有其他坚强的理由。这些谈论零零星星飘进孕妇的耳朵里,有时还伴着轻蔑地这么努一努嘴,仿佛表示"她也配生男的么!"孕妇于是恐慌起来了,似乎毫没把握,一分也没有。想到越近的生产期,真比罪人对于行刑时刻还怕。

25 临蓐这一天,文卿先生在卧房探候消息,时时揭起门帘的一角向里面望。他对于产妇的呻吟,围护的妇人们的絮语,都已听得惯熟,一点也不感什么。他全神倾注的只在哇的一声之后那非常紧要的一个报告。

26 产妇突然剧烈地号呼。卧房内发生一阵轻轻的骚动。随后是个神秘的静默。文卿先生几乎教呼吸都停息了,耳朵贴着门帘,静待命运的宣告。

27 "哇……"是婴儿的第一声,卧房里又发生一阵轻轻的骚动。文卿先生心头只是突突地跳。

28 "一位千金小姐。"收生妇用勉强欢喜的声调说,"又白又肥,是位很好的千金小姐。"

29 "哦。"围护的妇人们没精没采地答应。

30 "阿……"产妇骇叫地哭出来了。

31 文卿先生仿佛感得什么东西在口鼻间突地一压,闷得迷了心窍,只任两条腿自作主张地把他的躯体载到外面去。

32 卧房里的绍酒同火腿自然又作解闷之用,文卿先生同几个朋友慢慢吃掉了。

33 "现在非讨个小不可了。"他绝没有商量的意思,简直像下森严的命令。

34 可怜的母亲把不很充实的乳房塞进婴儿的小嘴,同时眼泪滴沥地掉下来了。"我求你,你好人,等我再生一个吧!"哀恳的眼光在泪膜底下直望着他。

35 "嗤,再生一个,你一辈子生不出别的东西了!只说再等你再等你,你知道年纪是不等你的么?"三十五六年纪,鬓边已有几茎的白发,牙齿也有四五个摇动了的,说到这一句,心头便凄然了。

36 女的听着,哭得更为厉害了,仿佛正来到海边的绝壁,望前途只是一片茫茫。阿,一片茫茫,一点没有归宿,这生活怎么过得下去呢!但是对自己终不曾绝望,还相信自己生得出别的东西来,于是重又哀求说,"总请你再等一回,就是这么一回!这回再不见改变,决不阻挡你了。我非惟不愿耽误了你,也不愿耽误我自己呢。"

37 文卿先生看伤心的泪点滴在婴儿的小颊上,便想起八九年来盼不到儿子有些时候两个人相互安慰相互期望的情事,觉得她也非常可怜,她的容貌比自己衰老得更要厉害,额角已有深深的皱纹,头发落剩个鸭蛋大的髻了,因而颓然说,"那么依你的话,再等你一回吧。"

38 明年,女的又当第七回的孕妇了。她揣度胎象与前不同,相信这一回一定真要改变了,——重演前两回的戏文,而且更为热切。文卿先生又去买了绍酒火腿来,勖勉着,期望着,也——重演前两回的戏文,而且更为热切。

39 他也这样热切,她也这样热切,犹之升登高山,只有达到目的是合适的;万一失了足呢,那结果是跌得非常之重,大半非粉身碎骨不可。

40 但是,命运注定的,他们俩必得重重地跌一跤,——那第七个来的还是一个女!

41 女的除了含着眼泪重又负母亲的苦辛的担子,再没别的话说。妾讨进来了,气愤不过,特地躺在房里。不让她见着大太太。但是当妾走进对面的新房里去时,却踅到门口侧转了眼睛窥看。是一个乡间的女子,湖色绸的夹衫显得她皮肤的黝暗;脸儿圆圆的,两颐很宽,眉眼粗大。跨进了房门,那背影下最引注目的是肥大的臀部,一步向左一挪,又一步向右一挪。

42 "倒是个多子多孙的!"大太太这么想,自然含着妒恨的意思，但其间不无宽慰的成分。

43　事情似乎很顺利，妾进门六个月就怀孕了。这是个可贵的开端，与大太太母猪似的一来一个迥乎不同，所以颇引起一般舆论，这些舆论都是很可爱的。

44　"莫看她乡下姑娘，倒是个有福分的呢，这头胎十分九是一个男，你想，她的前程还了得！"

45　"大太太专生女，她偏偏开头就是男，天公支配的事情往往有这样巧的。"

46　"文卿是近四十的人了，应该有一个儿子。"

47　"这原属大太太的毛病，是她生不出男的来。现在肚皮大的是姨太太了，当然会换花样，当然……"

48　文卿先生听着这些话，对于姨太太加倍地宠爱，买了名贵的安胎丸给她服，不让她做一点儿劳苦的事；一群大大小小的女孩儿在跟前乱嚷乱撞，常常把她们喝住，因为她们会使姨娘心烦起来。

49　当然，大太太是满腔的不平，这等殷勤的情形，不要说怀阿六阿七的时候，就是怀阿大的时候也不曾见过。但是不平之中，她又怀着第八胎了。

50　"一定又是女，一定又是女。"旁人用鄙夷不屑道的口吻这样传说。

51　文卿先生料定她怀着的当然又是女，也不再买绍酒火腿作奖励品了，他只预备姨太太生了男子之后，开一个盛大的宴会，让她在众宾之前占有那无上的荣耀。

52 大举的催生，种种周妥的设备，是大太太第一次临蓐以前做过的，现在都为姨太太筹措着。其间伴着亲戚邻右一致属望的热情，尤其热烈的是文卿先生那种半醉似的欣快之感。

53 你道姨太太生的什么？阿，也是个女！同大太太一个样子。

54 文卿先生异乎寻常地伤心了，他开始对自己的身体怀疑，说不定男性的种子是绝迹的。那不是更没希望了么？已届中年，后顾尚虚，还有什么意味！——人生路上一枝照例的刻毒的冷箭射中他的心窝了；灰白色便从鬓边蔓延到头顶，而且颧颊上也画着几条皱纹了。

55 一天傍晚，他从朋友家里打罢了麻将回来，意所不料地，两三个女孩子喊着迎出来说，"爸爸，妈妈已经生产了。"

56 "唔。"他冷然答应，心想这一回生得更其迅速，真是熟极而流了。

57 "是个弟弟，哈哈，是个弟弟。"女孩子一致表示她们的好奇心。

58 "喔！"他连忙赶进卧房，望见新生的婴儿在一个佣妇的手里，同时"恭喜呀，一个男宝宝，恭喜呀"一阵地嚷，教他一时不晓怎么回答。

59 他靠近婴儿看，一层细极的软毛被着头面，鼻子同闭着的眼睛的部分红冻冻亮光光的，无异初生的小狗，一会儿"哇……"可爱的小口张开来了。他摸着婴儿的头顶，回转身来望床上的产妇，见他正含着两眶晶莹的眼泪在望自己；这眼光异样锋利，直欲刺入自己的心魂,使自己不得不感服。于是奔床边温和地说,"你辛苦了!"

60 产妇不说什么;眼睛一闭,眼泪被挤出来,淌在干黄的颊上;一只手颤颤地伸出来,握着文卿先生的手,紧紧地,为以前所未有。

61 大太太的尊严从此恢复过来,不论什么人都"她有后福,她有后福"这样颂扬着。她自己很明白,现在是尽有资格提出要求了。"你要儿子,儿子已有了,还用得到什么小?把她卖了吧!"

62 "似乎还不消呢。"文卿先生颇有点恋恋。

63 "什么叫不消?当初不是说为着没有儿子么?你这不识羞的!原来并不为着儿子。"接着就对新生的男婴,"你苦命呀!你苦命呀!"哭起来了。

64 "哭什么,把她卖了就是。但是,那个孩子呢?"

65 "我自己这么多的孩子,总不见得再来管一个别人的了,自然让她带了去。"

66 "或者不方便呢?"

67 "那末有育婴堂在。"

68 文卿先生别无话说,只有照办。姨太太卖给一个久鳏的小商人,算是续弦。孩子给前巷一家人抱去,那家夫妇两个守了十几年不见一个孩子,这样也算尝尝当父母的滋味。

69 这男婴乳名叫阿坚,取的是命根坚固、定能长养的意思。母亲的乳汁似乎不十分能增进他的强健,而且母亲也不宜太辛苦了,于是破例地雇用乳娘。换了一个又是一个,直到第四个,是二十二三的精壮的乡下人,把自己生不到一个月的孩子寄养在别人家,特地跑进城里来的,才写了文契雇定了。从前阿姊传妹妹的那些小衣服当然不适用于唯一的弟弟,所以从褓褓到小衫全是新的。

70 汤饼宴的那一天,宾客实在不少,凡是略曾识面的人都邀请了来。人事不可预料。这样的盛会:文卿先生原预备让姨太太占那荣耀的。女的呢,也不梦想有这回事了。但是,现在都来了个意外。

71 宾客入席饮酒时,文卿先生抱着新生的儿子出来,吻一吻他的小额,把他举起来环旋一周说,"见见诸位公公,诸位老伯伯。"脸上泛溢着踌躇满志的笑。

72 宾客们看孩子,一身红绣的衣袴,脸傅薄粉,眉心点着小圆的胭脂,胖胖的,颇觉可爱,齐声赞说,"好一个孩子!"

73 有些人便推论这是文卿的祖先及他自身积德之报,中年得子,并不是容易的事。

74 文卿先生当然谦逊,"惭愧得很,那里说得上积德。不过蒙天照顾,有了个孩子,总算交代得过了。哈哈哈!"有着皱纹的颧颊上显出红润的光彩。

75 "来一杯!大家贺你一杯!"——的酒杯都高高举起。

76 "不敢,不敢,敬各位一杯!"文卿先生一手抱着儿子,一手从一个空座上端起一杯斟满了的酒就向喉咙里灌,"干。"

77 阿坚的发育很顺利,不到一周岁,已能懂得别人的意思,逗着他就嘻嘻地笑;时时咿呀发声,虽不成话,却有丰富的表情,把他放在地上,用手扶着,小脚便一起一落要想跨出去了,父母调弄着他,觉得这生命里一点也没有缺憾。女孩们"弟弟,弟弟"地嚷着,环绕着他,仿佛他是宫中的王子。

78 但是,当初夏的时令,阿坚病了,起初也不见十分凶险,只是腹泻而已。随后就不大想吃奶,身体突地消瘦,而且发热。这当然引起父母无量的惊恐,一个医生不够,再请第二个;同时也到星士那里去花钱,托他禳解。医生话殊不得要领,说是消化不良,消化力恢复了就会好的。一天天过去,孩子越来越憔悴,灵活的眼珠变为定定的了。在父母的心中,各有个可怕而不敢互相告语的念头时时闪现,"会这样吧?"竭力想把它忘记,但是不一会又明显地这么一闪,"会这样吧?"

79 果然,在恶神支配的一天,病儿突变了,不啼哭,不转侧,只是喘气。喘了七八点钟的工夫,终于绝气了。眼睛还是张开,僵滞的眼珠瞪视着伤心的父母。

80 父母怎样地哀痛和号哭是很容易想象的。

81 六七天之后,一个黑暗的晚上,忽然喧传西城小河里有个尸身,长袍马褂,四十多的年纪,文卿先生家里的男佣人听着,不禁心头一动,赶忙跑去看时,尸身已被捞起,横在沿河的一条石头上了,"哎哟!我们老爷……"

82 这一晚,文卿先生是同几个朋友在酒店里喝了酒的。据这几个朋友说,喝酒时他并没什么异样,只说了些"人生如梦,有没有儿子没什么关系"的达观话,酒也喝得不多,不过一斤光景;回去时怎样会落在河里,实在不大明白。

83 他的夫人自经这更为惨痛的变故,反似减少了不少的哀伤,时时现出异样的笑容告诉别人说,"我觉察我又怀孕了,胎象同上回一模一样,一定是个男的。我将一百分地疼爱他,因为他是个遗腹子!"

84 遗腹子老是不来,但她并不心焦。直到文卿先生三周祭的时候,她依然现出异样的笑容告诉别人说,"简直同上回一模一样,一定是个男。他是我的心肝宝贝,他是个遗腹子!"便按摩自己的并不突起的肚皮。

85 这时候,颇有些人来为大小姐二小姐说亲了。

(1926年7月28日,选自《未厌集》)

【解说】

"遗腹子"是本篇的题材,和作者其他创作所取的题材歧异;表现我国宗法社会的"子嗣观念",写小资产阶级的"中年病"。主人公文卿先生在我国遍地皆是,这一种人在生活方面是不成问题的,他在中年时候的唯一希望是一个男孩子,以避免"不孝"的罪名,并且借此还可以弄几个姨太太来玩玩。等到"中年"过去以后,他就会自己去买好棺材,掘好自己的"假坟墓"。这时一面又吃斋拜佛,祈求长生不老。如遇世变到来,则又希望早一天钻进自造自掘的坟墓里面去。作者所表现的,只是这一种人的"中年时代"的一段罢了。其次值得注意的是文卿的夫人,表现她是一个不知不识的中国式女人,屈伏于宗法社会是不用说的,她自己做了养儿子的机器还不够,须得让丈夫纳妾,才能表出自己的贤淑,否则受人唾骂,多么可怜。这种人在中国也和文卿先生一样遍地皆是。作者要达到他所表现的目的,这两种人物缺一不行,所以拉在一起来描写。在技巧方面,作者写到七回产生女孩的经过,用七样不同的手法,没有重复之嫌。这篇文章,无疑的是作者的用力之作。

1—13 冒头就用对话,这是简练的描写法。由对话叙出夫人养了几个女儿。注意第7段的"陈绍""火腿"两种东西,和第10段把这两种东西摆在卧房里。这样描写,使读者知道宗法社会的把戏。

14—19 生下来的第五个还是女孩,表现文卿先生的愤怒和他夫人的酸辛可怜。

20—32 第六个还是个女孩,称为奖励品的陈绍火腿又搬进搬出。注意24、25、26诸节表现旁人的议论,孕妇的恐慌,文卿先生的焦急。

33—37 表现夫人受丈夫的压迫,做了宗法社会的牺牲品。

38—50 夫人的运命由她的"肚腹"来决定,中国妇女在家庭和社会的地位不过如此。注意这几段所写的"舆论",作者的手法又生变幻。

51—54 所谓"中年病"的病情,从心理上写出。先写出文卿先生的绝望。

55—76 这一大段写夫人终于产了男孩和庆祝的盛况。表现文卿先生的喜悦,夫人的胜利的心理,姨太太卖给小商人(又牺牲了一个女性),汤饼宴,宾客。作者将"动作""环境""心理"的描写,安排得秩序井然,较平铺直叙的文字高出不知多少。

77—80 喜悦后的悲哀。男孩子死了,这是作者的技巧。

81—82 文卿先生也做了宗法社会的牺牲品,他的夫人的运命是他造成的;他的运命是宗法社会的传统观念造成的。阅者看到这里,不能预测文卿先生会死在西城的小河里。足见作者的手法老辣。

83—84 事件再展开一境,到这里才点出"遗腹子",文卿夫人一生也快被蚀尽了。

85 作者的收束,当是余音袅袅。宗法社会的牺牲者殆将循环无已。

一包东西

1　公共汽车软和地震荡着,他觉得很舒适,犹如给理发匠槌着背心似地。微微的倦意笼罩他的顶额,仿佛戴了顶浮幻的帽子,在眼前晃动的一切都不大有明显的轮廓。一阵阵的香气拂过他的鼻端,他模糊地想这是从那个望着窗外的短发长袍的躯体上飘散过来的;但也没有心思移准眼光去看她个仔细,对于香气的散消也不以为可惜。

2　车身突然跳跃似地动荡,有如车轮正滚过了几道土埂,随即停住了。乘客都微微嘘气,仿佛庆幸这厌倦的旅程已经完毕了,便争先挤出那个不容两个身躯并行的车门。争先的结果是大家不得先,于是,"慢慢来呀!""要紧什么的!"这些略觉薄情的语句便泛上大家的唇舌间。

3　他站起来比较来得迟;走近车门,那短发长袍的形象似乎带点匆忙的姿势,伸出一手扶住那门框。他本能地停住足,让她先出门下去;无意间瞥见短发之下袍领之上的一段项颈,圆圆的,腻腻的,……一时想得非常之玄远。

4 "什么东西?"

5 下了车后,显现在他面前这样问的是一个全身玄色的汉子;玄色呢的长袍加上玄色花缎的屈襟背心,阔檐的帽子也是玄色的;紫褐色的脸,胖胖的,眉目间颇带粗俗的气分。这汉子是一名侦探,可以一望而知的,其时正在查问一个人挟着的包裹,在包裹周围掀着捏着的粗大的手指上,黄澄澄的,套着几个金戒指。

6 电掣似地,他立刻省悟自己手里拿着一包东西,现在的境地已经十分危险。刚才恬适的甚至于朦胧的心情完全消散了,只是老鼠见了猫儿似地警觉且震慄。他故意制止眼睛不要去望那玄色的汉子,仿佛这样也就不会给那汉子看见;可是不顺从的眼睛偏要溜了过去,却见那汉子已经放走了挟包裹的人,眼光略微抬起来,似乎正射在自己手里的一包东西上。

7 "不好!"他这样想时,不自主地旋了一转。虽然来往的人这样纷扰,车辆这样繁密,但是有什么方法可以躲避呢?那双乌光光的凶狠的眼睛已经盯住这包东西了!

8 "逃——"他突然又模糊地想,连忙跨上一辆破旧的人力车。当身体被载着向前移动时,他听见腔子里心脏突突跳动的声音。

9 这一包是什么东西,连他也不曾知道,在等候公共汽车的时候,悠然望着四层洋楼的雕饰正在出神,忽然有人拍自己的肩背。回头见是熟朋友老李,说还有点事不就回去,这一包东西托先带回,等一会自己来拿。并不重,也不累赘,不过十本杂志模样的一包;就是剖开心来,也决不会发现一丝不愿代带的意思。及到上车坐下,一手按住这包东西,非常自然,好像并没有拿什么。

10 但当听见那声怪刺耳的"什么东西!"随又望见那不感愉快的玄色的形象时,他自信已经知道这一包是什么东西了,比解开来看还要清楚。年来老李干的什么事业是知道得很清楚的,他不怕魔的锋利的爪子,专意冲上前去要撕下它们的凶恶的面皮,要拉断它们的狠毒的心肠。他手里携带的东西,还有别的么?不是制服魔的方略,便是它们的罪状的宣告书。现在这一包,方方的是坚厚的纸张,那一定是印着一个横倒的非常难看的尸体,胸口有模糊的一滩;这就是新近给魔残害了的一个。而且,无疑地,下面还印着警切的题语:"为人而牺牲的!请看魔的猖狂!"

11 两旁店家一扇扇彩色的招牌在眼角拂过,觉得头里很昏乱,像带着宿醉。而且周身发寒,不在肌肤而在骨子里。仿佛身躯尽在那里缩紧来,颇不好过。待要不想,偏是一针一针般刺着心头,"那玄色的家伙在背后吧?那玄色的家伙在背后吧?"这只消回头一看就能解决,但是项颈差不多僵硬了;而且相信一回头就得对准一个深深的乌黑的小管口!

12 "被他带去,未免不上算。像老李,他愿意这么干,被带了去也没有什么怨的。而我……我倘若……不是累及无辜么?但是……"

13 他这么想,项颈自然而然又缩紧一点。他仿佛觉得那玄色的臂膊正在伸近来,马上一只粗大的手要盖到头顶上来了;随后的就是惨酷的拷问……躺在溲溺浸渍的泥地里……给各种小虫吮吸全身的血……与蓬头长胡的强盗作同伴……重而硬的链条缠住身体……拖动大滚石碾平那刺脚底痛的石子路……或者是砰！

14 他眼前一阵黑暗，只索咬紧牙齿用力闭着眼睛。

15 "呵！没有到三十年的生命！就这样完了么！我不愿意！我要活下去！……虽然算不得什么大志愿，这个学校总要把它弄得像个样儿；这些学生，也要看看他们将来的眉目。然而，现在，还只是刚刚起头呢！难道就不容我活下去了么！"他凄然心酸，往下就想不大清楚了。

16 似乎有了好一歇，身体依然一颠一颠地前进，而那只粗大的手还不曾盖上头顶来；眼睛便又张开一线来。看见的是自己的夹袍的前幅，盖在大腿上，沿着膝盖直垂下去；在下缘的前面，露出那个纸包。

17 "呵！这个包！"刚才匆促上车，怎么就把它摆在脚踏上，连遮掩也没有遮掩好，他自己也不明白了。而且，他发现这个包的一面，在不知什么时候弄破了，破纸向外翘起，当然旁人可以看得内容很清楚。

18 一定给那家伙看见印着的横倒的尸体了！但是他决不敢伛下身躯把包纸整理好，只能行窃似地用脚跟把这个包勾得进一点，又轻轻理直夹袍的前幅把它掩没；同时抬起眼光来，故作无事似地，看着车夫号衣背上模糊了的数目字。一会儿，不放心地垂下眼光再来偷看，却见并没有弄得好，前面固然掩没了，旁侧还是露出来。

19 "真凭实据在手里，能抵赖什么，至少办个煽动的罪名！"他简直有点发抖了;脚跟用力抵住这个包,似乎要想抵破了车座的竖板,把它藏到坐垫底下去。

20 "像老李,他愿意这么干,被带了去也没有什么怨的。而我……我……不是累及无辜么?"他重又想上这条路。

21 然而立刻觉得有些惭愧了,"我是无辜;老李这么干,难道就是有罪么?"于是想起魔的种种形相,种种作为;红血与烈火,饥容与死脸,急速地电影似地都在脑际闪过。"这太岂有此理!假若宽恕了魔,就是侮蔑了人。老李的事业,正是人人该做的事业。我也该去做与他同样的事业!"

22 "然而,我自有我的事业在。"他一转念就想到教育。"我是教人不要堕入于魔,也非常重要,而且尤为根本。至于那个,我的力量太微弱了,它们有锋利的爪牙,我有什么呢?它们有无上的威力,我有什么呢?用鸡卵同石头去碰,到底不是聪明人干的事。"想着,也就无所谓惭愧;对于老李那种夸大的不聪明,未免起一些鄙夷的意思;而他要叫自己给他带这种危险东西,尤属大可痛恨。

23 "往那里走?"车夫回转头来。前头是叉路了,暮色渐浓,远处的行人同车辆都成一团团的黑影。

24 "往左。"他随口说了。这是回学校去的道路,假若他仔细想了,决不会这样绝不踌躇的。

25 "那家伙不在后头了吧?——不会的,不会的。我这一顶米色呢帽很触目的,他认定了米色呢帽,再也不会错失。……本来想戴那顶旧帽子的,怎么又戴了这一顶!……脱去了吧?……不好,米色呢帽这么一晃动,那家伙一定奔过来把乌黑的小管子指着我的后脑。……把车篷拉了起来吧……也不好,明明不下雨,为什么拉起车篷来?不是告诉人家我在胆怯么?……呵,简直没有办法!"

26 "或是一秒钟两秒钟里头,或是再迟半分钟一分钟,只要那家伙高兴,马上可以喊住我。我当然跟着他走。难道还是抵抗么?"他仿佛已经看见明天的情形了:报纸上刊载着大号字的题目"捕获运输危险刊物的",下面就是自己的名字。成千成万的读者纷纷议论着,有的嗟叹说,"可惜,有志气的人!",有的讥讽说,"嗤,蚊虫想负山!"有的痛骂说,"好呀,这班东西要捉一个干净!"但是,他们说对了那一项呢!尤其痛心的是学校里的同事同学生看见了,也会同样地嗟叹或者讥讽,或者痛骂,而大家一致的一句是"不料校长先生……"学校前途自然不堪设想了,款没人筹,一切事务没人总理,同事便各自分散,学生当然由家属领回去了。两年的筹划,半年有余的实施,完全付于流水!……就是事情幸得辨白,学校也不能办了。岂但学校,简直社会的一切都不得参加。偶然站在人前,只听低低的一声"他是吃过一场官司的",还能不掩了脸逃走么?——他看到这样,觉得已到生命的尽头,前面是漫黑的一大团空虚。

27 但是惨酷的拷问,躺在泥地里,给小虫吸血,与强盗作伴等等戟刺着他,使他改换方向,去寻一条漫着青光的生路。"他们问我,我当然不知情。他们问谁可作证,我就把王老先生说出来,他们该相信了吧。立刻通知学校里,教他们去寻教育会也行。打个电报给老大,省长方面想来也可有路。——只是,他们许我同外面通信么?如其说案情重大,概不许通信,又怎么办呢?"他又怅然了,吁地叹一口气,同时朦胧地想到托尔斯泰一篇小说里犯人相互敲墙壁通信的法子。

28 "到学校了!"他看见相熟的一盏白磁罩电灯在前面发亮,这样想。在极短的时间里,却反复地踌躇:起先想不要进去,进去了给那家伙认识了所在是不好的。然而尽让车夫拖着跑,那家伙始终跟在后头,同样是个给他看住。最好的办法是把这包东西留在车里,自己走进学校。但是那家伙明明看清这辆车是谁坐来的,只消一搜查,人赃还是在他的手里。

29 车轮不管什么,已经滚到校门前了。莫名其妙地,他奋出生平未有的勇气说"停!"车夫放下车柄,他授一把铜子在车夫手心里,急忙提起那纸包刺猬似地冲进学校的门。

30 "梅生,外边去看有没有人问起我。如其有说我不在这里。"

31 梅生莫明所以,疑怪的笑意在口角边一嘻,慢慢地退出去。

32 "快去!不在这里,说我不在这里!"他走进自己的房间,鹘落地把手里的纸包藏在床底下箱子的背后。坐定下来,两手支着头喘气,心头依然突突地跳。

33 梅生去了一会,没有来回话,却听他拍拍拍地在那里扇水炉子了。

34 "梅生!"他用敛抑的声气喊。"外边有没有人问起我?"

35 梅生的瘦脸显露在房门口了。"刚才门口去看,人是有的。……"

36 "呵！"

37 "不过都是来往的人,没有走来问起先生的。"

38 "哦！"他想发作,不知为什么又缩住了。心里自然安舒一点,但总还是给几条细线缠住了肚肠似地,不能释然。立起来转了几个圈子,又靠窗望了一会新月将上发亮的天,便回到床前取出箱子背后的纸包,带着又好奇又害怕的心绪,郑重地放在桌上。

39 "嘻……这个东西！"他用力抽出一张来看时说。纸面印着一位老太太的半身像,面貌很慈祥,皱纹虽多,却没有干枯憔悴之意。翻过来看是讣告,降服孙下面印着老李的名字。

40 一阵微妙的心情过时,他抬起头来,看见映在墙上一面镜子里的自己的脸,涨得红红地,眼角里发亮。

41 他觉得不好意思,又低下头来了。

(1926年11月30日,选自《未厌集》)

【解说】

本篇的题目——《一包东西》,即已显示小说的题材。在结构上,作者将顶点安放在最后,用以维系读者的注意力。作者的主旨,仍是描写不安的空气中的知识分子。

1—3 表现公共汽车里的氛围气,微带谐谑。

4—8 "恐怖"来了,由此引出"一包东西"。

9—29 这一大段里所描写的,几不容琐絮地区分。作者用力描写恐怖心理。写知识分子的怯懦,虽有反抗意识;知道恶魔的凶残而不能痛快地干去。

对于老李(托他携带一包东西的人)先是佩服,既而想起他给带这种危险东西,不觉痛恨。一种矛盾的心理,被作者表现无余。

30—38 恐怖与张皇的余音,表现极有力。

39 本文的顶点,亦即全事件的解决,叫阅者放下了一颗心。

40—41 收束处余味不尽。

参考资料

创作的要素

现在的创作家,人生观在水平线以上的,撰著的作品可以说有一个一致的普遍的倾向,就是对于黑暗势力的反抗。最多见的是写出家庭的惨状,社会的悲剧,和兵乱的灾难,而表示反抗的意思。这确是现时非常急需和重要的,创作家将这副重担子挑上自己的肩,至少是将来的乐观的一丝儿萌芽。但是有些情形觉得不很餍足我的期望,随笔写出来供大家讨论。

有许多作品,所描写的诚属一种黑暗的情形,但是:1. 采取的材料非常随便,没有抉择取舍的意思存乎其间;2. 或者专描事情的外相,而不能表现出内在真际;3. 或者意思虽能表出,而质和形都是非常单调。凡属于这等情形的,就要减损作品自身的深切动人效力。

试想天下的事物,人类的情思,是何等地繁多,即单就黑暗方面的而言,也是不可数计。在这不可数计之中,取出一件事物一个情思来,著为文字,要使人人都能感动,随着文字里的笑啼歌哭而笑啼歌哭,当然要选择其中最精警最扼要的一件一个,更从其中选择最精警最扼要的一段或数段,才能满足这个愿望。否则越是连篇累牍地书写不休,越使人家的感受性趋于滞钝,至多不过使人家从文字里知道些怎么怎么的事实罢了。而文学的目的那里在使人家知道些事实呢?

作品单摹外相的,无论如何工致精密,不过如照相片一样,终不能成为具有生命的东西。这个理由极为简单:性格的表现于画幅,在于将最能传神的部分充分挥写,而不重要的部分竟可弃去不写,这并非疏略,正以见创造的艺术手腕。所以能成其为具有生命的画幅,照相则纤屑靡遗,无论是极不重要的地方也是死板板地留下痕迹。而最能传神的地方又是同一例,并不特地为他表出内面的精神。大家说这是极肖似的一个照相,诚然。但肖似的原止是外面的浮影,内在的真际在那里呢?单写事情的外相的文学作品,就有与这同样的情形。更有一类,为细屑不重要的地方也支离破碎地描写,其实是不需要的,不但不见增益全篇的完美,反而破坏了全篇的浑凝——离析浑凝的而为各各判离的。欲知其得失,也可以绘事相喻:一篇文学作品无异一幅精神完足的画,现在仿佛止画了多幅剖面图和断面图,纵极精密,怎能引起人家和赏鉴精神完足的画时同样的情绪呢?

要表显出一个情意,须要适度的材料。要使这个材料具有生命,入人之心,须要用最适切于表现这个材料的一个方式。有些创作里,往往有材料不足之嫌。譬如果实,还没充实,已遭采撷,使吃的人不满所欲,非常惋惜。有些纳种种事物情思于同一方式之中,或者袭用古来的近时的本土的异域的方式范围自己的材料,间接以限制自己的情意。譬如行路,明明有宽阔的大道,却受一种势力的牵引,竟入了逼仄的狭巷,就难免有形或无形的损害。

综观以上的意思,知现时的创作家须注意的是:1.要取精富的材料;2.要表现一切的内在的真际;3.要使质和形都是和谐的自由的。

惟其于上述几端不尽能做到,所以所描写所表现的黑暗止是一隅,止是小端,所以新兴文学对于中国民族没有什么影响。到了尽能做到的时候,文学就有一种神异的力,他一定能写出全民族的普遍的深潜的黑暗,使酣睡不愿醒的大群也会跳将起来。达到这个时候的迟早,全视创作家的努力如何,创作家努力!

我以为从积极方面表示一种理想,这是我们所愿欲而且是可能的,也未尝不可。他一样也反抗黑暗,他的真诚和希望一样可以感人。且创作家倘不拘泥于主义和派别,则理想和现实亦将两忘,止记有人生而已。我写这些文话没有精当的意思,和不能做到自己实行做到都是我的惭愧。但供人讨论和于此努力却是我的愿欲。

诚实的自己的话

叶绍钧

我们试问着自己,最爱说的是那一类的话?这可以立刻回答,我们爱说必要说的与欢喜说的话。我们有时受人家的托付,代替传述一句话,或者为事势所牵,不得不同人家勉强敷衍几句,固然也一样地能够说,然而兴趣差得远了。要解释这个经验的由来很容易的。语言的发生本是为着要在大群中表白自我,或者要鸣出内心的感兴。顺着这两个倾向的,自然会不容自遏地高兴地说。至于传述与敷衍,既不是表白,又无关感兴,本来不必鼓励唇舌的。本来不必而出以勉强,兴趣当然不同了。

作文与说话本是同一目的,只是所用的工具不同而已。所以在这关于说话的经验里,可以得到关于作文的启示。倘若没有什么想要表白,没有什么发生感兴,就不感到必要与欢喜,就不用写什么文字。一定要有所写,才动手去写。从反面说,若不是为着必要与欢喜而勉强去写,这就是一种无聊又无益的事。

勉强写作的事,确然是有的。这或由于作者的不自觉;或由于别有利用的心思，并不根据所以要写作的心理的基本。作者受别人的影响，多读了几篇别人的文字，似乎觉得颇欲有所写了。但是写下来的时候，却与别人的文字没有两样。至于存着利用的心思的，他一定要写作一些文字，才得达到某种目的。可是自己没有什么可写，不得不去采取人家的资料。像这样无意的与有意的勉强写作，所犯的弊病是相同的，就是模仿。我们这样说，在无意而模仿的人，固然要出来申辩，说这所写的确然出于必要与欢喜；而有意模仿的人，或许也要不承认自己的模仿。但是，有一种尺度在这里，用着它，模仿与否将不辩而自明，就是"这文字里的表白与感兴是否确实作者自己的？"从这种尺度的衡量，就可见前者与后者都只是复制了人家现成的东西，作者自己并不曾拿出什么来。并不曾拿出什么来，模仿的讥评当然不能免了。至此，无意而模仿的人就会爽然自失，感到这必要并非真的必要，欢喜其实无可欢喜，又何必定要写作呢？于有意模仿的人想到写作的本意，为宝爱这种工具起见，也将遏抑了利用的心思。直到他们确实有自己的表白与感兴的时候，才动手去写作。

像这些著述的文字，作者潜心研修，竭尽毕生的精力，获得了一种见解，创造了一种艺术，然后写下来的，自然是所谓写出自己的东西。但是人间的思想情感，往往不甚相悬，现在定要写出自己的东西，似乎他人既已说过的，就得避去不说，而要去找人家没有说过的来说。这样，在一般人岂不是可说的话很少了么？其实写出自己的东西并不是这样讲的；按诸实际，又决不能像这个样子。我们说话作文，无非使用那些通用的言词；至于质料方面，也免不了古人与今人曾经这样那样运用过了的，虽然不能说决没有创新，而也不会全部是创新。但是要注意，我们所以要说这席话，写这篇文，自有我们的内面的根源，并不是完全被动地受了别人的影响，也不是想利用着达到某种不好的目的。这内面的根源就与著述家所获得的见解，创成的艺术有同等的价值。它是独立的；即使表达出来的恰巧与别人的雷同，或且有意地采用了别人的东西，都不受模仿的讥评；因为它自有独立性，正如两人面貌相同，性情相同，无碍彼此的独立，或如生物吸收了种种东西营养自己，却无碍自己的独立。所以我们只须自问有没有话要说，不用问这话曾不曾经人家说过。果真确有要说的话，用以作文，就是写出自己的东西了。

更进一步说，人间的思想、情感，诚然不甚相悬，但也决不会全然一致。先天的遗传、后天的教育、师友的熏染、时代的影响，都是酿成大同中的小异的原因。原因这么繁复，又是参伍错综地来的，就成各人小异的思想、情感。那么，所写的东西如果是自己的，只要是自己的，实在很难得遇到与人家雷同的情形。试看许多文家，一样地吟咏风月，描绘山水，会有不相雷同而各极其妙的文字，就是很显明的例了。原来他们不去依傍别的，只把自己的心去对着云月山水；他们又绝对不肯勉强，必须有所写才写；主观的情思与客观的景物揉和，组织的方式千变万殊，自然每有所作，都成独创了。虽然他们所用的大部分也只是通用的言词，也只是古今人这样那样的运用过了的，而这些文字的生命是由作者给予的，终究是唯一的独创的东西。

讨究到这里，可以知道写出自己的东西是什么意义了。

既然要写出自己的东西，就会联带地要求所写的必须是美好的：假若有所表白，这当是有关于人间事情的，则必须合于事理的真际，切乎生活的实况；假若有所感兴，这当是不倾吐不舒快的，则必须本于内心的郁积，发乎情性的自然。这种要求可以称为"求诚"。试想假如只知写出自己的东西而不知求诚，将会有什么事情发生？那时候，臆断的表白与浮浅的感兴，因为无由检验，也将杂出于我们笔下而不自觉知。如其终于不觉，徒然多了这番写作，得不到一点效果，已是很可怜悯的。如其随后觉知了，更将引起深深的悔恨，以为背于事理的见解，怎能够表白于人间，贻人以谬误，浮荡无着的偶感，怎值得表现为定形，耗己之劳呢。人不愿陷于可怜的境地，也不愿事后有什么悔恨，所以对于自己所写的文字，总希望它确是美好的。

虚伪浮夸玩戏都是与诚字正相反对的。有些人的文字里，都犯着虚伪、浮夸、玩戏的弊病。这个原因同前面所说的一样，有无意的，也有有意的。譬如论事，为才力所限，自以为竭尽智能，还是得不到真际。就此写下来，便成为虚伪或浮夸了。又譬如抒情，为素养所拘，自以为很有价值，但其实近于恶趣。就此写下来，便成为玩戏了。这是所谓无意的，都因有所蒙蔽，遂犯了弊病。至于所谓有意的，当然也是怀着利用的心思，借以达某种的目的。如故意颠倒是非，希望淆惑人家的听闻，便趋于虚伪、谀墓、献寿，必须彰善颂美，便涉于浮夸；作书牟利，迎合人们的弱点，便流于玩戏。无论无意或有意犯着这些弊病，都是学行上的缺失，生活上的污点。如其他们能想一想是谁作文，作文应当是怎样的，便将汗流被面，无地自容，不愿再担负这种缺失与污点了。

我们从正面与反面看,便可知作文的求诚实含着以下的意思:从原料讲,要是真实的、深厚的,不说那些不可征验,浮游无着的话;从态度讲,要是诚恳的,严肃的,不取那些油滑轻薄十分卑鄙的样子。

我们作文,要写出诚实的,自己的话。

(录自《创作讨论》)

叶绍钧的创作

钱杏邨

一

在我的另一篇作家论里，曾经这样的说过，初期的文化运动，引起了青年的对于一切的怀疑，怀疑社会、怀疑家庭，怀疑社会上的一切旧势力，旧制度；现在要研究的《叶绍钧的创作》里，就深深的涂满了这种怀疑的色调，尤其是最先的《隔膜》一集。所以，这里有重行提起这话的必要。实在的，因着初期文化运动的冲激，很多很多的青年都有了"生之觉醒"，和"生之怀疑"，于是，"生命究竟是什么？"的一个问题，便形成了青年的唯一的苦闷，作为青年思想的唯一的对象了。这也不完全是为时代思潮冲激而有的现象，用心理学的立场去看，也是必然而不可避免的结果。人生到了青年期，无论在心理或生理方面，都已得到了充量的发展，自我的意识早已昂起了头来。他们已经从家庭走到社会，一切的现实逐渐的打破他们过去的理想的梦，他们对于一切的事件必然的感到许多的不满，而钩起许多的疑怀，而拼命的追寻,去探讨生命的真实。在现代中国的文坛上,有代表向上的青年的作家郭沫若,有颓败挣扎终于向下的青年的代表作家郁达夫,叶绍钧的创作所代表的却是一种深味到人间的阴森与隔膜,对生命引起了怀疑与烦闷,想努力追求一种解决的怀疑派的青年。

所以,他虽然具着对现实社会的种种悲哀,终竟还潜藏着一种向上的光明的期待的心。这里,我们就有引用顾颉刚的话的必要了。他说,"圣陶做小说的一贯宗旨是:人心本是充满着爱的,但给附生物遮住了,以致成了隔膜的社会。人心本是充满着生趣和愉快的,但给附生物纠缠住了,以致成了枯燥的社会。然而隔膜和枯燥,只能把人事的外表糊得密不通风,却不能截断内心之流,只能逼迫成年人和服务于社会的人就它的范围,却不能损害到小孩子和乡僻的人。这一点仅存的爱、生趣、愉快,是世界的精魂,是世界所以能够维系着的原故。"(《火灾·序》p.6)这种归纳的结论,实足以概括尽《隔膜》一集里的作者所表现的人物的思想。叶绍钧所表现的人物是这样的看着人间。现实的人间未免太愁惨了。这种思想,到如今当然不是澈底的思想,因为他们没有追寻到人间所以然造成这样的状态的根本原因。生趣和愉快是谁个摧毁了的,爱是怎样丧失了的,社会所以变成这样的枯燥、隔膜的背景,应该怎样的除去他所谓的"附生物",在《隔膜》里没有明确的解答,所表现的思想,只是怀疑与诅咒,只是客观的开了脉案。这也就是这一类的青年始终只能伤感与失望,而找不到出路的基本原因。《火灾》以后是微微的逐渐的有了向上的"生"的力量,而隐约的看到了这种社会救治的方法。可是,终竟不能不感到，虽说有了"生"的力量，依然的还没有极端活跃的"生"的跳动，生命的活力的一方面还是缺欠一点充实。

但是，叶绍钧所描写的，终竟是属于黑暗曝露的多，没有充实的生命的力的人物多，这就是因为他所表现的人物大都是属于小资产阶级的人物的原故。大资产阶级有自己阶级的意识，无产阶级也有自己阶级的意识，惟有小资产阶级是没有自己的确定的阶级的意识的，他的阶级的形态，必然的是如此。我们可以引用茅盾的话来说明："连带的又想起叶绍钧对于城市小资产阶级的描写来，城市小资产阶级，或 civilian，他们的思想方式和生活方式，自然又是一个；在我们这社会内，自然又是一层。在叶绍钧的作品，我最欢喜的也就是描写城市小资产阶级的几篇；现在还深深的刻在记忆上的，是那可爱的《潘先生在难中》，这把城市小资产阶级的没有社会意识、卑谦的利己主义、Precaution、琐屑、临虚惊而失色、暂苟安而又喜，等等心理，描写得很透澈。这一阶级的人物，在现文坛上是最少被写到的，可是幸而也还有代表。"（《小说月报》19 卷 1 号）这完全是实际的人物的实际的行动，是阶级的一般形态，所以，这阶级必得被领导着。在叶绍钧的创作中表现这阶级的人物的特多，并非"几篇"，至于说到作品的可爱的一点，他表现城市小资产阶级和表现村镇社会里的人物是一样的值得注意的一样的可爱。这是说明叶绍钧笔下的人物所以然成为这种定型的原因。

生活上不感到特殊的困难的小资产阶级者，没有坚决的追求光明的意志，性格大都是优柔寡断的。他们一面对现实感到不满，一面又没有牺牲个人解放大众的决心,这样,形成了现实的苦闷,这苦闷便支配了他们生活的全体。所以,当这个阶级的人物展开眼来以后,看到许多被压迫者的不幸的一生(如《一生》),看到人生的机械的定型(如《隔膜》),看到人生的孤独(如《孤独》《归宿》),看到人类职业的烦闷(如《病夫》),看到为经济所支配着的生活(如《小病》),等等,或者自己经历了这等等的生活,于是,便感到了不满,而生出怀疑,扩大到对于一切的怀疑,这是很普遍的事实。这是小资产阶级者的思考的过程的定型。叶绍钧是这样的表现着。这一种人物也想从怀疑点出发去把握得一种结论,可是结果何如呢?他们所得的是,"哲学的知识不就是治那生命的病菌的对症药的本身,所以那病症还是潜伏着,时时显出他狠毒的势力。"(《隔膜》p.24)哲学不能解决他们的病症。他们依然的不能解决什么是生命(《隔膜》p.24),什么是生活(《隔膜》p.25—26),看到每天生活的方式的定型,只是增加他们的烦恼。他们怀疑着。不知道生命是否真实(《隔膜》p.115—118),所谓人生的步调,只有不自然的动态,如《寒晓的琴歌》里叙述的一类的事件,如《云翳》里所表现的,彼此互相欺骗而已。他们是对一切引起怀疑,怀疑点是慢慢的展开,终于寻不到一个解决。于此,我们可以看到,所以然不得解决的原因的另一重要点,是这种人物的思想太忽于物质原因的探讨了,假使我推测的不错,这种人物的思想的根本错误,是唯心的,而不是唯物的。

"他的感觉里没有世界——小方天井是没有,天是没有。自己也不很真实,只觉一个虚幻的自己包围在广大的虚幻里。"(《隔膜》28)

这种人物对于生命的终结，有时得到的是如此的答案。就大部分的表现去看，结论却不是如此。是如顾颉刚所说："世界的精魂是爱，生趣，愉快。"(《隔膜》p. 111)同时，生命的本质是"活动，真实，恋爱"(《隔膜》p. 28)，只是被"附生物"遮住了。《阿凤》就是证明着说，当压迫她的人走开之后，她比即活泼起来了。无论怎样，生活不完全是绝望的。(《潜隐的爱》)生命也终竟是活跃的，有回转到活跃的希望与可能。(《小蚬的回家》)他们于是自己对自己批判起来："身体是生命的表现，自我发展的工具。"(《隔膜》p. 127)虚空的疑虑和真实的惶惧，一样可以使人彷徨无据，意兴索然。"(《隔膜》p. 130)他们觉得人类必得有信仰。"信仰是我们的一个光明，它在无尽的路的前头照着。"(《火灾》p. 24)在《城中》，便说明应该加新的血液了。人生并不会永久的如《苦菜》。刹那主义(讲演)不过是一种现象而已。这样探讨的最后，潜藏的生命的力乃微微的活跃了，这样，《火灾》的主人才不安于单调的生活，《桥上》的青年才拿着手枪去消灭敌人(这青年的行动太浪漫)，本来无可奈何的《校长》，也就成了《搭班子》里的比较坚强的人物了。

综合以上所说，叶绍钧创作里所表现的人生是有一致的倾向的，完全是代表了现代的怀疑派的青年，或者说是代表了现代的勇于怀疑的青年的思想。这种人物对于生命的怀疑的过程，是首先感到有"附生物"的隔阂，入后才进一步的认定要除去这"附生物"只有自己站将起来。"爱"和"生趣"和"愉快"的世界的创造，是要自己先去奠定基础。不过，仅只到微微的翻转，还不会怎样的跃动。这样的青年很不少,叶绍钧的创作确确实实的能以代表他们。我们将怎样的打破人生的机械,与人类的隔膜?这依然的是留着给我们探讨的问题……

二

依据创作的取材的一方面说,叶绍钧写的教育小说最多,截至1927年止,他写了六十八篇,取材于教育的有二十几篇,他可以说是现代中国文坛上的教育小说作家。现在他还在因着他的丰富的教育经验,在写着十二万字的长篇教育小说《倪焕之》(1928《教育杂志》)。他的教育小说的成就,在他的创作中是最好的。他洞察到教育的各方面,精察的解剖着教育界人物的心理,同时还注意到学生的生理状态及其环境。他是完全的站在教育家的立场上去表现教育的实际及其各方面。他是完全的很冷静的在开他自己所体验到的教育病症的脉案。他是在写着自己厕身教育界时所观察的事件的回忆录。他所描写的范围有三方面好说,一是教育界黑暗的曝露,二是教师的生活,三是学生一方面的事件。

教育实在是不可靠,事实已经变成骗人的东西,资本主义社会里的教育是免不掉其为"拜金主义"与"资本奴隶"的。歌德(Goethe)有过对于教育的咒诅,阿志巴绥夫(Artsybashev)也对教育抨击过,叶绍钧所得到的结论,也只是教育是损害的(《火灾》p.52)。教育是摧毁了儿童的动的生命,教育是笨伯(《一课》)。教育无论怎样,是不得不令人怀疑的(《火灾》p.175)。是没有好的学校的(《乐园》)。他自己对于教育,从他所表现的看去,他是这样的不信任。何以造成这样的结果呢？这就不能不进一步去看他所曝露的教育界的黑暗了。他解剖的这其间的原因是很复杂的,有经济的关系,有教师的关系,深入的讲起来,却都是经济的原因。读其《饭》的一篇,不仅看到学务委员因着经济的骗取不得不卑劣,也可以看到吴先生是怎样的因着经济的缺乏而颤抖,而不能安于教读。更可以得到一个结局谁也不曾为着教育努力,只是为着生活经济的骗取。这样,教育当然收不到良好的效果。一切的事业,既已变成了生活的机械,学校的建立的结果,只不过是多安插些"吃饭的人"而已。读到《校长》和《搭班子》两篇,便可以看事实是怎样的可怕,主持教育的固然把教育看做生活机关,就是教师,也没有谁个潜心教育,只是搭班子,只是谋差事,只是混饭。在这里,还可以看到一种现象,即使纵有少数人想打破这种恶习惯,为着事实与环境,封建的思想,宗法社会的力量,终于被环境征服了,《校长》就是这样的人,虽然《搭班子》里的校长想坚持到底。辞退教员,在旧的社会里有种种的危机；创新的基础罢,旧的力量也不肯容许存在,除非有百折不挠的精神。旧的势力是要从各方面来破坏的。《城中》里所表现的就是这种现象。旧的力量要从各方面：政治方面、社会方面、学生家属方面,来不断的加以破坏与袭击,现代的教育仍旧被根深蒂固的旧的力量在支配着。这是从办教育的人的一方面表现着教育的病症。

在教师方面,把教育当做吃饭的地方,《饭》和《校长》和《搭班子》里已经说得很详细。其实,未尝没有好的,但是这些好的教师为着经济的影响,也往往的不能安于教育,我们可以看《乐园》《母》《前途》三篇。《乐园》里说明了教师的清苦,《母》的一篇说明了教师因着经济的关系怎样的不能安定,《前途》的一篇,则是写教师的收入,不能供给一家,不得不另寻副业的苦衷。总之,教师也有良善的,但他们的经济不能稳定,他们是无法能安心于教育。在《脆弱的心》里,就可以看到教师的生活的苦闷。他们置身教育,而又感到苦闷,当然要寻求出路,稳定生活。然而事实上又是不可能,《抗争》就是好例。这还是为着索薪。总之,纯智识分子的团结是有些靠不住的。阶级的痼疾,在这一篇里显露了。所以,当失败以后,提议人被辞退以后,他愤然的骂道:

"他们没有识见,没有胆量,只晓得饭碗!饭碗!饭碗就是他们的终身唯一的目的!饭碗也得弄得牢固一点,稳妥一点呀,但他们不想!饭碗以外还得好好的做事业呀,但他们更不想,说什么教育,教育,一切的希望都系于教育!把教育托给这些东西,比建筑在沙滩上还要靠不住。"
(1926)

教育不是没有好处的,低能儿就是证明,但是要把教育当做教育干呀!可是,事实恰恰相反,教育的神圣,和谋差混饭的意义相等,教育的前途,实在等于"比建筑在沙滩上还要靠不住"。这是叶绍钧在《城中》一集以后的创作,在这里,他是借着书中的人物,在宣布现代中国教育的破产了。教师的大部分也和办学的人的一样的无望。根本原因还是由于经济,经济毁坏了教育的生命。我们看到这里,从学校的环境方面,办学人的本身方面,以及教师方面,可以寻出一个教育病症的结论。叶绍钧用事实在告诉我们,使我们悟到经济制度存在的今日,教育的改善是没有希望的,因为生活与经济的原因,在现代,教育机关的设立,也不过是要安插几个吃饭的人罢了。对于儿童本身是毫无利益的。

叶绍钧的教育小说,不是限于内部的曝露的。描写的最成熟的教育小说,不是上面所列举的,而是表现儿童的《义儿》《小铜匠》与《马铃瓜》。这三篇,在技巧上是比较的最成熟的。《义儿》是死了父亲,为母亲所娇养的儿童,性格很倔强,同别的孩子一样,欢喜奔跑,欢喜无意识的叫喊,欢喜看不经见的东西,欢喜附和着人家胡闹,但是他不欢喜学校里的功课(《火灾》p. 52)。甚至和英文先生冲突起来。学校没有办法,以为他离开家庭的环境也许会好,把他搬到学校里住。但这结果是和往日一样,而且更是高兴。叶绍钧表现这一种题材有一点最值得我们注意的,是他站在教育家的立场上,迫寻这样"浮动的心情"的义儿的性格与习惯的起源,就是说注意于义儿的环境的考察,也就是写实主义作家注意于环境的描写的精神。他寻出他父亲的死亡给予他的影响,他寻出义儿母亲明知失望而不得不娇养的原因,他寻出义儿三叔处置义儿的秘诀:"处置义儿的唯一的办法,就是永远不要将好颜脸对他"(《火灾》p. 55)的不能收效,家庭教育的不当,致使学校教师全都束手无策。写义儿的个性及其生活,层层说明解剖,态度非常的严整,内容非常的充实。《小铜匠》一篇也是写教育对于一部分儿童失其效力。一个低能儿陆根元,当他在学校里的时候,教师们"用尽了方法,总不能凿开他的浑沌的窍"(《火灾》p.174)。后来,他废了学去学铜匠,却能把工作做得好好的,于是教师们对于方法怀疑了,但结果是不曾有正确的解答。不过级任先生的话是不错的,教师实在没有认清这些蠢然无知的孩子:

"用尽了方法么?这还不能说。像根元这一类的孩子,我们不能使他们受一点影响,不如说因为我们不曾知道关于他们的一切。我们与他们,差不多站在两个国度里,中间阻隔着一座高且厚的墙,彼此绝不相通,叫我们怎能够教得他们好呢!"(《火灾》p.174)

我们觉着这种说教,不仅是说教师们对陆根元所以失败的原因,是没有把握到正当的方法,打破"隔着的一道厚墙",就是叶绍钧写小说所以能写得深入,原因也是在此。他打破了人物与自己间的墙,他在表现之先,先考察的人物环境及其他。写陆根元,他就能顾及他的家境,他母亲的死亡,他的幼稚的不可言说的悲哀,使人读完时感到无限的黯然。调子是静穆而悲哀,性格和义儿一样的蠢然无知。在叶绍钧所作的教育小说中,是没有再比这两篇值得我们注意的了。除此而外,《马铃瓜》写科举时代的"童生"的生活非常的亲切有味,活泼可喜,不过,这是不属于这个时代的了,我们毋须多说。用快乐的情调所写的教育小说,如《马铃瓜》,也还有《风潮》一篇,《地动》虽有教育的意义,调子却不能使人轩渠;《风潮》一篇表现学生在罢课时的心理真是有趣至极。叶绍钧的小说,往往在收束的地方,使人有悠然不尽之感,《风潮》就是如此:"路上遇见相识的人,问他们做什么时,他们以夸耀的声气回答道,'我们起风潮了。'"(《火灾》p.108)把学生的心理,真是刻划无余,有《报刘一丈书》的风趣;也有结束处失败的,《小病》(《小说月报》)就是一例。然而,这样的东西,是不足以代表他的。

在教育小说之中,曝露内里的创作是不如他描写儿童的创作的成熟的。他并不反对智识(参看《先驱者》),他只感到教师的不当与环境的恶劣(记得绍钧好像有一篇戏剧,叫做《恳亲会》的,就是说明教育的恶劣的环境之一)。他对现代教育根本生了怀疑,他是在咒诅着。其他还有几篇关于教育的,如写女教师的同性恋等等,那些都没有多少的关系,这里不再叙及了。我们研究叶绍钧的教育小说,我们得把握住他的教育小说成熟的根源,他站在写实主义的立场上写,他站在教育家的立场上考察的写。同时应得根本观察到这一切的教育上的纠纷与起源,完全是经济制度底下的社会里必然的现象。要改造教育,得先推翻现代经济制度。

三

这一节转到叶绍钧的城市小资产阶级与村镇的社会人物的描写。在城市小资产阶级的一面,在开始已经略有说明,是有他们特有的阶级形态的。这一类的人物,是具着宗法社会思想的,假意的谦虚,优柔而寡断,没有果敢的意志,往往畏难而退的人物。其间,最令人厌恶的就是彼此间的隔膜,一切行动的机械化,这在《隔膜》里表现的最澈底、最健全。"我只是不明白"……(《隔膜》p.104)实在的,为什么人类相互间不能开诚,必然的要蒙上一面假幕面相见呢?为什么人生变成这样的枯燥,这般的无聊呢?"生"的意趣在这种环境之下是怎样的无意义呵!一切都只是不自然的动作,如《寒晓的琴歌》里所说。只有打破这种隔膜,生命才会有意趣。人间现在是彼此隔膜着,《云翳》就是一例。只有颠覆新旧封建制度的社会,打倒封建时代余留下的封建思想,可以打破这种云翳。从叶绍钧所表现的城市小资产阶级的心理看去,他就是一个封建势力的抨击者。譬如"不孝有三,无后为大"的子嗣观念,在过去直接间接的造成许许多多的罪恶,在他的小说中就可以看到这种思想与所演的惨剧,《一个朋友》《遗腹子》《苦辛》都是属于这一类。《一个朋友》对于他儿子娶亲的结论和《遗腹子》里的话,正可以对比的去看:

"我有什么福分?不过干了今天这一桩事(替儿娶亲),我对小儿总算尽了责任了。将来把这份微薄的家产交付给他,教他好好的守着,我便无愧祖先。"(《隔膜》p.44)

"惭愧得很,那里说得上积德。不过蒙天照顾,有了个孩子,总算交待得过了。哈,哈,哈!"(《遗腹子》)

这两说遥遥相对，正是宗法社会里中年人同具的心理，和他们毕肖的口吻，"已届中年，后顾尚虚，还有什么意味！——人生路上一枝照例的刻毒的冷箭射中他的心窝了"。（《遗腹子》）这是无子嗣的中年人的一般的悲哀。"生儿子呢，是多么重大的事。"（《遗腹子》）但是，儿子终于不来，又将怎么办呢？这只有纳妾的一途了。小资产阶级的中年人对于子嗣的观念是从来如此。我们从《一个朋友》篇里可以看到有了成年的儿子的欢喜，在《遗腹子》里是完全的可以看到没有儿子的悲哀，甚至不恤牺牲生命，宗法社会思想中人之深于此也可想见一斑了。在这两篇之中，表现得极灰暗、沈痛、悲哀的，要算《遗腹子》，在全创作里也少这样的阴暗的调子的。技巧较之以前有了突进，写七回产生女孩的经过，是用七样的方法，自然而不感到重复，把这一类迂腐的中年人心理与性格可说是露骨的表现了。从女性一方面说，《苦辛》里的女主人公是可以代表的。人世间尽多着这样的人。《苦辛》的内容是和《遗腹子》不同的。《遗腹子》是说一个男子连得了七个女儿，没有生一个儿子，他不得已而纳妾，可是纳妾以后，妻却生了儿子。不幸孩子没有长大就死了，这男子乃愤而投河自杀。《苦辛》是写一个妇人的残废的儿子死了，媳妇也死了，她怕香火断绝，去抱了一个孩子，抚养成人，娶亲生子。这妇人耗费了几十年的苦辛，她自己以为是很得计的，其实，"这样的《苦辛》的报酬在那里呢？还不是只有个静寂的家庭包围着她个忧伤孤独的生命罢了"（《苦辛》）。这是可以说，女性，小资产阶级的女性，对于子嗣的看法是和男性所看的一样的重大。这一篇，在叶绍钧的创作中，是独具风格的,抒情的成分很重,为其他每一篇所不曾有过的。写女性对于子息的一生看护真是小资产阶级的特有的现象。这是他所表现的宗法社会观念的一种。但,据此以及其他各篇去看,他对于宗法社会观念是反对的,他深切的感到这是很重要的"人间病"。

除表现小资产阶级的宗法社会观念而外,他是很冷静的在体验着小资产阶级的性格。《微波》说一个妻子不甘于她丈夫的虐待,决计离婚,但回家以后,看见了她自己的儿童,她的勇气没有了,主张"缓谈"了,这不是很明白的告诉我们,小资产阶级的迟疑和不澈底么?记得《遗腹子》的女主人公要求她的丈夫再候一胎然后再娶妾时,"文卿先生看伤心的泪点滴在婴儿的小颊上,便想起八、九年来盼不到儿子,有些时候两个人互相慰安,互相期望的情事,觉得她也非常可怜,她的容貌比自己衰老得更要厉害,额角已有深深的皱纹,头发落剩个鸭蛋大的髻了,因而颊然说:'那么,依你的话,再等你一回罢。'"这一种浅薄的同情,和为着儿子要娶妾的心理揉杂于一人之身,真个把小资产阶级人物的丑态,形容得纤维毕露。小资产阶级者眼中的女子究竟是什么呢?排泄、添儿子、做家务,如是而已。还有更甚的,就是把女子用来做自己的奴隶,这种心理在《小病》里表现得最透澈。我们可以藉此看到小资产阶级者是如何的耽爱、享乐:

"就讲吃罢。我不欢喜葱蒜,但爱吃一点绝嫩的韭苗,这味道是一种难以形容的香。鱼类差不多完全爱,独不欢喜那满街都是的黄鱼;淡而无味的粗疏的肉,则教人沾染了满口的鱼腥。诸如此类,她都记得清楚。咸淡的口味,文烈的火候,经她的手便刚好恰当,最合适于我。到外边来吃筵席,品色任你名贵,总觉得是另外的一种味道……每天晚上,一壶上好的绍酒,烫得刚刚好,不太热也不太凉。弄这么几个碟子,不定是什么顶好的东西,然而总是干净,总是可口……讲到穿,说来可笑,我简直是个小孩子,棉的该换夹的了,袜子穿了两天要洗了,都不是我自己作主,谁耐烦当心这些呢?'你的脚好几天不洗了',经这样的提示,我才洗脚。一到家里,长褂脱下来,她便接去折好了,或者整理得好好的挂在衣钩上。说换衫裤,方方地平平地摺叠着的便送到了面前。这也怪,不过是家里老妈子洗的,只由她手里拿来,便觉得格外干净,穿上身格外的舒服……这不是我逼着她这样做,实在她喜欢这样做。她觉得这样做是她最合适的生活方法,必得这样做才快活,才有味。假若劝止她,非换过一种生活法不可,她一定很痛苦。在我,自然咯,这样做是十二分二十四分的舒服。各适其适,岂不很好呢?"

在这里,我们可以看到小资产阶级眼光中的两性关系究竟是怎样的一种可笑的关系,这完全是宗法社会思想底下婚制所演成的普遍事实,是小资产阶级两性方面都很惬意的一种生活方式。丑态,多么有趣的丑态,是完完全全的是很具体的被捉住了。他若《醉后》,是很显然的说明了小资产阶级的矛盾心理,这一阶级的生活本就无时不在矛盾之中。《欢迎》写这一阶级的虚荣与错误。《城中》写这一阶级的智识分子的黔驴的技能。《一个青年》象征这一阶级的态度不率直。《双影》写这一阶级人物的意志不果决,是一种具着所谓"婆心"的不澈底的解放的女性。都是从各方面考察所得到的结论,所表现的小资产阶级最普遍的性格。再进一步讲,就是已经觉醒的小资产阶级,因为生活的背景的规定,仍然是很多的摆脱不掉自己阶级的习性。《一包东西》就可以证明这种人物的胆怯。《在民间》就足以证明不是健全的工人运动者,不过是想向上罢了,但,想向上的程度不过如此。《病夫》一篇所显示的,也正是这阶级觉悟分子的特色,充其量也只有回避罪恶,没有抵抗。《小病》不过是智识分子对于自己的际遇自艾自怨的写实。还有,就是那《潘先生在难中》了,前面已引过茅盾所说,把城市的小资产阶级的没有社会意识,卑谦的利己思想,Precaution,琐屑,临虚惊而失色,暂苟安而又喜,等等心理,发挥得非常透辟,滑稽至极。其他不一一列举了。总之,叶绍钧之善于表现小资产阶级人物,于此可见。我们要认识小资产阶级的真面目,我们最好是到他的创作中去寻。他是长于表现城市小资产阶级的作者。

讲到村镇的社会的人物,叶绍钧表现得也很深刻,但他所写的太少。只得约略的说明一回。他对于村镇的生活似乎很充实,我们只要看他的《悲哀的重载》《旅途的伴侣》《外国旗》《晨》和表现农民的《晓行》就可知道。他写村镇上的人物,尤其是村镇的女性很是生动,我们看小舱中的人物,是全部的活跃在我们的面前,不过这些女性比之契诃夫(Chekov)的《长舌妇》总算稍逊一筹。村镇人物的一部分的蠢然无知，容易受骗，更是显然的事实。向都市去，如《悲哀的重载》，如《晨》，也是目前村镇里惯常的事件。叶绍钧表现的结果，他是认为农村有破灭的危机。讲到农民的痛苦，《晓行》是简明的说出了，《一生》也正写出了乡村妇女一生的悲苦。然而，最令人心折的，还是小舱中那从上海回去的村妇，叶绍钧把她们真是形容得活现了。在《晨》里更可以看到村镇的人物的复杂，冷酷与趣味。综合所采取的题材，也是一般的繁复，在纵的方面，表现了人之一生，在横的方面，从城市写到了村镇。绍钧写的是这样的多，这样的复杂，一种极冷静，极忠实的态度，是值得我们注意的。

四

《稻草人》是一部童话集，是从 1921 年 11 月到 1922 年 6 月内所写成，收他的童话二十三篇。本来，我们在他的小说里，就看到了他对于儿童是怎样的把握着，对儿童是怎样的钟爱（如《伊和他》《萌芽》《潜隐的爱》《平常的故事》《小妹妹》）。他原是从事于小学教育的，对于儿童真如《读者的话》(《剑鞘》)里所说，考察到极细微的地步。这一部童话集，当然是一种说教的形式，无论在意义，在技巧方面，对于儿童是很适合的。不过全书所堆积的成人的悲哀太浓重，虽然遣辞是那么美丽。

在这里，我们就顺序把每篇的意义说明，并酌加意见，然后再综合的去讲。《小白船》是颂赞儿童的纯洁。《傻子》是说明儿童要忠实、博爱，并反对战争。《燕子》是告知儿童"你不要相信世间没有伤害呀"!《一粒种子》写一粒种子不肯为富人开花的经过,较之德国的《劳动儿童故事》里的《玫瑰花》要单弱些。《地球》说明地球的来源,《燕子》一篇是很好的,命意非常深远。《芳儿的梦》表现母爱。《新的表》说明儿童要守时刻。《梧桐子》似乎没有什么意义。《大喉咙》只是有趣的笑话的材料。《旅行家》是说要什么有什么才好,思想是错误的。《富翁》写富人的末路,纠正"到了做富翁的日子,你们就有福了"观念的错误。《鲤鱼的遇险》表现同类相残。《眼泪》是写一个人寻找眼泪,但他所要的眼泪,不是爱和恋、幼稚、虚伪的眼泪,要的是同情的眼泪,这种眼泪,在孩子们的中间找着了。《画眉鸟》的内容很悲惨,结论是人只代替了人家的两条腿,一副煮菜机器,一件音乐机器罢了。所以,在终结,画眉鸟不免伤感而悲酸起来。

画眉鸟决意不再回去,不愿意再住在宫殿一般的鸟笼里。他因为看见许多不幸的人,觉悟自己以前的生活也是很可悲哀的。没有意义的唱歌,没有趣味的唱歌,本来是不必唱的。为什么要为哥儿而唱,要为哥儿的姊妹兄弟们而唱?当初糊糊涂涂,以为这种生活还可以!现在看见了与他同运命的人而觉得悲哀了,对于他自己当然更感深刻的心伤(p.179)。不幸的东西填满了世界,都市里有,山野里也有,小屋子里有,高堂大厦里也有,画眉看见了,总引起强烈的悲哀。随着就唱一曲哀歌;他为自己而唱,为发抒自己对于一切不幸东西的哀感而唱,他永远不再为某一人或某一等人而唱了(p.189)。

事实上是如此,叶绍钧创作的生命的力,我们如其在他的创作中去寻是不如在他的童话里去追求的,他的阶级意识,他的思想,在他的童话里是比较显明的。这一篇《画眉鸟》正是他对于全社会的鸟瞰的回忆。目前的人类的生活是悲哀的,因为大家都在为某一阶级里的人做着工。大家应该觉悟,和《画眉鸟》一样,以后不为这个阶级歌唱了。不过,画眉鸟虽说有了醒悟,但他只能"为自己的不幸而唱。为发抒自己对于一切不幸东西的哀感而唱",终究还缺少一个步骤的力,为不幸而自怜,而对人同情是没有用的,他应该为一切不幸东西而反抗,而创造新的东西,新的天地。《画眉鸟》的命意是不差的,但是还缺少这一点充实的力量。《玫瑰和金鱼》的意义是:"世间没有不望报酬的赏赐,也没有单只为爱着而发出的爱"。《花园之外》写一个穷孩子被拒绝入公园,只能站在公园门外远眺着。《祥哥的胡琴》的命意很深,他拉的歌调是自然所教授的,毫没有一点做作,但"这祥哥的胡琴是大理石建筑的音乐院里的听众所不爱听的",只有母亲、农夫、磨工、铁匠们爱听。这自然也是对于人间的咒诅。《瞎子和聋子》,虽有调换的过程,但彼此所发现的人间都是可怕的。《克宜的经历》是对都市的咒诅,都市对人类的损害,主张回到自然,这种主张是很危险的,我们不能把世界建筑在自然的农村里。这是没有把握得都市所以陷于这般状况的核心的原因。《跛乞丐》写一个邮差为别人的幸福牺牲了自己。《快乐的人》写世间上没有快乐的人,你要以为自己是快乐的,那就不妨走出去看看,包管你会不快活起来。《小黄猫的恋爱故事》写黄猫与白鹅的恋爱故事,包含着深挚的肉欲恋的悲哀。最后是《稻草人》,稻草人一夜的经历,看遍了人间的不幸,到了第二天的早晨,他也就忍不住的倒到田里去了。这是全书的概略。

把以上的话归纳起来,我们可以寻出一种具体的说明:人间是阴暗、悲惨、不幸的;在都市,在乡村,在一切的地方都没有快乐,尤其是在都市,就是人类的生理也不免为其灰尘所摧毁。人间没有快乐,人类只有自艾自怨。所谓都市,所谓人间,是经不起考察的。但是,在目前虽然如此,在不久的将来,世界总归是有希望的,将来的世界属于劳动者。在这个世界上,实如郑振铎在《稻草人》的序里所说:"现代的人世间,那里现得出来美丽的童话的人生呢?"(p.5)不过,我认为这种说法是有补充的必要的。固然这个世界没有美丽的童话的人生,但是,这个世界不是没有希望的,不是没有潜在的美丽的人生的力的,是应该更进一步的发掘这种力量的。现代的童话作家没有不感到人间的不幸的,感到不幸复又掩藏起来,在事实上为不可能。至于向儿童表现人间的阴惨,也是必要的,如《郑序》里所说:"把成人的悲哀显示给儿童,可以说是应该的。他们需要知道人间社会的现状,正如需要知道地理和博物的知识一样,我们不必,也不能有意的去阻碍他。"(p.13)然而,这话是"不尽致"的。我们的意思是:现代的童话作家,应该把握文艺的目的,认清儿童将来的职任,启发、鼓励、暗示他们以将来的责任,使他们深深的了解人间的悲惨,以激发其对于革命的信心。在这个世界上的童话作家只努力那美丽的人生的表现,不仅是一种错误,也就是根本上不了解儿童对于这个世界所负的使命。于此,我们可以看出,叶绍钧的童话,除去一部分无关重要的外,大多是曝露人间的不幸的。他的精神太倾向于黑暗的曝露,很少顾到儿童革命信心的启发，这是一点缺陷。精神应该同时顾到两方面，使儿童知道现实世界是如何的不好，好的世界要谁个去创造，要那个阶级的人物去创造，以及要怎样的去创造，绍钧没有顾到这一点。

在童话而外，他还写了十二篇散文，收在与俞平伯合著的《剑鞘》里，其间谈文艺的有四篇。从这四篇之中，多少可以看到他创作的态度。《诗的源泉》是说"充实的生活就是诗"（p.5）。这是很确实的，我们可以看他的创作的内容，材料大都是异常的充实。其次是《我如其是个作者》，这是为批评家说教的，要他们投入作者的世界，要他的仔细的检验，要他们用忠实不欺的态度。《读者的话》是代表读者向作家说的，要求作家完全表现自己，要求作家的工作能使读者心动，完全是站在自然主义的立场上所说的话。最后一篇是《第一口的蜜》，这是说欣赏力应该养成。这几篇虽然都很简单，和他的《作文论》（百科小丛书）互参的看去是可以看到叶绍钧是怎样地表现事物、观察事件、忠实于艺术的。但是他没有把握得作品里内含的思想的应该在积极方面，创作不仅要开脉案，还要开药方，在这以前，他似乎还不曾注意到文学的 Propaganda 的意义。其他的八篇散文，我们最爱读的，最能以代表他的是《藕与莼菜》。这一篇是因莼菜与藕引起了故乡的怀念的叙述，文是一清如水。在篇末，他诠解所以然怀念故乡的理由，结论是"所恋在那里，那里就是我们的故乡了"。（p.41）这正和他所说的"父亲去世以后，我携家离开故土。我是这样想的，事业在那里，那里就是我的故土了"（《苦辛》）是一样的，文是清淡而隽永。在《客语》里他也曾提到。此外,我欢喜《将离》把别离的心绪,写得活跃极了。他的散文的好处就在这些地方,他也曾写过许多诗,记得《雪朝》里就有他的一辑,对于人生的体验是和他的创作一样的。要附带讲的,是给我们印象很深,而上面不曾提到的他的几篇创作。最深刻的,是表现人生的孤独的《归宿》与《孤独》,这两篇把生命写得真是阴暗愁惨,令人怯读,"我本来也要走了,我不能躺在这里"(《线下》p. 20),这一类的道白,真的把孤独的老人的悲哀说尽了。《金耳环》里的薛占魁的性格表现得也是很活泼的。还有,就是《隔膜》里的《恐怖的夜》一篇,可惜后部写松了。前半(p. 63—72)写得严整阴暗,有俄罗斯的小说的风味,意义上又有些和莫泊桑(Maupassant)的《夜》(night)相似。假使这一篇采用《夜》那样的"I shall die there…I also, die of hunger…of fatigue…and of cold"的调子收束前部,完全抛弃后半,(p. 73—79)那是不失为一篇成熟的创作的,可惜后部弱了下来。……我们从绍钧的《隔膜》《火灾》《线下》《城中》《稻草人》《剑鞘》,以及还未辑集的 1927 以前的创作里,所得到的印象只是如此。

在这里再综合起来我们对于叶绍钧的 1927 以前的创作研究总算完了,为使所得到的印象更明晰起见,在这里,有再综合说明一回的必要。在他的创作里所表现的人生是异常的险暗的,人们给予他的印象只是阴惨,就是号称为最清高的教育界罢,也是陷于不堪的状态,只有儿童是纯洁的。人们是彼此的隔膜,欺骗,生活是单调,枯燥。宗法社会思想的毒是迷漫在全社会。他所表现的对象的城市小资产阶级人物差不多没有健全的。农村的人民在地主的压迫下生活着,村镇的人物有移到都市的倾向,农村陷于破灭的危机。就是进步一些的青年,因着现实的环境的袭击,也不免引起种种的怀疑,怀疑到人生的本体。这是他所表现的现实。他不满意于这种现实,他努力的抨击着。同时,他又探讨、研究、追寻人间是不是永久如是,结果,他发现了这一切的现象是为一种"附生物"所隔绝的结果,人心本是充满着生趣和愉快的,人心本是充满着爱的,世界的精魂也是爱、生趣和愉快。他咒诅这一种"附生物",他抨击这种"附生物",但是他有一点缺陷,那就是没有更进一步的表现这种环境该怎样的冲决,在他的笔下遗漏了现代的与旧社会抗斗,冲决的向上的青年的写实。所以,我们批评叶绍钧创作中人物的缺陷,是他只把握得社会黑暗的现象,他忽略了潜在的与黑暗抗斗的力的生命的力;只是消极的黑暗的曝露与咒诅,没有积极的抗斗与冲决。这是叶绍钧创作中内在的生命的缺陷。这一点,叶绍钧自己也曾看到,所以在他的后期的著作中,这种生命的力就微微的活跃起来,而终不能使我们满足,他不曾表现到狂风暴雨的今日的具有伟大的力的青年,这只有期之于最近的将来了。这也就是他只能代表"一种深味到人间的阴森与隔膜,对生命引起了怀疑与烦闷,想努力追求一种解决怀疑派的青年"的原因。叶绍钧的表现的技巧,当然是写实主义的,除去《苦辛》一篇带着抒情的成分而外,大都是很冷静的。他很冷静的观察一切事物,表现得非常忠实,他的态度是诚恳的。不过,他的创作中,有几篇布局太平淡了,材料的配布缺乏一种"波浪涌谲"的精神,使人有如观远山的感觉,而仅只得到一种片断的割裂的印象。描写有时使人感到琐碎。这都是技巧上的小病。他是长于表现城市的小资产阶级的,城市的小资产阶级转换方向,有了根本觉悟的已是不少,希望他今后也能掉换方向去取材;小资产阶级的表现,在革命现阶段,我们认为还是不能完全抛弃的。……在过去的新文艺运动的进展上,绍钧有过很大的推动的力,现在也依然的在努力着,我们诚然的希望他更进一步的把握得这狂风暴雨时代的精神,在他的创作上重行开辟一个新的局面。

(录自《现代中国文学作家》第二卷)